REX STOUT

Zu viele Klienten

Von Rex Stout
sind bisher erschienen:

Die Champagnerparty. 4062
Gambit. 4038
Gast im dritten Stock. 2284
Das Geheimnis der Bergkatze. 3052
Die goldenen Spinnen. 3031
Morde jetzt – zahle später. 3124
Orchideen für sechzehn Mädchen. 3002
P. H. antwortet nicht. 3024
Das Plagiat. 3108
Der rote Bulle. 2269
Der Schein trügt. 3300
Vor Mitternacht. 4048
Zu viele Klienten. 3290
Zu viele Köche. 2262
Das zweite Geständnis. 4056

REX STOUT

Zu viele Klienten

TOO MANY CLIENTS

Kriminalroman

WILHELM GOLDMANN VERLAG MÜNCHEN

KRIMI VERLAG AG WOLLERAU/SCHWEIZ

Die Hauptpersonen des Romans sind:

Nero Wolfe	Privatdetektiv
Archie Goodwin	sein Assistent
Thomas G. Yeager	Direktor
Ellen Yeager	seine Frau
Cesar Perez	Hausverwalter
Felita Perez	seine Frau
Maria Perez	ihre Tochter
Meg Duncan	Schauspielerin
Julia McGee	Sekretärin
Benedict Aiken	Generaldirektor
Austin Hough	Professor
Dinah Hough	seine Frau
Inspektor Cramer	Kriminalbeamter

Der Roman spielt in New York.

2. Auflage

Ungekürzte Ausgabe · Made in Germany

 Aus dem Amerikanischen übertragen von Renate Steinbach. Taschenbuchausgabe mit Genehmigung des Gebrüder Weiß Verlages, Berlin. Umschlagfoto: hw-Bild/Alexander. Gesetzt aus der Linotype-Garamond-Antiqua. Druck: Presse-Druck Augsburg. KRIMI 3290 · Wira/pit

ISBN 3-442-03290-3

I

Sobald der Besucher im roten Ledersessel Platz genommen hatte, ging ich zu meinem Schreibtisch zurück, schwenkte meinen Stuhl herum, setzte mich und betrachtete den Mann höflich, aber ohne jede Begeisterung. Er trug einen zerknitterten Anzug, Kostenpunkt neununddreißig Dollar fünfzig, und Hemd und Krawatte stammten aus einem Einheitspreisgeschäft. Sein langes, knochiges Gesicht und seine breite Stirn machten soweit einen recht ordentlichen Eindruck; aber er sah leider nicht wie ein Mann aus, der von goldenen Tellern ißt und den Tag mit Sekt und Kaviar beginnt. Ich bin kein Snob. Aber bei einem zukünftigen Klienten interessiert mich vor allem die Brieftasche. Außerdem hatten wir in den letzten Wochen auf der faulen Haut gelegen, und eine ergiebige, reichlich fließende Geldquelle war genau das, was wir brauchten. Daher mein Mangel an Begeisterung beim Anblick des wenig versprechenden Besuchers.

Es war ein Montagnachmittag und Anfang Mai. Nero Wolfes Guthaben auf der Bank hatte den erschreckenden Tiefstand von 14 194,62 Dollar erreicht, und allen, die das für ein immer noch sehr respektables Sümmchen halten, sage ich, ja aber ... Da sind erstens die Gehälter von Theodore Horstmann, dem Orchideenhüter, Fritz Brenner, dem Küchenchef und Hausverwalter, und meiner Wenigkeit, dem Laufburschen und Mädchen für alles; und zweitens die Lebensmittelrechnungen inklusive der exotischen Gaumengenüsse, die Wolfe gelegentlich per Luftpost heranholt; und drittens die mannigfachen Bedürfnisse der Orchideen in den Plantagenräumen unterm Dach, von diversen Neuanschaffungen ganz zu schweigen; und viertens, fünftens, sechstens weitere Lappalien, deren Aufzählung ich mir erspare und mit denen sich unsere gesamten Monatsausgaben durchschnittlich auf über fünftausend Dollar belaufen. Außerdem war in sechs Wochen die Einkommensteuer fällig, obwohl von einem fetten Honorar oder wenigstens der Aussicht darauf nicht die Rede sein konnte.

Die Türklingel hatte mich aus meinen düsteren Gedanken gerissen. Als ich bei einem Blick durch die Spionglasscheibe ein voll ausgewachsenes Individuum männlichen Geschlechts ohne Aktentasche auf der obersten Treppenstufe bemerkte, hatte sich in mir eine schüchterne Hoffnung geregt. Ich hatte die Tür weit aufgemacht und den fremden Besucher mit einem freundlichen Grinsen begrüßt. »Das ist doch das Haus von Nero Wolfe, nicht wahr?« hatte er sich erkundigt. Ich hatte bejaht, jedoch hinzugefügt, Mr. Wolfe sei erst nach sechs Uhr zu sprechen. Er hatte genickt. »Das ist mir bekannt. Er hält sich jeden Tag von vier bis sechs im Dachgeschoß auf. Übrigens macht das nichts. Ich möchte mit Archie Goodwin sprechen. Sind Sie Mr. Goodwin?« Ich hatte diese Tatsache zugegeben und ihn gefragt, worum es sich handle. Er hatte geantwortet, er wolle mich in meiner Eigenschaft als Detektiv zu Rate ziehen. Diese Antwort hatte recht vielversprechend geklungen. Aber ich hatte ihn inzwischen genauer unter die Lupe genommen, und was ich sah, hatte meine schwachen Hoffnungen im Keim erstickt. Andererseits hatte ich aber nichts Wichtiges vorgehabt und konnte meine Zeit ebensogut mit ihm wie ohne ihn vertrödeln. Deshalb hatte ich ihn ins Büro geführt. Übrigens trug er keinen Hut. Noch ein Punkt, der gegen ihn sprach. Achtundneunzig Prozent der Männer, die, ohne mit der Wimper zu zucken, hohe Schecks ausstellen, tragen Hüte.

Er lehnte sich im roten Ledersessel zurück, senkte das Kinn und richtete seine intelligenten Augen auf mich. »Zunächst müssen Sie natürlich erfahren, wer ich bin.«

Ich schüttelte den Kopf. »Angaben zu Ihrer Person erübrigen sich, falls sie bei dem vorliegenden Problem von untergeordneter Bedeutung sind.«

»Sie spielen eine wesentliche Rolle. Sonst hätte ich Sie nicht aufgesucht.« Er schlug die Beine übereinander. »Das, was ich Ihnen anvertraue, bleibt doch unter uns?«

Ich nickte. »Selbstverständlich. Aber wir sitzen im Büro von Nero Wolfe, und er ist mein Brötchengeber. Falls Sie eine Rechnung kriegen, bekommen Sie sie von ihm.«

»Ganz recht.« Mein Hinweis erschreckte ihn anscheinend nicht. »Eine Rechnung erwarte ich natürlich und werde sie auch bezahlen.« Er musterte mich forschend. »Ich kann mich also auf Ihre Verschwiegenheit verlassen?«

»Sicher. Es sei denn, Sie haben was auf dem Kerbholz, was ich nicht für mich behalten darf. Einen Mord beispielsweise – oder Landesverrat.«

Er lächelte. »Keine Angst, ich habe nichts Ungesetzliches auf dem Gewissen. Meine Verbrechen sind ganz legal. Nun, Mr. Goodwin, ich heiße Yeager, Thomas G. Yeager. Mein Name ist Ihnen vielleicht nicht ganz unbekannt, obwohl ich nicht zur Prominenz gehöre. Ich wohne in der 68. Straße 43. Die Büros meiner Firma, der ›Contiplastic‹ – das ist eine Abkürzung für ›Continental Plastic Products‹ – befinden sich im Empire State Building. Ich bin einer der Direktoren.«

Ich zuckte nicht mit der Wimper. ›Contiplastic‹ konnte ein Riese sein mit Büros in drei oder vier Etagen oder ein Zwerg in zwei winzigen Löchern, mit zwei Schreibtischen, einer Sekretärin und einem Telefonapparat. Ein klangvoller Firmenname besagte noch nicht viel. Allerdings kannte ich den Wohnblock in der 68. Straße, und die Gegend war kein Armeleuteviertel, ganz im Gegenteil. Der Bursche mochte sich seine Anzüge von der Stange kaufen, weil ihm sein Äußeres gleichgültig war. Reiche Leute sind exzentrisch. Ich kenne beispielsweise einen millionenschweren Finanzmann, der sich niemals die Schuhe putzen läßt und sich nur dreimal in der Woche rasiert.

Ich hatte mir mein Notizbuch geschnappt und schrieb eifrig mit. Yeager fuhr fort: »Meine private Telefonnummer ist geheim. Sie lautet Chisholm fünf, drei-zwei, drei-zwei. Ich kam absichtlich zu einer Zeit her, in der Wolfe, wie ich wußte, beschäftigt sein würde. Es wäre zwecklos, ihm mein Problem auseinanderzusetzen, da er ohnehin Sie mit den Ermittlungen beauftragen dürfte. Es handelt sich, kurz gesagt, um folgendes: Ich glaube, ich werde beobachtet, und möchte mich vergewissern, ob mein Verdacht zutrifft.«

»Das ist kinderleicht.« Ich warf mein Notizbuch auf den Schreibtisch. »Den Auftrag kann jede beliebige Agentur im Handumdrehen für Sie erledigen. Und zwar für zehn Dollar in der Stunde. Mr. Wolfe ist in puncto Honorar ein bißchen anspruchsvoller.«

»Ich weiß, aber das ist unwesentlich.« Er wedelte den Kostenpunkt mit einer verächtlichen Handbewegung beiseite. »Mich interessiert bei der ganzen Sache nur, ob ich tatsächlich beschattet werde und von wem und warum. Das Problem ist für mich von lebenswichtiger Bedeutung, und mir liegt an einer möglichst raschen und reibungslosen Aufklärung. Welche Detektei könnte mir für zehn Dollar in der Stunde einen so guten Mann zur Verfügung stellen, wie Sie es sind?«

»Das ist nicht der springende Punkt. Selbst wenn ich nur halb so gut bin, wie ich glaube, wäre es ein Jammer, mich auf einen obskuren Schatten anzusetzen. Sie verschwenden dabei Ihr Geld und ich meine Zeit. Und falls Ihr Verdacht gar nicht zutrifft? Wie lange würde es dauern, um Sie davon zu überzeugen? Angenommen, ich arbeite zehn Tage für Sie, und zwar zwölf Stunden täglich, die Stunde zu hundert Dollar, dann sind das zwölftausend Piepen plus Spesen. Auch wenn Sie –«

»Von zehn Tagen kann keine Rede sein.« Er schob das Kinn vor. »Und auch nicht von zwölf Stunden täglich. Dessen bin ich sicher.

Der Fall ist ein wenig komplizierter, als Sie annehmen, Mr. Goodwin. Meiner Ansicht nach werde ich nur bei ganz bestimmten Gelegenheiten verfolgt, und zwar immer dann, wenn ich mich zu einer gewissen Adresse in der 82. Straße Nummer 156 West begebe: Ich möchte vermeiden, daß meine Verbindung zu dem Haus bekannt wird – aus Gründen, die hier nichts zur Sache tun.«

»Ich verstehe. Wann gehen Sie das nächstemal hin?«

»Heute abend um sieben. Sie könnten also gleich mit der Arbeit anfangen. Die Taktik überlasse ich natürlich Ihnen. Sollte sich meine Vermutung nicht bestätigen, dann wäre das für heute alles. Ich würde mich dann erst wieder kurz vor meinem nächsten Besuch in jenem Haus bei Ihnen melden.«

»Und wann wäre das?«

»So genau weiß ich das noch nicht. Ich könnte Sie einen Tag vorher benachrichtigen.«

»Fahren Sie im eigenen Wagen hin oder im Taxi?«

»Im Taxi.«

»Worauf kommt es Ihnen nun eigentlich am meisten an? Daß Sie nicht bis zu der fraglichen Adresse verfolgt werden oder daß ich den Schatten, sofern ein solcher vorhanden ist, identifiziere?«

»Beides ist gleich wichtig.«

»Tja.« Ich runzelte nachdenklich die Stirn. »Sie haben recht. Der Auftrag ist komplizierter, als ich dachte. Der Pauschalsatz von hundert Dollar die Stunde gilt an sich nur für reine Routineaufträge. Die Arbeit dürfte etwas teurer kommen; aber die Entscheidung liegt natürlich bei Mr. Wolfe.«

Er lächelte. »Über das Honorar werden wir uns bestimmt einigen. Das ist meine geringste Sorge. Dann darf ich Sie also gegen sieben Uhr erwarten?«

»Wahrscheinlich.« Ich griff nach meinem Notizbuch. »Dreht es sich bei dem Schatten um jemanden, den Sie kennen?«

»Vielleicht. Ich weiß es nicht.«

»Mann oder Frau?«

»Keine Ahnung.«

»Privater Spürhund oder Amateur?«

»Das kann ich nicht sagen. Beides wäre möglich.«

»Den Kerl festzunageln ist weiter kein Kunststück. Aber was dann? Wenn es sich um einen privaten Schnüffler handelt, kenne ich ihn vielleicht; aber damit ist uns auch nicht gedient. Natürlich kann ich ihn in die Zange nehmen, egal, ob ich ihn kenne oder nicht. Seinen Klienten dürfte er jedoch nicht mal unter Druck verraten.«

»Aber Sie könnten ihn von meiner Spur ablenken.«

»Sicher. Wieviel wäre Ihnen der Name seines Klienten wert? Das kann Sie verdammt teuer kommen.«

»Ich glaube eigentlich nicht –« Er stockte. »Ich glaube nicht, daß mich sein Auftraggeber interessiert.«

Seine Gleichgültigkeit in diesem Punkt paßte nicht recht ins Bild; aber ich bohrte nicht weiter. »Schön. Ich lenke den Burschen also von Ihrer Spur ab. Und dann? Soll ich ihm einen Wink mit dem Zaunpfahl geben? Oder soll er zunächst nicht erfahren, daß wir ihm auf die Schliche gekommen sind?«

Er dachte drei Sekunden lang darüber nach. »Es wäre mir lieber, wenn er vorläufig unwissend bliebe.«

»Gut. Dann mache ich vorsichtshalber keinen Schnappschuß von ihm, sondern gebe Ihnen bloß eine Beschreibung.«

Er nickte. »Das dürfte genügen.«

»Okay.« Ich warf das Notizbuch über meine Schulter auf den Schreibtisch. »Die Adresse in der 68. Straße ist kein Apartmenthaus, wie.«

»Nein. Das Haus gehört mir, und ich bewohne es allein.«

»Dann ist es besser, wenn ich mich da gar nicht erst zeige. Falls es sich bei dem Schnüffler um einen Kollegen handelt, erkennt er mich womöglich. Wir wollen folgendermaßen vorgehen: Um Punkt sieben verlassen Sie das Haus, gehen bis zur Ecke und biegen links in die Second Avenue ein. Ungefähr dreißig Meter von der Ecke entfernt befindet sich eine Snackbar und davor –«

»Woher wissen Sie das so genau?«

»Es wäre schlimm, wenn ich in meinem eigenen Wohnbezirk nicht Bescheid wüßte. Es gibt wenige Häuserblocks in Manhattan, die ich nicht kenne. Also, vor der Snackbar oder direkt gegenüber auf der anderen Straßenseite wird ein Taxi auf Sie warten. Der Fahrer hat ein dickes, pausbäckiges Gesicht und abstehende Ohren. Sie sagen zu ihm: ›Wollen Sie sich wohl einen Vollbart stehenlassen?‹, und er antwortet darauf: ›Nein, aber meine Haut ist so empfindlich.‹ Wenn Sie eingestiegen sind, werfen Sie vorsichtshalber lieber noch einen Blick auf das Schild mit seinem Namen. Er heißt Albert Goller.« Ich buchstabierte den Nachnamen. »Wollen Sie sich alles notieren?«

»Nein.«

»Okay. Aber vergessen Sie's nicht. Geben Sie ihm die Adresse in der 82. Straße West und überlassen Sie alles Weitere dem Fahrer. Er weiß, was er zu tun hat. Und sehen Sie sich nicht um; damit erschweren Sie mir nur meine Arbeit.«

Er lächelte. »Sie brauchen nicht lange für Ihre Vorbereitungen, wie?«

Ich zuckte mit den Schultern und warf einen Blick auf die Uhr an der Wand. »Es ist gleich fünf. Ich hab' also nicht mehr allzuviel Zeit.« Ich erhob mich. »Bis nachher. Ich werde Sie im Auge behalten, auch wenn Sie mich nicht sehen.«

»Wunderbar«, murmelte er und stand auf. »Meßt die Größe eures Verstandes an dem Schatten, den er wirft. Ich wußte es, Sie sind der richtige Mann für mich.« Er trat auf mich zu und reichte mir die Hand.

Ich hockte mich auf die Schreibtischkante, zog das Telefon heran, wählte die Nummer der *Gazette* und verlangte Lon Cohen. Er meldete sich mit einem erschöpften »Hallo!« und erklärte, er könne höchstens zwei Minuten für mich erübrigen, falls es sich nicht um einen Knüller für die erste Seite oder die Einladung zu einer Pokerpartie handle. Ich erwiderte, im Moment könne ich ihm leider mit beidem nicht dienen, würde jedoch seine diesbezüglichen Wünsche im Auge behalten. Im übrigen gehe es mir nur um eine Auskunft, und zwar über Thomas G. Yeager, Direktor der ›Contiplastic‹, wohnhaft in der 68. Straße Nummer 43. Er sagte, der Name sei ihm bekannt; vermutlich hätten sie Archivmaterial über ihn. Er werde es sich schicken lassen und mich anrufen. Nach zehn Minuten meldete er sich wieder. Die ›Contiplastic‹ gehörte zu den Mammutunternehmen. Die Fabrikanlagen, offenbar ein riesiger Komplex, befanden sich in Cleveland, aber die Geschäftsleitung sowie die Verkaufsabteilung waren im Empire State Building untergebracht. Thomas G. Yeager war seit fünf Jahren Direktor der Firma und saß fest im Sattel. Er war verheiratet und hatte eine unverheiratete Tocher namens Anne und einen verheirateten Sohn namens Thomas G. Yeager junior. Yeager senior war Mitglied von ...

Die Aufzählung der Komitees und gemeinnützigen Gesellschaften nahm kein Ende. Ich unterbrach Lon, sagte ihm, den Rest könne er sich schenken, bedankte mich für die Informationen und legte auf. Dann rief ich im Dachgeschoß an.

Wolfe meldete sich mit einem mürrischen »Ja?«

»Tut mir leid, daß ich Sie stören muß. Aber wir hatten einen Besucher namens Yeager. Er möchte wissen, ob er beschattet wird und von wem, und ist gewillt, ein gesalzenes Honorar auszuspucken. Das Beste ist gerade gut genug für ihn, deshalb wollte er für den Job unbedingt mich haben, und zwar um jeden Preis.

Ich hab' mich bei Lon nach ihm erkundigt. Er schwimmt im Geld. Und da ich sonst nichts zu tun habe und wir ein paar Extrakröten ganz gut gebrauchen können, hab' ich den Auftrag übernommen. Name und Adresse stehen in meinem Notizbuch. Vermutlich bin ich vor Mitternacht zurück.«

»Und morgen? Wie lange wird die Sache dauern?«

»Nicht sehr lange. Andernfalls müssen wir Saul oder Fred einspannen. Ich erklär's Ihnen später. Wenn mich nicht alles täuscht, handelt sich's nur um einen Routineauftrag.«

»Schön.« Er legte auf. Ich drückte die Gabel hinunter und wählte dann eine Nummer, über die ich Al Goller erreichen konnte.

2

Zwei Stunden später, um 19.20 Uhr, hockte ich in einem Taxi auf der 67. Straße, zwischen der Second und Third Avenue, und spähte angestrengt durchs Rückfenster. Wenn Yeager meinen Instruktionen pünktlich gefolgt wäre, dann hätte Al Goller um 19.06 Uhr mit seinem Fahrgast in die 67. Straße kommen müssen. Inzwischen war der Zeitpunkt um eine gute Viertelstunde überschritten.

Es war natürlich ganz sinnlos, daß ich mir über die Ursache der Verspätung den Kopf zerbrach. Das hinderte mich jedoch nicht daran, mir bis halb acht das Hirn zu zermartern und alle möglichen Erklärungen auszuknobeln, die mit jeder Minute phantastischer wurden. Um 19.35 Uhr hatte ich das Grübeln satt, und um 19.40 Uhr platzte mir endgültig der Kragen. Ich tippte Mike Collins, dem Taxifahrer – einem guten Bekannten von mir –, auf die Schulter und sagte: »Zum Henker, jetzt reicht's mir aber! Ich schau' mal nach, was eigentlich los ist.« Dann stieg ich aus und sauste bis zur Ecke. Gollers Wagen parkte noch immer am Rinnstein vor der Snackbar. Ich galoppierte über die Straße auf das Taxi zu, steckte den Kopf durchs vordere Fenster und fragte: »Wo steckt denn der Bursche, zum Kuckuck noch mal?«

Al gähnte. »Da bin ich überfragt. Ich weiß nur, wo er nicht steckt.«

»Ich rufe ihn an. Sollte er in der Zwischenzeit aufkreuzen, dann halte ihn hin, bis ich wieder draußen bin. Laß mir Zeit, zu Mike zurückzukehren.«

Er nickte verschlafen. Ich verkrümelte mich in die Snackbar, erspähte im Hintergrund eine Telefonzelle und wählte die Nummer Chisholm 5-32-32. Nach einer kurzen Pause meldete sich eine männliche Stimme. »Wohnung von Mrs. Yeager.«

»Könnte ich Mr. Yeager sprechen?«

»Er ist leider verhindert. Wer ist dort, bitte?«

Ich hängte stillschweigend auf. Die Stimme kannte ich. Sie gehörte meinem speziellen Freund Purley Stebbins vom Morddezernat West. Mir schwante nichts Gutes. Ich raste hinaus, gab Al durch ein Zeichen zu verstehen, daß er sich nicht von der Stelle rühren sollte, raste weiter bis zur Ecke der 68. Straße und riskierte einen Blick auf die Nummer 43. Vor dem Haus stand ein Polizeiwagen, und hinter dem Lenkrad saß der Fahrer, von dem sich Stebbins für gewöhnlich umherkutschieren ließ. Ich machte kehrt, verschwand in der Snackbar, hängte mich wieder an die Strippe und rief Lon Cohen in der *Gazette* an. Eigentlich wollte ich ihn fragen, ob ihm letzthin ein paar interessante Mordfälle untergekommen seien. Aber er schnitt mir das Wort vom Munde ab.

»Archie?«

»Ja, ich bin's. Hast du –«

»Seit wann bist du ein Hellseher? Wieso hast du vor drei Stunden gewußt, daß Thomas G. Yeager ermordet werden würde?«

»Ich hatte keine Ahnung. Yeager ermordet? Ich werd' verrückt! Ich wollte bloß –«

»Trotzdem schönen Dank. Jetzt hab' ich wenigstens einen knalligen Aufmacher. Schlagzeile: ›Nero Wolfe überrollt wieder einmal Polizei!‹ Ich schreibe gerade den Text. ›Nero Wolfe, der bekannte Privatdetektiv, stellte bereits zwei Stunden, bevor Yeagers Leiche in einer Ausschachtung in der 82. Straße West entdeckt wurde, Ermittlungen zu diesem Mordfall an. Um 17.05 Uhr führte sein Diener Archie Goodwin ein Telefongespräch mit der *Gazette*, um –‹«

»Halt die Luft an! Die ganze Welt weiß, daß ich nicht Wolfes Diener, sondern sein Laufbursche bin. Außerdem habe ich dich seit mindestens einem Monat nicht mehr angerufen. Jemand muß meine Stimme imitiert haben. Vermutlich war's der Mörder, und du hast dir die Chance deines Lebens entgehen lassen, weil du –«

»Okay, okay. Wann hast du was Neues für mich?«

»Weiß ich noch nicht! Aber du kriegst die Story so prompt wie immer. Wo in der 82. Straße ist die Ausschachtung?«

»Zwischen der Columbus und der Amsterdam Avenue.«

»Und wann wurde die Leiche gefunden?«

»Zehn Minuten nach sieben. Vor einer knappen Stunde. Unter

einer Zeltplane auf dem Boden einer Grube, die von dem Telefonbautrupp ausgehoben worden war. Einem Jungen war da ein Ball 'reingerollt, und der kletterte 'runter, um ihn zu holen.«

Ich dachte eine Sekunde lang darüber nach. »Um fünf hören die Männer mit der Arbeit für gewöhnlich auf, falls es sich nicht um eine dringende Reparatur handelt. Folglich kann die Leiche erst danach in den Schacht geraten sein. Hat niemand gesehen, wie sie hineinfiel und die Zeltplane darüber kam?«

»Woher soll ich das wissen? Wir haben die Meldung ja erst vor einer halben Stunde bekommen.«

»Steht Yeagers Identität einwandfrei fest?«

»Ja, hundertprozentig. Einer unserer Reporter kannte ihn. Er hat eben angerufen und diesen Punkt bestätigt.«

»Woher weißt du, daß er ermordet worden ist?«

»Diese Tatsache ist zwar noch nicht offiziell, aber er hatte ein Loch im Kopf, das er sich nicht mit dem Finger gebohrt haben kann. Schau, Archie, das Archivmaterial über Yeager lag noch auf meinem Schreibtisch, als die Nachricht von seinem Tod eintraf. In kurzer Zeit wird die ganze Bande hier im Hause wissen, daß ich es mir vor drei Stunden habe schicken lassen. Es macht mir nichts aus, für eine Weile den großen Schweiger zu mimen. Sollte sich der Fall jedoch zu einem Knüller auswachsen, dann kann die Geheimnistuerei verdammt unangenehm für mich werden. Was passiert, wenn ich sage, daß du dich für das Material interessiert hast, und wenn dann irgend so ein Streber der Polente einen Wink gibt?«

»Dann arbeite ich mit der Polizei zusammen wie gewöhnlich. Ich bin in zwanzig Minuten bei dir.«

»Okay. Bis gleich.«

Ich legte auf, sauste hinaus, stieg ins Taxi und sagte Al, er solle mich zu Mike kutschieren. Vor und hinter Mikes Taxi war kein Parkplatz frei. Deshalb hielt Al neben ihm.

»Das Unternehmen muß leider abgeblasen werden«, erklärte ich und sah abwechselnd Mike und Al an. »Höhere Gewalt. Da kann man nichts machen. Wir haben uns vorher auf keine bestimmte Summe festgelegt, weil ich nicht wußte, wie lange der Spaß dauern würde. Aber da ihr beide nur ein bißchen herumgesessen habt, dürften zwanzig Dollar für jeden genügen. Was haltet ihr davon?«

Mike sagte: »Tja«, und Al sagte: »Sicher. Was ist dazwischengekommen?«

Ich zog meine Brieftasche hervor und zupfte sechs Zwanzigdollarscheine heraus. »Wir wollen die Summe lieber verdreifachen, weil ihr beide ja nicht auf den Kopf gefallen seid. Ich hab' euch zwar den Namen des Klienten nicht genannt, aber ich hab' ihn beschrieben. Außerdem wißt ihr, daß er in der 68. Straße wohnt und in die 82. West fahren wollte. Wenn ihr also morgen in der Zeitung lest, daß die Leiche eines Mannes namens Thomas G. Yeager, wohnhaft 68. Straße Ost, heute abend um sieben Uhr zehn in einem Kabelschacht auf der 82. West ermordet aufgefunden wurde, dann werdet ihr euch wundern. Und Leute, die sich wundern, haben das Verlangen, mit ihren Angehörigen und Nachbarn darüber zu sprechen. Deshalb die sechzig Dollar. Wundert euch, soviel ihr wollt, aber haltet die Klappe. Ich hab' euch alles vorher erklärt, und genauso verhielt es sich auch. Ich hab' keinen blassen Dunst, wer ihn umgebracht hat und warum. Ihr wißt ebensoviel über die Sache wie ich. Es wäre mir lieb, wenn niemand sonst etwas davon erführe, bis ich ein bißchen mehr herausgekriegt habe. Ihr Burschen kennt mich jetzt wie lange?«

»Fünf Jahre«, antwortete Mike.

»Acht Jahre«, erwiderte Al. »Wie hast du herausbekommen, daß es ihn erwischt hat? Wenn seine Leiche erst vor einer Stunde gefunden worden ist –«

»Als ich in seiner Wohnung anrief, meldete sich Sergeant Purley Stebbins vom Morddezernat. Ich erkannte seine Stimme. Und als ich um die Ecke schielte, sah ich vor dem Haus einen Polizeiwagen stehen. Na, da schwante mir schon was. Dann rief ich einen Zeitungsmann an, mit dem ich befreundet bin, und der erzählte es mir. Mehr weiß ich nicht. Hier sind eure sechzig Dollar.«

Al griff mit Daumen und Zeigefinger nach einem Zwanziger und zog ihn heraus. »Das reicht. Damit ist der Zeitverlust gut bezahlt, und die Klappe halte ich sowieso.«

Mike grinste und vereinnahmte seine drei Zwanziger. »Ich bin da anders. Ich hab' Weib und Kind, und wenn ich was weiß, muß ich's ausposaunen. Aber jetzt kann ich's nicht, weil ich dir sonst vierzig Piepen zurückgeben müßte. Du kannst dich auf mich verlassen. Von mir erfährt keiner was.« Er verstaute das Geld in der Tasche und streckte seine Pranke aus. »Trotzdem sollten wir uns die Hand darauf geben. Besser ist besser.«

Wir schüttelten einander feierlich die Hände. Dann sagte ich, er solle mich vor dem Verlagsgebäude der *Gazette* absetzen.

Welche Funktion Lon Cohen innerhalb seines Betriebs eigentlich ausübt, ist mir immer noch schleierhaft. An der Tür seines Büros, einem schmalen Schlauch im zwanzigsten Stock, das nur einige Meter vom Vorzimmer des Verlegers entfernt ist, steht nur sein Name, ohne Angabe von Rang und Würden. Aber Lon ist immer erstaunlich gut informiert, und zwar nicht nur über das, was bereits passiert ist, sondern auch über das, was demnächst geschehen wird. Er versorgt mich mit Material über prominente Klienten, und ich habe ihm schon so manchen Knüller geliefert. Wir führen über das Soll und Haben unserer Zusammenarbeit nicht Buch; aber das Konto ist ziemlich ausgeglichen.

Lon ist ein drahtiger Bursche mit einem gutgeschnittenen schmalen Gesicht, tiefliegenden dunkelbraunen Augen, straff zurückgekämmtem schwarzem Haar und einem ausladenden Hinterkopf. Er ist der zweitbeste Pokerspieler meiner Bekanntschaft – der beste ist Saul Panzer –, und wir drei schlagen uns gelegentlich eine Nacht um die Ohren. Als ich an jenem Montagabend sein Büro betrat, hockte er an seinem Schreibtisch, den Telefonhörer ans Ohr geklemmt. Ich angelte mir einen Stuhl und setzte mich. Das Gespräch dauerte ein paar Minuten, aber er steuerte nur ab und zu ein Nein bei. Als er auflegte, bemerkte ich: »Du bist anscheinend der geborene Jasager.«

»Ich muß noch einen Anruf erledigen. Hier, vertreib dir inzwischen damit die Zeit.« Er schob mir einen Schnellhefter herüber und wandte sich wieder dem Telefon zu.

Es handelte sich um Archivmaterial über Thomas G. Yeager. Es war nicht sehr umfangreich – ungefähr ein Dutzend Zeitungsausschnitte, vier maschinengeschriebene Notizen, drei Seiten aus einem Handelsblatt mit der Überschrift ›Plastikprodukte heute‹ und drei Fotos. Zwei davon waren Atelieraufnahmen, das dritte stammte aus einer Illustrierten und hatte folgende Unterschrift »Thomas G. Yeager als Festredner bei dem diesjährigen Bankett der Nationalen Vereinigung der Plastikproduzenten im Ballsaal des Hotels ›Churchill‹, New York City«. Er stand auf der Bühne vor dem Mikrophon und fuchtelte mit den Armen in der Luft herum. Ich überflog die Notizen und Ausschnitte sowie den Artikel und klappte gerade den Hefter zu, als Lon den Hörer auflegte und sich zu mir herumdrehte.

»Okay. Wo brennt's denn?« fragte er.

Ich beugte mich vor und legte den Hefter auf den Schreibtisch. »Ich möchte dir ein Geschäft vorschlagen; aber vorher mußt du dir folgendes hinter die Ohren schreiben: Thomas G. Yeager ist mir völlig unbekannt. Ich habe ihn weder gesehen noch mit ihm gesprochen, noch sonstwie mit ihm in Verbindung gestanden. Das gleiche gilt für Mr. Wolfe. Ich weiß nur das über ihn, was du mir erzählt hast und was ich eben über ihn gelesen habe.«

Lon grinste. »Schön. Ich nehme deine feierliche Erklärung zur Kenntnis. Wenn das deine offizielle Version ist, soll's mir recht sein. Und was ist nun eigentlich wirklich los? Du kannst's mir ruhig sagen. Ich schweige wie ein Grab, bis du mir die Nachricht bis zur Veröffentlichung freigibst.«

»Ich weiß. Aber mehr als diese feierliche Erklärung kann ich dir vorläufig nicht bieten. Um fünf, kurz bevor ich mich bei dir nach Yeager erkundigte, war mir etwas zu Ohren gekommen, was mich neugierig machte. Ich möchte es aber noch für mich behalten – wenigstens für vierundzwanzig Stunden oder vielleicht sogar länger. Ich hab' keine Lust, morgen den ganzen Tag über im Büro des Staatsanwalts herumzusitzen. Tu mir also den Gefallen und halte bis auf weiteres den Mund.«

»Na hör mal, du stellst dir das so einfach vor. Schließlich hab' ich mir das Archivmaterial, zwei Stunden bevor die Leiche entdeckt wurde, kommen lassen. Soll ich etwaigen Interessenten vielleicht erzählen, mir hätte geträumt, Yeager würde demnächst abkratzen?«

Ich grinste ihn an. »So was zieht bei mir nicht. Du kannst alles sagen, war dir gerade einfällt, sofern es einigermaßen plausibel klingt. Zum Beispiel kannst du sagen, jemand hätte dir eine vertrauliche Mitteilung gemacht, die du für dich behalten müßtest. Außerdem schlag' ich dir ein Geschäft vor. Du vergißt meinen Anruf, und ich schick dir zu Weihnachten einen Glückwunsch.«

»Könntest du mir nicht wenigstens einen kleinen Hinweis geben, der unter uns bleibt, bis die Sache spruchreif ist?«

»Nein. Tut mir leid. Nicht jetzt. Aber ich melde mich wieder. Ich hab' ja deine Telefonnummer.«

»Na schön, da kann man nichts machen.« Er hob beide Hände. »Hau ab! Ich hab' zu tun. Und schau mal wieder herein!« Das Telefon läutete, und er griff nach dem Hörer. Ich stand auf und verduftete. Auf der Straße schnappte ich mir ein Taxi und gondelte in die 35. Straße West zurück.

Ich sauste die sieben Stufen der Vortreppe hinauf und klingelte. Fritz nahm die Sicherheitskette weg und öffnete die Tür. Er sagte keinen Ton, aber sein Gesicht sprach Bände. Es war nicht schwer zu erraten, welche Frage ihn beschäftigte. Hatten wir nun einen Klienten oder nicht? Ich erklärte ihm, es bestehe immer noch eine schwache Hoffnung. Im übrigen hätte ich einen Mordshunger, und ob er mir einen Kanten Brot und ein Glas Milch bringen könne. Er erwiderte, natürlich, er werde mir sofort etwas zu essen machen. Ich begab mich ins Büro.

Wolfe saß hinter seinem Schreibtisch, einen Schmöker vor der Nase und bequem zurückgelehnt in dem einzigen Sessel auf Erden, in den er hineinpaßt. Das Sitzmöbel ist in seinem Auftrag und unter seiner Aufsicht angefertigt worden und ist maßgerecht auf seine Figur zugeschnitten. Im Raum war es dunkel bis auf die Leselampe an der Wand hinter seiner linken Schulter, und in dieser Schummerbeleuchtung wirkte er noch unförmiger und umfangreicher, als er ohnehin schon ist. Wie ein Berg, hinter dem die Sonne aufgeht. Als ich die Deckenbeleuchtung anknipste, um ihn auf seine normalen Ausmaße zu reduzieren, machte er: »Hum«, und als ich mich hinter meinem Schreibtisch niederließ, erkundigte er sich: »Haben Sie schon gegessen?«

»Nein. Fritz bringt mir was.«

»Bringt Ihnen etwas?«

Seine Frage klang überrascht und leicht verärgert. Wenn ich aus irgendwelchen Gründen eine Mahlzeit verpaßt habe, esse ich für gewöhnlich eine Kleinigkeit in der Küche. Ich lasse mir nur dann etwas ins Büro bringen, wenn ich Bericht erstatten möchte, und Wolfe haßt es, bei seiner Lektüre gestört zu werden.

Ich nicke. »Ich hab' was auf dem Herzen.«

Er stieß einen tiefen Seufzer aus, klappte den Wälzer zu, wobei er seinen Zeigefinger als Lesezeichen benutzte, und fragte: »Was?«

Ich hielt es für zwecklos, wie die Katze um den heißen Brei zu schleichen. Bei ihm muß man die Taktik den Umständen anpassen. »Vermutlich haben Sie den Wisch gefunden, den ich Ihnen auf den Schreibtisch gelegt hatte. Die Zahl darauf ist unser derzeitiges Bankguthaben. Und in siebenunddreißig Tagen ist die Einkommensteuer fällig. Sofern nicht bald jemand mit einem Problem und einem Spesenvorschuß aufkreuzt, müssen wir einen Aufschub beantragen.«

Er preßte die Lippen aufeinander und funkelte mich grimmig an. »Müssen Sie ein Dilemma breittreten, das ohnehin auf der Hand liegt?«

»Ich trete nichts breit. Ich habe das Thema seit drei Tagen nicht aufs Tapet gebracht; und wenn ich es jetzt erwähne, dann nur deshalb, weil ich von Ihnen die Erlaubnis haben möchte, einen Klienten aufzustöbern. Ich habe es satt, hier herumzulungern und darauf zu warten, daß einer von selbst aufkreuzt. Ich kriege schon Sitzschwielen.«

»Und wie stellen Sie sich das vor? Wollen Sie mit einem Reklameschild durch die Straßen wandeln?«

»Nein, Sir. Ich bin einer vielversprechenden Sache auf der Spur. Allerdings ist sie noch in der Schwebe. Sie hängt mit unserem heutigen Besucher zusammen, einem Mann namens Thomas G. Yeager, der seinen Schatten loswerden wollte und mich mit den Nachforschungen betraute. Wie verabredet, bestellte ich zwei Taxis für sieben Uhr, eins für ihn und eins für mich. Al, Mike und ich warteten bis zwanzig Minuten vor acht, aber der Bursche kam nicht. Schließlich riß mir die Geduld, und ich rief in seiner Wohnung an. Und wer war am Apparat? Purley Stebbins. Ich schielte um die Ecke und entdeckte vor dem Haus einen Polizeiwagen mit Purleys Fahrer am Steuer. Daraufhin rief ich Lon Cohen in der Redaktion an, und der sagte, kurz nach sieben hätte man Yeagers Leiche in einem Kabelschacht auf der 82. Straße West gefunden und wieso ich um fünf Uhr schon gewußt hätte, daß Yeager tot sei. Mit diesem Klienten war also Essig. Aber ich dachte mir, daß uns sein Tod vielleicht zu einem neuen Auftrag verhelfen könnte. Yeager war in seiner Branche ein hohes Tier. Er hat ein hübsches Haus in einer feudalen Gegend. Es ist durchaus möglich, daß außer uns niemand von der Sache mit dem Schnüffler weiß, sofern überhaupt einer existierte. Denn vorläufig handelt es sich nur um einen unbewiesenen Verdacht. Die Adresse, zu der wir heute abend fahren wollten, lautete 82. Straße West, Nummer 156, und genau da wurde seine Leiche gefunden. Da die beiden Taxifahrer im Bilde waren, hielt ich es für angebracht, ihnen den Mund zu stopfen. Ich gab jedem zwanzig Dollar und dann noch vierzig Dollar extra – das heißt, Al Goller begnügte sich mit den zwanzig Piepen. Er wollte sich das Vergnügen, der Polizei eins auszuwischen, nicht bezahlen lassen.«

Wolfe grunzte. »Na schön. Aber vielleicht ist der Täter inzwischen schon verhaftet worden.«

»Dann sind Sie dreiundneunzig Dollar und sechzig Cent auf Nimmerwiedersehen los, denn einer Leiche können Sie keine Rechnung schicken. Aber das dicke Ende kommt erst. Unser Klient ist nämlich gar nicht tot. Auf dem Nachhauseweg ging ich bei Lon Cohen vorbei und warf dabei einen Blick in das Archivmaterial über Thomas Yeager. Die Fotos sah ich mir besonders gründlich an und stellte dabei fest, daß der Besucher von heute nachmittag dem Mann auf den Fotos auch nicht im entferntesten ähnlich sah. Wer es war, weiß ich nicht. Ich weiß nur, daß es keinesfalls Thomas G. Yeager war.«

3

Ich hatte mir viel von diesem Knalleffekt versprochen, und Wolfe enttäuschte mich nicht. Er richtete sich auf und griff nach dem schmalen Goldstreifen, den er bei Büchern der Rangklasse A als Lesezeichen verwendet. Diese Bücher erhalten später einen Ehrenplatz auf dem Regal im Büro. Inzwischen war Fritz mit einem Tablett aufgetaucht, das er auf meinem Schreibtisch absetzte. Als er Wolfes Anstalten bemerkte, zwinkerte er mir anerkennend zu. Fritz sieht es nicht ungern, wenn Wolfe etwas tut, und er weiß, wie schwer es ist, Wolfe in Fahrt zu bringen. Ich schwenkte herum und machte mich über mein verspätetes Abendessen her.

Einem ungeschriebenen Gesetz des Hauses zufolge sind Geschäftsgespräche bei Tisch tabu. An sich galt das eigentlich nicht für außerplanmäßige Mahlzeiten; aber Wolfe ist ein so überzeugter Gourmet, daß er jede Störung beim Essen für ein unverzeihliches Verbrechen hält. Als er sein Buch weggelegt hatte, lehnte er sich zurück und schloß die Augen. Ich verleibte mir einige Löffel Suppe ein und sagte dann: »Ich bin sowieso viel zu hungrig, um mich lange bei Geschmacksnuancen aufzuhalten. Schießen Sie los.«

Er öffnete die Augen. »Ist die Sache mit dem falschen Yeager einwandfrei erwiesen?«

»Ja, Sir. Unter den Fotos stand Yeagers Name. Er hat ein Gesicht wie ein Wiesel mit spitzer Nase und nicht viel Kinn. Der Mann von heute nachmittag hat ein langes, knochiges Gesicht und eine breite Stirn.«

»Aber er stellte sich als Thomas G. Yeager vor und behauptete, er werde beobachtet, und zwar immer dann, wenn er sich zu einem bestimmten Haus in der 82. Straße begebe. Und zwei Stunden später wurde Yeagers Leiche in derselben Straße aufgefunden. Wie lange war er schon tot?«

»Keine Ahnung. Lassen Sie den Polypen Zeit. Lon erzählte mir, die Leiche habe in einem Kabelschacht gelegen, unter einer Zeltplane, die die Telefonbauleute zurückgelassen hatten. Ein Junge kletterte in das Loch, um einen Ball 'rauszuholen, und dabei machte er die Entdeckung.«

»Angenommen, ich wäre mit Ihrem Vorschlag einverstanden, den Fall auf eine für uns günstige Möglichkeit hin zu überprüfen. Wie würden Sie dabei vorgehen?«

Ich schluckte einen Löffel voll Suppe hinunter. »Ich würde mich in die 82. Straße West begeben und den Fundort der Leiche und das Haus Nummer 156 unter die Lupe nehmen. Der Fundort besagt nämlich nicht viel. Der Mörder kann Yeager ganz woanders getötet und sich lediglich eine günstige Gelegenheit zunutze gemacht haben. Ich kenne die Wohnblocks zwischen der Columbus und der Amsterdam Avenue. Dort hausen nur Portorikaner und Kubaner, und zwar jeweils vier oder fünf Personen in einem Zimmer. Das ist nicht gerade der richtige Aufenthaltsort für einen Direktor einer großen Firma. Ich möchte herausbekommen, was er da zu suchen hatte und ob an dem Tip, den wir bekommen haben, überhaupt was dran ist.«

»Sie würden heute nacht noch hingehen?«

»Sicher. Sobald ich das Tablett leergefuttert habe.«

»Pfui! Wie oft habe ich Ihnen eigentlich schon gesagt, daß übertriebene Hast nur im Fall einer echten Gefahr gerechtfertigt ist?«

»Oh, mindestens sechstausendmal.«

»Eben. Wir wissen noch viel zuwenig über den Fall. Vor allem fehlen uns die Details. Morgen früh werden wir mehr wissen, und vielleicht stellt sich dann sogar heraus, daß die Polizei das Problem bereits gelöst hat. Damit wäre dann auch die Identität des falschen Yeager belanglos geworden, während gerade dieser Punkt im Moment von wesentlicher Bedeutung scheint. Wie lange war er hier?«

»Etwa fünfundzwanzig Minuten.«

»Schön. Anstatt in die 82. Straße zu rasen, werden Sie sich an die Schreibmaschine setzen und einen Bericht über den Besuch von heute nachmittag tippen. Geben Sie das Gespräch mit ihm wörtlich wieder und fügen Sie eine genaue Personenbeschreibung hinzu.« Er griff nach seinem Buch, lehnte sich zurück und begann weiterzulesen. – Damit war ich für den Rest des Abends beschäftigt.

Normalerweise kreuze ich morgens um halb neun in der Küche auf. An jenem Dienstagmorgen war ich jedoch bereits kurz vor acht auf den Beinen. Meine Neugier auf die Berichte in der Zeitung hatte mich so früh aus den Federn getrieben. In Anbetracht der Tatsache, daß weder ich noch sonst jemand in Gefahr war und sich übertriebene Hast folglich von selbst verbot, bezwang ich meinen Eifer, tauschte mit Fritz morgendliche Grüße aus, schnappte mir mein Glas Orangensaft und tat einen kräftigen Schluck. Erst dann griff ich mir die *Times* und riskierte einen Blick. Würde die Schlagzeile »Mordfall Yeager geklärt« lauten?

Nein, zum Glück nicht. Sie lautete: »Geschäftsmann durch Kopfschuß getötet.« Ich setzte mich und trank noch etwas Saft.

Während ich mir nacheinander den Orangensaft, Buchweizenkuchen und Würstchen und zwei Tassen Kaffee zu Gemüte führte, studierte ich die Berichte in der *Times* und in der *Gazette*. Yeager war durch einen Schuß aus nächster Nähe getötet worden, und der Einschuß befand sich auf der rechten Kopfhälfte, direkt über dem Ohr. Der Tod mußte sofort eingetreten sein. Wie sich bei der gerichtsmedizinischen Untersuchung herausstellte, war Yeager bereits sechzehn bis vierundzwanzig Stunden tot gewesen. Folglich lag die Tatzeit zwischen halb acht am Sonntagabend und halb vier am Montagmorgen. Den ganzen Montag über war in dem Kabelschacht nicht gearbeitet worden, weil irgendwelche Ersatzteile fehlten. Daher war es durchaus möglich, daß der Täter die Leiche bereits Sonntagabend oder in der Nacht in den Schacht geworfen hatte. Die Zeltplane gehörte der Telefongesellschaft. Bisher hatte die Polizei niemanden aufgetrieben, der Yeager lebend in dieser Gegend gesehen oder einen Schuß gehört hatte. Deshalb vermutete man, daß er woanders getötet und danach vom Mörder in die 82. Straße West transportiert worden war.

Yeagers Tochter Anne hielt sich in ihrem College in Bennigton auf. Sein Sohn Thomas G. junior befand sich in Cleveland, wo er bei der ›Contiplastic‹ einen verantwortlichen Posten bekleidete. Yeager und seine Frau hatten New York am Freitagabend verlassen, um das Wochenende bei Freunden auf dem Land zu verbringen; er war bereits am Sonntagnachmittag in die Stadt zurückgekehrt, seine Frau jedoch erst am Montagmorgen. Während des Wochenendes hatte das Haus in der 68. Straße Ost völlig leergestanden. Yeager hatte am Sonntag um 17.02 Uhr in Stamford einen Zug nach New York bestiegen. Von diesem Augenblick an war er wie vom Erdboden verschluckt gewesen bis zu dem Zeitpunkt, an dem seine Leiche gefunden wurde.

Die Polizei hatte niemanden verhaftet, aber die Ermittlungen liefen auf vollen Touren.

Die *Times* brachte ein Foto von Yeager, auf dem er wie ein Honigkuchenpferd grinste, die *Gazette* sogar zwei. Eins davon kannte ich bereits; auf dem anderen sah man die verhüllte Leiche am Rand des Kabelschachtes. Ich schnitt die Fotos aus und verstaute sie in meiner Brieftasche.

Um 8.51 Uhr stellte ich meine leere Kaffeetasse weg, bedankte mich bei Fritz für Speis und Trank und sagte ihm, ob ich zum Lunch zurück sei, wisse ich nicht genau. Dann flitzte ich die Treppe hinauf in den ersten Stock und betrat Wolfes Schlafzimmer. Sein

Frühstückstablett mit einigen spärlichen Überresten stand auf dem Tisch am Fenster, und daneben lag seine Ausgabe der *Times*. Er selbst stand vor dem Spiegel am Kleiderschrank und knotete seine Krawatte. Da er jeden Morgen direkt von seinem Schlafzimmer aus für zwei Stunden im Dachgeschoß verschwindet, ist mir schleierhaft, warum er sich das Ding überhaupt umbindet – vielleicht aus Höflichkeit zu den Orchideen. Er grunzte ein »Guten Morgen«, zupfte ein letztes Mal an seinem Schlips und wandte sich zu mir um.

»Ich mach mich auf die Socken. Irgendwelche Instruktionen?«

»Wozu? Sie sind selbst Herr Ihrer Handlungen.«

»Nein, Sir. Heute ist nicht gestern. Schicken Sie mich etwa nicht hin? Anscheinend tappt die Polizei noch im dunkeln, es sei denn, sie hält mit irgend was hinterm Berg. Yeager war schon seit mindestens vierzehn Stunden tot, als sein Doppelgänger gestern nachmittag bei uns aufkreuzte. Der Bericht über unser Gespräch liegt in meiner Schreibtischschublade. Ich brauche ein paar Moneten für eventuelle Notfälle. Wieviel soll ich mitnehmen?«

»Genug.«

»Sicher. Wie hoch soll ich gehen?«

»Das überlasse ich Ihnen.«

»Okay. Bis später.«

Ich stiefelte ins Büro, entnahm unserer Bargeldreserve im Safe fünfhundert Dollar in gebrauchten Fünfern, Zehnern und Zwanzigern, machte den Safe zu und stellte die Kombination ein. Dann zog ich das Jackett aus, holte aus der untersten Schreibtischschublade mein Schulterhalfter heraus, legte es um, lud meine 32er Marley und steckte sie unter die Achsel. Seit es mich vor ein paar Jahren um ein Haar erwischt hätte, begnüge ich mich nicht mehr mit dem Taschenmesser als einziger Waffe, wenn ich mich auf die Jagd nach einem Mörder begebe. In der Diele blieb ich unschlüssig vor den Garderobehaken stehen. Mantel und Hut? Ich belaste mich nicht gern damit. Der Morgen war allerdings trübe; im Wetterbericht um halb acht waren Schauer angesagt worden. Egal, man muß auch mal was riskieren. Ich marschierte bis zur Tenth Avenue, winkte ein Taxi heran und sagte dem Fahrer, er solle mich Ecke 82. Straße West und Broadway absetzen.

Natürlich hatte ich keinen festen Plan. Ich mußte mich von den Umständen und meinen Eingebungen leiten lassen. Wenn die Untersuchungen am Fundort der Leiche noch nicht abgeschlossen waren, dann war es um meine eigenen Nachforschungen sowieso schlecht bestellt – jedenfalls bis auf weiteres. Viele der Beamten vom Morddezernat kannten mich vom Sehen und wußten, daß ich nicht nur zum Vergnügen oder aus purem Zufall auf der Szene eines Verbrechens auftauchte. Deshalb lief ich vom Broadway aus in östlicher Richtung, überquerte die Amsterdam Avenue und warf zunächst einen vorsichtigen Blick in die 82. Straße West, bevor ich um die Ecke bog. Ich habe gute Augen. Das Haus Nummer 156 lag ungefähr dreißig Schritte von der Ecke entfernt. Geparkte Autos standen dicht hintereinander auf beiden Seiten der Straße; aber ein Polizeiwagen befand sich nicht darunter. Schräg gegenüber von der Nummer 156 markierten ein paar Pfähle den ausgehobenen Kabelschacht.

Der Wohnblock war, mit Verlaub zu sagen, übelster Slum. Vor fünfzig oder sechzig Jahren, als die Backsteinfassaden noch sauber und neu aussahen und die Fenster- und Türbeschläge aus Messing glänzten, mochte die lange Reihe fünfstöckiger Gebäude der Stadt alle Ehre gemacht haben. Jetzt wirkten sie verkommen und baufällig und wären vermutlich schon längst zusammengesackt, wenn sie sich nicht gegenseitig gestützt hätten. Für gewöhnlich wimmelte es in diesem Viertel von Kindern; aber um diese Zeit waren sie in der Schule. Ich bemerkte nur wenige Passanten; bloß um die eingezäunte Ausschachtung drängte sich eine Menge neugieriger Menschen. Ein Schutzmann hielt sie in Schach. Leute vom Morddezernat oder von der Staatsanwaltschaft waren nirgends zu sehen.

Ich schlenderte über die Straße, baute mich hinter einer Frau in einem roten Kleid auf und spähte über ihre Schulter hinweg in die Grube. Die Männer von der Telefongesellschaft hatten ihre Arbeit wieder aufgenommen. Anscheinend waren die polizeilichen Untersuchungen an dieser Stelle endgültig abgeschlossen. Während ich zerstreut in den Schacht starrte, lief mein Hirn auf vollen Touren. Das Resultat meiner angestrengten Gedankenarbeit waren fünf Schlußfolgerungen, die mir ziemlich einleuchtend vorkamen.

1. Yeager mußte mit dem Haus Nummer 156 irgendwie in Verbindung gestanden haben. Was immer unseren geheimnisvollen Besucher zu seinem Versteckspiel veranlaßt haben mochte und ob er nun der Mörder war oder nicht, die Adresse in der 82. Straße West hatte er bestimmt nicht einfach aus dem Ärmel geschüttelt.

2. Angenommen, der Täter hatte die Leiche absichtlich in unmittelbarer Nähe des Hauses deponiert, um einen der Hausbewohner unter Druck zu setzen – warum hatte er sie dann nicht direkt vor der Haustür abgeladen? Hätte er sich dann die Mühe gemacht, sie in den Kabelschacht zu bugsieren und mit einer Zeltplane zuzudecken? Nein.

3. War der Täter mit der Leiche im Wagen umherkutschiert, und hatte er sich die erste beste Gelegenheit zunutze gemacht, um sie loszuwerden? Wieder nein. So viele Zufälle gab es nicht.

4. Yeager konnte nicht beim Betreten oder Verlassen des Hauses Nummer 156 getötet worden sein. Der Schuß hätte die ganze Straße alarmiert und zehn, fünfzig, hundert Menschen ans Fenster gelockt. Außerdem hätte der Schütze sofort das Weite gesucht. Er hätte sich bestimmt nicht damit aufgehalten, die Leiche in den Schacht zu rollen, hinunterzusteigen und die Plane darüberzuziehen. Nein.

5. Folglich war Yeager im Haus Nummer 156 umgelegt worden, und zwar irgendwann nach halb acht am Sonntagabend. Später, in der Nacht, als die Bewohner der umliegenden Häuser fest schliefen, hatte man die Leiche über die Straße geschleppt und in die Grube geworfen. Wozu die Plane eigentlich dienen sollte, war mir dabei nicht recht klar. Der Mörder konnte zu diesem Zeitpunkt unmöglich voraussehen, daß am Montag im Kabelschacht nicht gearbeitet werden würde.

Ich war mit meiner Beweisführung sehr zufrieden. Sie war plausibel und anschaulich, und daß ihr jede stichhaltige Grundlage fehlte, machte sie besonders reizvoll. Detektive haben es leicht. Sie errichten auf einer winzigen Tatsache ein kühnes Gedankengebäude und ersparen sich damit unnötiges Kopfzerbrechen. Ich setzte mich in Bewegung und schlenderte auf das Haus Nummer 156 zu.

Einige Häuser hatten Schilder aushängen mit der Aufschrift ›Zimmer zu vermieten‹. Nummer 156 machte eine Ausnahme. Dafür baumelte an dem Eisengeländer der Vordertreppe ein verschmutztes Stück Pappe, auf dem in Druckbuchstaben ›Hausverwalter‹ stand. Ein Pfeil zeigte nach rechts auf einen Nebeneingang, der offenbar in das Souterrain führte. Ich folgte der Anweisung, stieg drei Stufen hinunter, landete in einem kleinen Vestibül und entdeckte einen ersten Beweis dafür, daß sich dieses Haus in einem wesentlichen Punkt von anderen Häusern unterschied. Die Tür hatte ein Rabson-Schloß. Irgend jemand hatte offenbar ein Interesse daran, unwillkommenen Gästen den Zutritt möglichst zu erschweren, und war auch bereit gewesen, sich den Spaß etwas kosten zu lassen. Ein Rabson-Schloß ist unter sechzig Dollar nicht zu haben, und nur der glückliche Besitzer eines passenden Schlüssels ist in der Lage, sich Einlaß zu verschaffen. Vermutlich würde auch ein Schmiedehammer denselben Zweck erfüllen. Aber wer hat schon Lust, solch einen unhandlichen Gegenstand mit sich herumzuschleppen.

Ich klingelte und harrte der Dinge, die da kommen würden. Die

Tür ging auf, und vor mir stand eines der drei schönsten weiblichen Wesen, die mir bisher über den Weg gelaufen waren. Ich schnappte nach Luft und riß Mund und Augen auf. Vermutlich machte ich einen ziemlich verdatterten Eindruck. Aber selbst der abgebrühteste Detektiv hat seine Züge nicht immer in der Gewalt – vor allem dann nicht, wenn er sich plötzlich einer Vision gegenübersieht. Die Vision lächelte. Es war ein königliches Lächeln, das mich förmlich blendete. »Was wünschen Sie?« Ihre Stimme klang weich und war nicht viel mehr als ein Hauch.

Darauf gab es natürlich nur eine Antwort. ›Dich!‹ Aber es gelang mir, mich zu beherrschen. Sie war etwa achtzehn Jahre alt, groß und schlank, mit einer Haut von der Farbe wilden Thymianhonigs, den Wolfe aus Griechenland bezieht, und sie strahlte eine stille Würde aus. Es war Stolz, jedoch nicht der Stolz einer Frau, die weiß, daß sie schön ist und sich in der Bewunderung der Männer sonnt. Eitle Frauen haben ein süßliches Lächeln und einen koketten Blick. Ich riß mich zusammen und setzte zum Sprechen an. Ich glaube nicht, daß ich stotterte, aber möglich wäre es gewesen. »Könnte ich den Hausverwalter sprechen?«

»Sind Sie ein Polizist?«

Vielleicht hatte sie eine Schwäche für Polizisten. Dann war ein überzeugtes Ja die einzig richtige Antwort. Andererseits konnte ich mir nicht vorstellen, daß ein so schönes Mädchen einen so schlechten Geschmack haben sollte. Deshalb erklärte ich: »Nein. Ich bin Reporter.«

»Das ist nett.« Sie wandte sich um und rief: »Vater, ein Reporter will dich sprechen!« Ob sie laut oder leise sprach, ihre Stimme hatte stets den gleichen wundervollen Klang. Sie wandte sich wieder zu mir um, mit der geschmeidigen Anmut einer Raubkatze, und musterte mich unbefangen und neugierig. In ihren warmen braunen Augen lag ein halbes Lächeln. Eigentlich wären jetzt ein paar geistvolle Bemerkungen am Platze gewesen; mir fiel aber in der Eile nichts Passendes ein. So zwischen Tür und Angel konnte ich schließlich nicht gut mit der Frage herausplatzen: ›Wollen Sie mich heiraten?‹, obwohl mir genau das auf der Zunge lag. Andererseits kam mir der Gedanke widernatürlich vor, eine Vision mit solch profanen Beschäftigungen wie Geschirrspülen und Sockenstopfen in Verbindung zu bringen. Dann bemerkte ich plötzlich, daß sich mein rechter Fuß selbständig gemacht und die ganze Zeit über die Tür blockiert hatte, und diese Entdeckung riß mich aus allen Träumen. Ich war eben doch nur ein Privatdetektiv, der den höchst unromantischen

Auftrag bekommen hatte, einen zahlungskräftigen Klienten aufzustöbern.

Schwere Schritte näherten sich, und das Mädchen trat beiseite. Ein Mann erschien auf der Bildfläche, ein derber, breitschultriger, untersetzter Bursche mit einer stumpfen Nase und buschigen Augenbrauen. Ich ging auf ihn zu und sagte: »Ich heiße Goodwin und komme von der *Gazette.* Ich möchte ein Zimmer mieten, und zwar eins, das auf die Straße hinausgeht.«

Er wandte sich an seine Tochter. »Geh hinein, Maria.« Sie machte wortlos kehrt und verschwand in dem dunklen Flur. Dann sah er mich an und erwiderte lakonisch: »Keine Zimmer.«

»Ich zahle Ihnen hundert Dollar für eine Woche«, erklärte ich. »Meine Zeitung möchte einen Bericht über den Tatort haben, sozusagen den Tatort nach der Tat mit Fotos von den Leuten, die die Neugier und Sensationslust hierher treibt. Ein Fenster im zweiten Stock Ihres Hauses wäre genau das Richtige für mich.«

»Wir vermieten keine Zimmer.« Seine Stimme klang tief und rauh.

»Wieso denn nicht? Ein Zimmer werden Sie doch sicher frei machen können. Es ist ja nur für eine Woche. Zweihundert Dollar.«

»Nein.«

»Dreihundert.«

»Nein.«

»Fünfhundert.«

Er zog die Schultern hoch und schüttelte energisch den Kopf. »Sie sind verrückt! Nein!«

»Wenn hier einer verrückt ist, sind Sie's. Fünfhundert Dollar sind 'ne Menge Geld. Wie heißen Sie?«

»Das geht Sie gar nichts an!«

»Man darf doch wohl noch fragen! Ich kann mich auch bei Ihren Nachbarn erkundigen oder bei dem Polizisten draußen. Oder ist mit Ihrem Namen irgendwas nicht in Ordnung?«

Er kniff das rechte Auge zu. »Wie kommen Sie darauf? Bei mir ist alles in Ordnung. Ich heiße Cesar Perez und bin Bürger der Vereinigten Staaten.«

»Okay. Ich auch. Na, wie ist es? Wollen Sie mir nun ein Zimmer vermieten? Für eine Woche und fünfhundert Dollar? Ich zahle bar und im voraus.«

»Aber verstehen Sie denn nicht?« Er sprach mit Händen und Füßen. »Ich habe kein Zimmer für Sie! Der Tote da draußen, das ist eine schlimme Sache. Die Leute von diesem Haus aus fotografieren? Nein! Auch wenn ich ein Zimmer hätte, nein!« Er schüttelte wieder den Kopf.

Der Bursche war störrisch wie ein Maulesel. Ich beschloß, das Versteckspiel aufzugeben. Es kam ohnehin nichts dabei heraus. Bisher waren wir der Polizei um eine Nasenlänge voraus. Aber das Morddezernat oder der Staatsanwalt brauchten nur von Yeagers Beziehung zu dem Haus Wind zu bekommen, dann war es mit unserem Vorsprung vorbei und mit der Aussicht auf einen Klienten vermutlich auch. Ich zog meine Brieftasche hervor, fischte meinen Ausweis heraus und hielt ihm das Ding unter die Nase. »Können Sie bei dem miesen Licht lesen, was da drauf steht?«

Er versuchte es gar nicht erst. »Was ist das?«

»Meine Lizenz. Ich bin kein Reporter. Ich bin Privatdetektiv und stelle Ermittlungen im Mordfall Yeager an.«

Er kniff wieder das eine Auge zu, schob meine Hand mit dem Ausweis zurück und holte tief Luft. »Sie sind kein Polizist?«

»Nein.«

»Dann gehen Sie! Es waren drei Polizisten hier. Ich habe ihnen gesagt, daß ich über den Mann im Kabelschacht nichts weiß, und einer von ihnen hat mich beleidigt. Gehen Sie!«

»Okay. Es ist Ihr Haus, und Sie können mich vor die Tür setzen, wenn Sie wollen.« Ich steckte Lizenz und Brieftasche wieder ein. »Aber ich will Ihnen sagen, was passiert, wenn Sie mich rausschmeißen. In noch nicht dreißig Minuten wird ein Dutzend Polizisten vor Ihrer Tür stehen mit einem Haussuchungsbefehl. Sie werden das ganze Haus auf den Kopf stellen und sich sämtliche Bewohner vorknöpfen, Sie und Ihre Tochter zuerst. Und wissen Sie, warum? Weil ich der Polizei erzählen werde, daß Thomas G. Yeager am Sonntagabend in dieses Haus kam und hier umgelegt wurde.«

»Das ist nicht wahr! Das hat der eine Polizist auch gesagt. Das ist eine freche Beleidigung!«

»Na schön, wer nicht hören will, muß fühlen. Ich habe Sie gewarnt. Zuerst schnappe ich mir den Polypen da draußen. Er soll aufpassen, daß niemand aus dem Haus verduftet.« Ich machte langsam kehrt, um dem Burschen Zeit zu geben, sich die Sache zu überlegen. Auf die Routinefragen der Polizei war er natürlich vorbereitet gewesen; aber mit mir hatte er nicht gerechnet. Ich hatte ihn überrumpelt. Er war zwar schwerfällig, aber ganz bestimmt kein Idiot. Er mußte inzwischen begriffen haben, daß ein Wort von mir genügte, um die Polizei auf ihn und das Haus zu hetzen, auch wenn ich meinen Verdacht nicht beweisen konnte.

Als ich mich in Bewegung setzte, streckte er die Hand aus und zupfte mich am Ärmel. Ich drehte mich um und sah ihn neugierig an. Er trat unschlüssig von einem Fuß auf den anderen und starrte mich mißtrauisch an. »Warum lügen Sie? Sie sind von der Polizei!«

»Nein. Ich heiße Archie Goodwin und arbeite für einen Privatdetektiv namens Nero Wolfe. Wir stellen im Auftrag von Interessenten Ermittlungen an und werden dafür bezahlt. Auf diese Art verdienen wir uns unsre Brötchen und was man sonst so zum Leben braucht. Wir sind über Yeagers Beziehungen zu diesem Haus im Bild, und glauben Sie nur nicht, daß es uns Spaß macht, die Polizei ins Vertrauen zu ziehen. Aber wenn Sie sich weiter auf die Hinterbeine stellen, muß ich den Mann von draußen hereinrufen, so leid es mir tut. Haben Sie Yeager umgebracht?«

Er wandte sich ab und marschierte den Flur entlang. Ich sauste hinter ihm her, packte ihn an der Schulter und riß ihn herum. »Also was ist? Haben Sie ihn auf dem Gewissen?«

»Sie haben nicht das Recht, mich so zu behandeln«, antwortete er. »Ich habe ein Messer!«

»Schön, und ich habe das hier.« Ich zog meine Marley hervor. »Und einen Waffenschein dafür. Haben Sie Yeager getötet?«

»Nein. Ich möchte mit meiner Frau sprechen. Sie kann besser denken als ich. Ich möchte mit meiner Frau und meiner Tochter . . .«

Drei Meter weiter hinten im Gang öffnete sich eine Tür, und eine weibliche Stimme sagte: »Wir sind hier, Cesar.« Eine große, dicke Frau mit befehlshaberischer Miene und dem Anflug eines Schnurrbarts unter der Nase segelte mit energischen Schritten auf uns zu. Maria hielt sich im Hintergrund. Perez wandte sich an seine Frau und überschüttete sie mit einem erregten Wortschwall, von dem ich allerdings keine Silbe verstand, da er spanisch sprach.

Seine Frau brachte ihn energisch zum Schweigen. »Hör auf! Er wird glauben, wir hätten Geheimnisse.« Sie heftete ihre durchdringenden schwarzen Augen auf mich. »Wir haben alles gehört. Ich wußte, daß das passieren würde. Aber ich dachte, die Polizei würde kommen und Fragen stellen. Mein Cesar ist ein anständiger Mann. Er hat Mr. House nicht getötet. Wir nannten Mr. Yeager immer Mr. House, weil ihm das Haus gehört. Wer hat es Ihnen gesagt?«

Ich steckte die Marley wieder ein. »Egal, ich weiß es, Mrs. Perez. Woher ich es weiß, ist Nebensache.«

»Ja, Sie haben recht. Ich war dumm. Na schön, fragen Sie mich.«

»Eigentlich würde ich die Antworten lieber von Ihrem Mann hören. Gibt es hier irgendwelche Sitzgelegenheiten?«

»Nein, ich gebe die Antworten. Wir sitzen nur mit Freunden an einem Tisch. Sie haben meinen Mann mit Ihrer Pistole bedroht.«

»Das war nur Spaß. Okay, wenn's Ihre Beine so lange aushalten, können's meine auch. Um welche Zeit traf Mr. Yeager am Sonntagabend hier ein?«

»Ich dachte, Sie wissen es.«

»Sicher. Ich will nur kontrollieren, ob Sie meine Fragen wahrheitsgemäß beantworten. Wenn Sie schwindeln, kommt Ihr Mann an die Reihe, und wenn der mir auch was vorlügt, wird ihn sich die Polizei vorknöpfen.«

Sie überlegte einen Moment lang. »Er kam gegen sieben.«

»Kam er zu Ihnen oder zu Ihrem Mann oder zu Ihrer Tochter?«

Sie funkelte mich empört an. »Nein!«

»Zu wem kam er dann?«

»Ich weiß nicht. Wir wissen es nicht.«

»Das nehme ich Ihnen nicht ab. Denken Sie sich eine bessere Antwort aus, und zwar ein bißchen dalli! Ich hab' nicht die Absicht, stundenlang hier herumzustehen.«

Sie betrachtete mich forschend. »Sind Sie schon mal oben gewesen?«

»Hier stelle ich die Fragen, Mrs. Perez, nicht Sie. Wen hat er hier besucht?«

»Wir wissen es nicht.« Sie warf ihrer Tochter einen befehlenden Blick zu. »Geh ins Zimmer, Maria, und mach die Tür zu!«

»Aber Mutter, ich . . .«

»Geh!«

Maria verschwand im Zimmer und schloß die Tür. Ich hatte gegen ihren Rückzug nichts einzuwenden, denn wenn man seine Augen ständig überwachen muß, damit sie nicht in die falsche Richtung wandern, dann sehnt man sich nach einer kurzen Erholungspause. Die Mutter wandte sich wieder mir zu.

»Er kam gegen sieben Uhr und klopfte an unsere Küchentür.« Sie zeigte auf die Tür, hinter der Maria eben verschwunden war. »Er sprach mit meinem Mann und gab ihm Geld. Dann ging er zum Lift. Wir wissen nicht, ob der Besuch schon oben war oder erst später eintraf. Wenn der Fernsehapparat eingeschaltet ist, können wir nicht hören, ob jemand kommt. Außerdem geht es uns nichts an. Die Haustür hat ein gutes Schloß. Niemand kann ohne Schlüssel herein.«

»Wo ist der Lift?«

»Da hinten. Auch für ihn braucht man einen Schlüssel.«

»Sie haben mich gefragt, ob ich schon mal oben war. Wie ist's mit Ihnen? Waren Sie schon mal oben?«

»Natürlich. Wir müssen doch täglich saubermachen.«

»Okay. Sie haben also auch einen Schlüssel. Das freut mich. Dann können wir uns ja gleich mal oben ein bißchen umsehen.«

Sie warf ihrem Mann einen fragenden Blick zu, zögerte, ging auf die Küchentür zu, öffnete sie, sagte irgend etwas zu Maria in ihrem heimatlichen Idiom und marschierte dann den Flur entlang. Perez folgte ihr, und ich bildete das Schlußlicht. Ganz hinten fischte sie einen Schlüssel aus ihrer Schürzentasche. An der Tür zum Lift befand sich wiederum ein Rabson-Schloß, und die Tür selbst bestand aus Aluminium oder rostfreiem Stahl und glitt geräuschlos auf. Das Innere des Fahrstuhls paßte zu dem schäbigen, düsteren Flur wie die Faust aufs Auge: ein eleganter, mit Holz getäfelter kleiner Käfig, mit Velours ausgelegt und blanken Chromleisten abgesetzt. Wir drei hatten gerade Platz. Die Tür schloß sich automatisch, und wir sausten nach oben, meiner Schätzung nach bis zum fünften Stock hinauf. Der Fahrstuhl hielt mit einem leichten Ruck; wir stiegen aus.

Als Perez das Licht anknipste, blieb ich wie vom Donner gerührt stehen. Offenbar sollte ich an diesem Vormittag aus dem Staunen nicht herauskommen. Diesmal handelte es sich allerdings nicht um eine Vision, sondern eher um einen Alptraum. Ein Alptraum aus Samt und Seide. Der erste Eindruck war überwältigend; vermutlich deshalb, weil man in diesem Slumviertel und hinter der baufälligen Fassade solch raffinierte Prachtentfaltung nicht vermutete. Die fensterlosen Wände waren mit roter und gelber Seide verkleidet und mit reichlich pikanten Fotos dekoriert. Ein mattgelber Seidenteppich bedeckte den Boden. Der Raum war sehr groß, schätzungsweise acht mal acht Meter, und das auffälligste Möbelstück war ein drei Meter breites, niedriges Bett mit einer mattgelben Seidendecke. Gelb ist Wolfes Lieblingsfarbe. Ein Jammer, daß er nicht mitgekommen war. Ich schnupperte interessiert. Die Luft roch frisch und leicht parfümiert. Offenbar hatte das Zimmer eine Klimaanlage. Es waren eine ganze Menge glatter Flächen vorhanden, auf denen sich Fingerabdrücke deutlich abprägen mußten. Zwei Couchtische, ein Fernsehapparat, eine Konsole mit dem Telefon, mehrere Sessel. »Haben Sie hier seit Sonntag nacht gründlich geputzt?« erkundigte ich mich bei Mrs. Perez.

»Ja, gestern vormittag.«

Mit den Spuren war es also nichts. »Wo ist die Tür zum Treppenhaus?«

»Es gibt keine.«

»Die Treppe ist einen Stock tiefer mit Brettern verschlagen«, fügte Perez hinzu.

»Folglich kann man nur mit dem Lift ins Zimmer gelangen?«

»Ja.«

»Seit wann ist das schon so?«

»Seit vier Jahren. Damals kaufte er das Haus, richtete das Zimmer ein und ließ den Lift einbauen. Wir waren zwei Jahre vorher eingezogen.«

»Wie oft kam er hierher?«

»Das wissen wir nicht.«

»Natürlich wissen Sie es, wenn Sie täglich hier oben saubermachten. Also, wie oft?«

»Meistens einmal in der Woche, ab und zu auch mehrmals.«

Ich wandte mich zu Perez um. »Warum haben Sie ihn umgebracht?«

»Nein!« Er kniff ein Auge zu. »Ich? Nein!«

»Wer hat's denn getan?«

»Das wissen wir nicht«, wiederholte seine Frau mechanisch.

Ich nahm keine Notiz davon. »Hören Sie zu. Ich bin keineswegs erpicht darauf, Sie anzuzeigen. Mr. Wolfe und ich würden unsere Weisheit viel lieber für uns behalten, anstatt damit zur Polizei zu laufen. Aber wenn Sie nicht mit der Sprache herausrücken, haben wir gar keine andere Wahl. Außerdem bleibt uns vermutlich nicht mehr viel Zeit. Die Polizei hat von der Zeltplane, mit der die Leiche zugedeckt war, eine ganze Sammlung von Fingerabdrücken abgenommen. Falls Ihre dabei sind, können Sie sich gratulieren. Dann sind Sie geliefert. Da Yeager in diesem Haus und vermutlich sogar in diesem Raum getötet worden ist, können Sie nicht ganz so ahnungslos sein, wie Sie vorgeben. Was wissen Sie?«

Cesar Perez sah seine Frau an. »Felita?«

Sie musterte mich forschend. »Vorhin haben Sie zu meinem Mann gesagt, daß Sie Privatdetektiv sind und damit Ihr Brot verdienen. Wir werden Sie bezahlen. Wir haben etwas Geld. Hundert Dollar.«

»Wofür wollen Sie mich bezahlen?«

»Damit Sie unser Detektiv sind.«

»Und was soll ich für Sie tun?«

»Das sagen wir Ihnen später. Wir haben das Geld unten in unserer Wohnung.«

»Behalten Sie's. Ich möchte es mir zuerst mal verdienen. Na schön, von jetzt an bin ich also Ihr Detektiv. Aber ich kann jederzeit damit

Schluß machen. Wenn ich zum Beispiel begründeten Anlaß zu dem Verdacht habe, daß Sie oder Ihr Mann Yeager um die Ecke gebracht haben, ist der Vertrag zwischen uns null und nichtig. Kapiert?«

Die beiden nickten.

»Okay. Was soll ich für Sie tun?«

»Sie sollen uns helfen. Wegen der Fingerabdrücke. Ich hab' ihm gesagt, er müsse Handschuhe anziehen, aber er hat nicht auf mich gehört.« Sie warf ihrem Mann einen vorwurfsvollen Blick zu. »Wir wissen nicht, wer Ihnen das alles erzählt hat. Aber wir wissen, was passiert, wenn die Polizei etwas davon erfährt. Wir haben Mr. House – Mr. Yeager, meine ich – nicht umgebracht. Mein Mann hat die Leiche nur draußen in das Loch gelegt, weil wir nicht wußten, was wir sonst tun sollten. Als Mr. Yeager am Sonntagabend herkam, befahl er meinem Mann, kurz vor Mitternacht zu Mondor zu gehen und dort Sachen abzuholen, die er bestellt hatte – Kaviar und gebratenen Fasan und so was. Und als mein Mann um zwölf heraufkam, war Mr. Yeager tot. Er lag dort drüben.« Sie zeigte auf den Teppich. »Was konnten wir tun? Das Zimmer hier war ein Geheimnis. Wir sollten zu niemandem darüber sprechen. Und wir hatten Angst, die Polizei würde uns nicht glauben. Deshalb bezahlen wir Sie, damit Sie uns helfen. Vielleicht mehr als hundert Dollar. Sie müssen uns sagen, was –«

Sie fuhr herum und starrte zum Lift hinüber. Ein schwaches Klicken war zu hören gewesen und nun ein monotones Surren.

»Jemand hat auf den Knopf gedrückt«, murmelte Perez. »Er fährt nach unten.«

»Tja«, erwiderte ich. »Fragt sich nur, wer dieser Jemand ist.«

Mrs. Perez schüttelte hilflos den Kopf. »Wir wissen es nicht.«

»Na, das dürfte sich ja bald herausstellen. Bleiben Sie beide, wo Sie sind.« Ich holte meine Marley heraus.

»Vielleicht ein Polizist«, meinte Perez.

»Nein«, antwortete sie. »Die Polizei hat doch keinen Schlüssel, weil wir Mr. House die Schlüssel weggenommen haben.«

»Still«, flüsterte ich. »Wenn ich Ihr Detektiv sein soll, müssen Sie tun, was ich Ihnen sage. Keinen Mucks, und rühren Sie sich nicht von der Stelle.«

Wir behielten alle drei die Fahrstuhltür im Auge. Ich lehnte mich mit dem Rücken gegen die Wand, die Marley schußbereit in der Hand. Da der unbekannte Besucher den Lift hatte herunterholen müssen, wußte er, daß jemand oben war. Er konnte auf dumme Gedanken kommen und mit gezücktem Schießeisen auf der Bildfläche erscheinen. Und falls es sich um Yeagers Mörder handelte, würde er sich vermutlich auch nicht genieren, das Ding abzudrücken. Das Surren begann von neuem. Dann hielt der Fahrstuhl, die Tür glitt auf, und eine Frau stieg aus. Sie wandte mir den Rücken zu und sah Mrs. Perez an.

»Gott sei Dank, daß Sie's sind«, murmelte sie. »Ich dachte mir's schon.«

»Aber wir kennen Sie ja gar nicht«, erwiderte Mrs. Perez.

Dafür kannte ich sie. Es war Meg Duncan. Sie spielte die weibliche Hauptrolle in dem Theaterstück ›Die Hintertür zum Paradies‹, und ich hatte sie erst vor ein paar Tagen von einem Sitz in der fünften Reihe aus auf der Bühne bewundert.

4

Auf die Frage, ob ich es bei einer handgreiflichen Auseinandersetzung lieber mit einem Mann meiner eigenen Größe zu tun haben will oder mit einer Frau, die mir nur bis ans Kinn reicht, lautet meine Antwort klar und unmißverständlich: dann schon lieber den Mann, auch wenn es Tarzan persönlich ist. Solange er kein Schießeisen hat, kann es einem höchstens passieren, daß man mit Schwung auf dem Fußboden landet. Aber eine Frau ist buchstäblich zu allem fähig und wendet grundsätzlich nur die unfairsten Methoden an. Außerdem kann man einen männlichen Gegner mit etwas Glück und einem schnellen rechten Haken zuerst außer Gefecht setzen, während man auch einer Furie gegenüber stets als Kavalier auftreten muß. Meg Duncan fiel mit gekrümmten Fingern und gefletschten Zähnen über mich her. In diesem kritischen Moment gab es für mich nur zwei Möglichkeiten: die Flucht nach hinten oder die Flucht nach vorn. Auskneifen mochte ich nicht. Deshalb machte ich einen Schritt auf sie zu, wich ihren Fingernägeln geschickt aus, umschlang sie mit beiden Armen und drückte sie so fest an mich, daß ihr nach einer Sekunde die Puste ausging. Sie schnappte keuchend nach Luft. Die Lust zum Beißen und Augenauskratzen war ihr offenbar gründlich vergangen. Ich rechnete insgeheim mit einem Tritt gegen das Schienbein, aber selbst dazu reichte es bei ihr nicht mehr. Als ich sie losließ und die Marley wegsteckte, rührte sie sich nicht von der Stelle.

»Ich weiß, wer Sie sind«, sagte ich. »Ich hab' Sie letzte Woche im Theater gesehen, und Sie waren wundervoll. Sie können sich beruhigen. Ich bin kein Polizist. Ich bin Privatdetektiv und arbeite für Nero Wolfe. Wenn Sie sich von dem Schock erholt haben, müssen Sie mir erzählen, warum Sie hergekommen sind.«

»Sie haben mir weh getan«, erwiderte sie vorwurfsvoll und rieb sich das Handgelenk.

»Möglich. Aber das bißchen Drücken war nichts gegen die Behandlung, die Sie mir zugedacht hatten.«

Sie musterte mich mit zurückgelegtem Kopf und atmete immer noch so hastig, als hätte sie einen halbstündigen Dauerlauf hinter sich. Von der Bühne her hatte ich sie als strahlendes, bildhübsches Persönchen in Erinnerung, und deshalb überraschte es mich beinahe, daß ich sie auf Anhieb wiedererkannt hatte. So aus der Nähe sah sie wie eine x-beliebige dreißigjährige Frau aus mit einem recht netten Gesicht, einem schlichten grauen Kostüm und einem unauffälligen kleinen Hut. Aber natürlich war sie erregt und besorgt und von unserem Zusammenstoß noch leicht derangiert.

»Sind Sie Nero Wolfes Archie Goodwin?« erkundigte sie sich.

»Nein, ich bin mein Archie Goodwin. Aber ich bin außerdem Nero Wolfes Assistent.«

»Ich hab' von Ihnen gehört. Ich weiß, daß Sie ein Gentleman sind.« Sie streckte eine Hand aus und streichelte meinen Ärmel. »Ich kam her, um etwas zu holen. Etwas, was mir gehört. Ich nehme es mir und gehe wieder. In Ordnung?«

»Worum handelt es sich?«

»Um ein – um ein Zigarettenetui. Auf dem Deckel sind meine Initialen eingraviert.«

»Haben Sie es hier vergessen?«

Sie versuchte zu lächeln, ein damenhaftes Lächeln, das an den Gentleman in mir appellieren sollte. Aber der Versuch scheiterte kläglich. Als versierte Schauspielerin hätte sie sich eigentlich geschickter aus der Affäre ziehen müssen. »Ist das nicht völlig gleichgültig, Mr. Goodwin? Jedenfalls ist es mein Eigentum. Ich kann es beschreiben. Ein mattgoldenes Etui mit einem Smaragd in der einen Ecke und meinen Initialen in der anderen.«

»Okay. Und wann haben Sie es hier vergessen?«

»Ich habe nicht gesagt, daß ich es hier vergessen habe.«

»Sonntag abend vielleicht?«

»Nein. Ich war Sonntag abend nicht hier.«

»Haben Sie Yeager umgebracht?«

Sie schlug nach mir. Oder genauer gesagt, sie hob die Hand und holte zum Schlag aus; aber ich erwischte ihr Handgelenk, bevor sie mir die Ohrfeige verpassen konnte. Ihre Augen funkelten zornig. Jetzt sah sie der Bühnendiva Meg Duncan schon ähnlicher. Bevor ich ihr Handgelenk losließ, drückte ich es ein bißchen, nicht zu fest, nur gerade so viel, daß sie es sich für die Zukunft merkte und mich ein für allemal mit ihren Flausen verschonte. »Sie sind doch ein Mann, oder?« fragte sie erbost.

»Meistens. Im Moment bin ich nur ein Detektiv bei der Arbeit. Und darum frage ich Sie: Haben Sie Yeager getötet?«

»Nein. Natürlich nicht.« Sie packte mich von neuem am Ärmel. »Lassen Sie mich mein Zigarettenetui holen und weggehen.«

Ich schüttelte den Kopf. »Bedaure. Ich fürchte, für eine Weile müssen Sie sich ohne das Etui behelfen. Haben Sie eine Ahnung, wer Yeager auf dem Gewissen hat?«

»Wie sollte ich?« Ihre Finger umfaßten ganz leicht meinen Arm. »Ich weiß, daß ich Sie nicht bestechen kann, Mr. Goodwin. Ich habe genug über Sie gehört, um es gar nicht erst zu probieren. Aber Detektive übernehmen Aufträge, nicht wahr? Ich kann Sie bitten, mir zu helfen, und Sie dafür bezahlen. Wenn ich mein Zigarettenetui nicht mitnehmen darf, dann nehmen Sie es wenigstens an sich und heben es für mich auf. Sie können es mir später zurückgeben. Wann, ist mir egal, solange Sie es für mich aufbewahren.« Sie rüttelte mich überredend am Arm. »Ich zahle jede Summe dafür. Tausend Dollar?«

Unsere Aussichten verbesserten sich zusehends. Gestern nachmittag um halb fünf hatten wir weder einen Klienten noch die Hoffnung, demnächst einen aufzutreiben. Um fünf war der erste aufgekreuzt, hatte sich allerdings drei Stunden später als Niete entpuppt. Vorhin hatte mir Mrs. Perez hundert Dollar oder mehr geboten, und Meg Duncan verstieg sich nun sogar auf tausend Dollar. Klienten am laufenden Band. Die Fixigkeit, mit der sie anrollten, überraschte mich selbst. Ich konnte nur hoffen, daß mir die Sache am Ende nicht über den Kopf wuchs. Zu viele Klienten zu haben ist ebenso unangenehm wie das Gegenteil.

Ich sah Meg Duncan an. »Vielleicht läßt sich's machen. Ich hätte an sich nichts dagegen. Der Haken dabei ist nur, daß ich ohne Mr. Wolfes Zustimmung keinen Auftrag übernehmen darf. Er ist der Boss. Ich werde mir die Bude hier gründlich ansehen, und sollte mir Ihr Zigarettenetui dabei zwischen die Finger geraten, dann stecke ich's ein. Alles Weitere wird sich finden. Geben Sie mir Ihre Schlüssel für die Haustür und den Fahrstuhl.«

Sie ließ meinen Arm los. »Ihnen geben? Warum?«

»Sie brauchen sie ja sowieso nicht mehr.« Ich warf einen Blick auf mein Handgelenk. »Es ist jetzt kurz nach halb elf. Sie haben heute keine Nachmittagsvorstellung. Kommen Sie gegen halb drei in Nero Wolfes Büro, 35. Straße West, Nummer 618. Sie werden dort Ihr Zigarettenetui vorfinden und können Ihr Anliegen mit Mr. Wolfe besprechen.«

»Aber warum können Sie mir nicht –«

»Nein. Tut mir leid. Eine andere Möglichkeit gibt es nicht.« Ich streckte die Hand aus. »Geben Sie mir die Schlüssel!«

»Weshalb kann ich nicht –«

»Ich habe nein gesagt. Ihre Einwände sind zwecklos, Miss Duncan, und reine Zeitverschwendung. Seien Sie froh, daß ich Ihnen diese Chance gebe. Die Schlüssel.«

Sie fischte ein ledernes Schlüsseletui aus ihrer Handtasche und gab es mir. Ich zeigte Cesar Perez die beiden Rabson-Schlüssel und fragte ihn, ob es die richtigen seien. Er besah sie sich und nickte. Ich verstaute das Etui in meiner Hosentasche und führte Meg Duncan zum Lift. »Wir sehen uns dann also um halb drei.«

»Warum darf ich nicht bleiben, bis Sie –«

»Ausgeschlossen. Bei der Arbeit kann ich keine Gesellschaft gebrauchen.« Ich verfrachtete sie in den Fahrstuhl; die Tür schloß sich, und sie gondelte nach unten. Ich atmete erleichtert auf und wandte mich dann an Perez.

»Sie haben sie schon mal gesehen, wie?«

»Nein. Niemals!«

»Pfui! Auch nicht, wenn Sie um Mitternacht den Proviant 'raufbrachten?«

»Nein. Er war immer allein im Zimmer. Vielleicht war sie im Bad oder so.«

»Wo ist das Bad?«

Er zeigte auf die gegenüberliegende Wand. »Da drüben.«

Ich sah seine Frau an. »Und wie steht's mit Ihnen? Als sie aus dem Lift stieg, sagte sie: ›Gott sei Dank, daß Sie's sind.‹«

Sie nickte. »Ich hab's gehört. Sie muß mich irgendwann mal gesehen haben, im Flur oder in der Küche, als die Tür offenstand. Wir kennen sie nicht. Wir wissen überhaupt nichts über sie.«

»Was Sie alles nicht wissen! Okay. Wir wollen unsere Unterhaltung auf später verschieben. Jetzt hab' ich zu tun. Nur eine Frage noch.« Ich nahm wieder ihn aufs Korn. »Warum sind Sie eigentlich in den Schacht geklettert und haben die Leiche mit der Zeltplane zugedeckt?«

Er starrte mich entgeistert an. »Aber er war doch tot! Und tote Menschen deckt man immer zu!« Er gestikulierte mit den Händen. »Das gehört sich so! Ich wußte, daß die Plane an der Baustelle lag. Ich hatte sie schon vorher bemerkt.«

Ich war plötzlich fest davon überzeugt, daß Cesar Perez mit dem Mord an Thomas G. Yeager nichts zu tun hatte. Bei seiner Frau war ich mir nicht so sicher, aber für ihn hätte ich die Hand ins Feuer gelegt. Und ich glaube, daß es jedem anderen in dem Moment ebenso gegangen wäre. Als ich mir über den Zweck der Zeltplane den Kopf zerbrochen hatte, war mir die einfachste und natürlichste Erklärung nicht eingefallen. »Das war sehr anständig von Ihnen. Zu schade, daß Sie keine Handschuhe angezogen haben. Na schön, das wäre dann für den Augenblick alles. Ich muß jetzt arbeiten. Sie haben die Adresse gehört, die ich der Dame vorhin nannte. Kommen Sie heute nachmittag um sechs Uhr dorthin, alle beide. Ich bin zwar Ihr Detektiv, aber Mr. Wolfe ist mein Chef. Sie brauchen jemanden, der Ihnen unter die Arme greift, und wenn Sie ihm alles erzählt haben, werden wir weitersehen. Wo sind Yeagers Schlüssel? Sagen Sie mir nicht, daß Sie es nicht wissen. Sie haben vorhin selbst erklärt, daß Sie sie ihm abgenommen haben. Wo sind sie?«

»Ich habe sie versteckt«, antwortete Mrs. Perez.

»Wo?«

»In einem Kuchen. Ich hab' einen Kuchen gebacken und sie 'reingetan. Es sind zwölf Schlüssel an einem Ring.«

»Inklusive der Schlüssel zur Haustür und zum Lift?«

»Ja.«

Ich überlegte. Die Situation war ohnehin schon ziemlich heikel, und die Polizei verstand keinen Spaß, wenn es sich um die Unterdrückung wichtigen Beweismaterials handelte. Es war bestimmt besser, die Schlüssel blieben, wo sie waren. »Aber schneiden Sie den Kuchen ja nicht an!« warnte ich. »Und achten Sie darauf, daß niemand anders auf die Idee kommt. Geht einer von Ihnen beiden heute noch in die Stadt?«

»Nein.«

»Okay. Kommen Sie um sechs in Nero Wolfes Büro. Ich schaue vor dem Weggehen noch mal bei Ihnen 'rein. In etwa einer Stunde.«

»Nehmen Sie Sachen aus dem Zimmer mit?«

»Keine Ahnung. Wenn ja, dann zeige ich sie Ihnen vorher, und wenn Sie damit nicht einverstanden sind, können Sie den Schupo von der Straße hereinholen.«

Cesar Perez schüttelte den Kopf. »Das können wir nicht.«

»Er macht nur Spaß«, erklärte sie und drückte auf den Knopf, um den Fahrstuhl nach oben zu holen. »Das waren zwei schlimme Tage, Cesar. Und die nächsten Tage werden auch schlimm sein. Aber er macht Witze.« Die beiden verschwanden im Lift.

Ich sah mich forschend um. An der einen Wand befand sich eine mit roter Seide verkleidete Vertiefung mit einem vergoldeten Knopf an der linken Kante. Ich fummelte daran herum, und plötzlich schnurrte das Stück Wand beiseite und gab den Blick auf die Küche frei. Sie war rot gekachelt; die Regale und Tischplatten bestanden aus gelbem Kunststoff, das Spülbecken, der Kühlschrank und der Elektroherd aus rostfreiem Stahl. Der Kühlschrank war gut bestückt, und was den Kaviar und den gebratenen Fasan anbelangte, so hatte Mrs. Perez nicht gelogen. Beides war vorhanden. In einem Wandschrank lagerten neun Flaschen Champagner, Marke Dom Pérignon, auf einer Kunststoffstellage. Damit hatte sich mein Interesse für die Küche erschöpft. Ich kehrte in die Liebeslaube zurück und inspizierte die gegenüberliegende Wand, wo ich einen zweiten vergoldeten Knopf entdeckte. Der Trick funktionierte wieder. Diesmal war es das Bad. Die Geschmäcker sind verschieden, aber mir gefiel es. Überall Spiegel und sonst roter Marmor mit gelber Maserung. Der Raum enthielt genug kosmetische Artikel, um einen ganzen Harem damit zu versorgen.

Dann konzentrierte ich mich auf das Boudoir. Zunächst konnte ich weder einen Wandschrank noch irgendwelche Schubfächer entdecken. Es gab keine Kassetten mit kompromittierenden Briefen, kein Geheimfach, nichts. Auf einer Konsole stand lediglich der gelbe Telefonapparat, und daneben lag das Fernsprechbuch in einem roten Ledereinband. Schließlich fiel mir auf, daß die Wandbespannung neben dem Bett in zwei Meter Länge stark gefältelt war. Ich zupfte versuchsweise an einer Falte. Der Vorhang teilte sich und rauschte beiseite. Hinter ihm kam eine etwa neunzig Zentimeter hohe Schubladenfront aus poliertem Holz zum Vorschein. Ich tippte auf Mahagoni. Die erste Schublade enthielt eine Kollektion eleganter, hochhackiger Pantoffeln in sämtlichen Größen, Formen und Farben. Die zweite Schublade desgleichen, in der dritten und vierten lagen hauchdünne, zartgetönte Nachthemden, wiederum in so ziemlich allen Größen, Formen und Farben. Nachdem ich acht von ihnen auseinandergefaltet und zum Vergleich auf dem Bett ausgebreitet hatte, schnappte ich mir das Telefon, nahm den Hörer ab und wählte. Es war zwar nicht ausgeschlossen, daß die Leitung angezapft war oder daß der Apparat einen Nebenanschluß hatte. Sehr wahrscheinlich war es jedoch nicht, und ich riskierte dabei weniger, als wenn ich von einer Telefonzelle aus sprach und beim Verlassen oder Betreten des Hauses erwischt wurde.

Saul Panzer ist eine Kanone und wird immer dann von uns eingespannt, wenn es eine besonders harte Nuß zu knacken gibt. Wolfe hält große Stücke von ihm und schwingt sich sogar gelegentlich zu einem Lob auf, eine Extravaganz, die er sich für gewöhnlich verkneift. Leider war Saul nicht zu Hause. Der Fernsprechauftragsdienst schaltete sich ein und fragte, ob ich Mr. Panzer eine Nachricht hinterlassen wolle. Ich verneinte und wählte die Nummer von Fred Durkin, dem Zweitbesten unseres Mitarbeitertrios. Fred war da und zur Zeit unbeschäftigt.

»Okay. Ich hab' eine angenehme Beschäftigung für dich. Pack ein paar Klamotten ein, ungefähr für eine Woche, und komm her. Ich weiß nicht, ob's so lange dauern wird, aber sicher ist sicher. Du kannst kommen, wie du bist. Falscher Bart und Perücke sind nicht nötig. Bring dafür dein Schießeisen mit. Vermutlich wirst du's nicht brauchen. Aber du kennst ja das Sprichwort: Die Axt im Haus und so weiter.« Ich sagte ihm die Adresse. »Souterrain. Frag nach dem Hausverwalter. Ein Mann oder eine Frau aus Kuba oder Porto Rico wird dich 'reinlassen. Sag ihm oder ihr deinen Namen, und sie werden dich zu mir führen. Hetz dich nicht ab. Von mir aus kannst du fürs Packen drei Minuten haben.«

»82. Straße West?« wiederholte er. »Da haben sie doch gerade erst eine Leiche gefunden. Wie hieß der Bursche noch? Richtig, Yeager!«

»Du liest zuviel und neigst zu übereilten Schlüssen. Pack dein Zeug und halt die Klappe!« Ich legte auf.

Danach machte ich mich daran, die Nachthemden wieder zusammenzufalten. Ich brauchte eine Ewigkeit dazu. Der dünne Stoff verhedderte sich und blieb mir an den Fingern hängen. Ein Detektiv soll jeden Ort so zurücklassen, wie er ihn vorgefunden hat. Ich verstaute das Zeug in den Schubladen, zog den Vorhang vor, gondelte mit dem Fahrstuhl nach unten und klopfte an die erste Tür links, die nur angelehnt war. Die Familie Perez hielt in der Küche eine Beratung ab. Vater und Mutter saßen, Maria lehnte am Küchentisch. Das Mädchen war ein Wunder. Es sah bei jeder Beleuchtung und von jedem Blickwinkel gleich gut aus. Ich war fast geneigt, das Geschirrspülen und Sockenstopfen selbst zu übernehmen. Es kostete mich einige Überwindung, die Augen von ihr ab- und ihren Eltern zuzuwenden. »Ich hab' einen Mann herbestellt. Er ist groß und dick mit einem runden Gesicht. Wenn er nach mir fragt, schicken Sie ihn bitte zu mir 'rauf.«

Mrs. Perez reagierte auf meine Ankündigung genauso, wie ich es erwartet hatte. Ich hätte nicht das Recht, einen Fremden in die Geheimnisse des Hauses einzuweihen. Sie seien bereit, mich zu bezahlen, aber dafür müsse ich ihnen auch helfen. Mr. Yeager habe zu seinen Lebzeiten immer wieder gesagt, sie dürften zu niemandem über das Zimmer oben sprechen. Da ich gut Freund mit ihnen bleiben wollte, setzte ich ihnen vier Minuten lang auseinander, warum ich Fred herzitiert hatte. Sobald sie die Zusammenhänge begriffen und sich beruhigt hatten, riskierte ich noch einen Blick auf Maria, fuhr im Lift nach oben und inspizierte die restlichen Schubfächer. Eine ausführliche Inhaltsangabe will ich mir und Ihnen ersparen. Immerhin kam ich nach zehn Minuten zu dem Schluß, daß Meg Duncan allem Anschein nach nicht der einzige weibliche Gast war, den Yeager in dem Apartment empfangen hatte. In der letzten Schublade entdeckte ich ein Sammelsurium vergessener Gegenstände: einen Regenschirm, drei spitzenbesetzte Taschentücher mit Monogramm von drei verschiedenen Damen, eine silberne Puderdose, ein angebrochenes Päckchen Zigaretten, Streichhölzer aus Terrys Bar, Meg Duncans goldenes Zigarettenetui und dergleichen mehr. Ich hatte gerade alles wieder an seinen Platz zurückgelegt und den Vorhang zugezogen, als sich der Fahrstuhl mit einem leisen Klicken in Bewegung setzte.

Vermutlich kam Fred. Trotzdem holte ich meine Marley hervor, zog mich an die Wand neben dem Fahrstuhlschacht zurück und wartete. Von unten drang nicht der geringste Laut zu mir herauf. Der Raum war so gut gegen Schall abgedichtet, daß man nicht einmal den Straßenlärm zu hören vermochte. Nur wenn ein schwerer Laster vorbeidonnerte, spürte man eine leichte Erschütterung. Nach einer Weile öffnete sich die Tür, und Fred trat ins Zimmer. Er blieb wie angewurzelt stehen, drehte den Kopf nach rechts und links, bis er mich erspäht hatte, betrachtete seine Umgebung und rief: »Du liebe Güte!«

»Dein neues Heim«, bemerkte ich. »Viel Glück und gute Unterhaltung. Wie du siehst, ist sogar eine Gemäldegalerie vorhanden. Such dir ein hübsches Foto aus, damit du dich nicht zu einsam fühlst. An deiner Stelle würde ich mich für die leichtbekleidete Dame neben dem Rosenstrauch entscheiden. Wenn sie sich nichts aus den Dornen macht, wird sie sich wahrscheinlich auch mit dir abfinden.«

Er setzte seine Reisetasche ab. »Weißt du, Archie, ich hab' mich immer gewundert, warum du nicht heiratest. Wie lange hast du die Bude schon?«

»Oh, seit zehn Jahren ungefähr. Es ist nicht die einzige. Ich hab' noch ein paar andere. Deshalb kann ich die hier für eine Weile entbehren. Mach's dir gemütlich. Sie hat Küche, Bad, Fernsehen. Mrs. Perez wird sich um dich kümmern. Gefällt's dir?«

»Du liebe Güte! Ich bin verheiratet.«

»Tja. Dein Pech. Ich würde dir gern noch ein bißchen Gesellschaft leisten, aber ich muß mich auf die Socken machen. Also, es dreht sich, kurz gesagt, um folgendes: Wenn Besuch kommt, sollst du ihn in Empfang nehmen. Es könnte ein Er sein, aber vermutlich ist es eine Sie. Es ist natürlich möglich, daß überhaupt niemand aufkreuzt; verlaß dich aber nicht zu sehr darauf. Zu dem Raum gibt es nur einen Zugang, und zwar den, den du eben benutzt hast. Wenn ein Gast hier auftaucht, brauchst du ihm nur den Rückweg zum Lift zu blockieren, das ist alles. Meine Telefonnummer kennst du. Ruf mich an, und ich komme sofort.«

Er runzelte die Stirn. »Eine Frau in dieser Bude mit Gewalt zurückzuhalten kann verdammt unangenehme Folgen haben.«

»Du brauchst sie gar nicht anzurühren, es sei denn, sie fällt über dich her.«

»Und wenn sie das Fenster aufreißt und um Hilfe schreit?«

»Das tut sie bestimmt nicht. Erstens gibt's hier keine Fenster, und zweitens hat sie kein Interesse dran, die Sache an die große Glocke zu hängen. Sie wird nur einen Wunsch haben, nämlich so schnell und so unauffällig wie möglich von hier zu verschwinden.«

Er war immer noch nicht ganz beruhigt. »Der Schacht, in dem Yeagers Leiche gefunden wurde, ist direkt gegenüber. Vielleicht solltest du mir ein bißchen mehr über die ganze Sache erzählen.«

»Wozu? Was hat Yeagers Leiche damit zu tun? Ich weiß, daß er tot ist. Ich hab's in der Zeitung gelesen. Wenn das Telefon läutet, nimm den Hörer ab und frag, wer da ist. Beantworte keine Fragen und behalte deinen Namen für dich. Die Tür zur Küche ist drüben. Verhungern wirst du nicht. Im Kühlschrank ist genug zum Essen. Der Hausverwalter heißt Cesar Perez. Hast du seine Tochter gesehen?«

»Nein.«

»Sie heißt Maria, und ich hab' die Absicht, ihr demnächst einen Heiratsantrag zu machen; also laß die Finger davon. Ich werde Mrs. Perez bitten, dir einen Laib Brot 'raufzubringen. Sag ihr's, wenn du sonst noch was brauchst. Sie und ihr Mann sitzen in der Klemme.

Die beiden erwarten von mir, daß ich ihnen helfe. Okay, amüsier dich gut.«

»Und wenn ein Mann hier aufkreuzt?«

»Das halt' ich für ziemlich ausgeschlossen. Falls ja, dann richte dich nach den Instruktionen. Laß ihn nicht weg, bis ich komme. Deshalb solltest du dein Schießeisen mitbringen.«

»Und wenn's ein Polyp ist?«

»Die Chance steht eins zu einer Million oder sogar eins zu einer Milliarde. Sag ihm, du hättest deinen Namen vergessen, und er solle sich bei mir danach erkundigen. Dann weiß ich, was los ist.«

»Und ich wandere ins Kittchen.«

»Stimmt. Aber nicht für lange. Bis Weihnachten holen wir dich wieder 'raus. Im Kühlschrank ist ein Pfund Kaviar. Es wäre schade, wenn er schlecht würde. Alles Gute und viel Vergnügen.«

Ich verschwand im Lift und fuhr nach unten. Im Vorbeigehen unterrichtete ich Mrs. Perez über den neuen Hausgenossen und bat sie, Fred ein Brot hinaufzubringen. Vor dem Haus warf ich einen Blick auf meine Armbanduhr. Es war Punkt zwölf. Dann steuerte ich auf die Columbus Avenue zu und schnappte mir ein Taxi.

5

Fünf Minuten nach eins thronte Wolfe hinter seinem Schreibtisch und knurrte grämlich: »Sie sollten einen annehmbaren Klienten ausfindig machen. Statt dessen haben wir nun zwei arme Teufel am Hals, die sehr wahrscheinlich den Mord an Yeager auf dem Gewissen haben, und eine Schauspielerin, die uns für ihr Zigarettenetui eine Belohnung anbietet. Ich leugne nicht, daß Sie Geistesgegenwart, Finesse und Mutterwitz bewiesen haben. Ich beglückwünsche Sie sogar dazu. Vermutlich haben Sie den oder die Täter entdeckt und der Gerechtigkeit damit zu einem Sieg verholfen. Ich sehe nur nicht recht, was uns das nützt. Wem sollen wir eine Rechnung schicken?«

Ich hatte Wolfe ausführlich Bericht erstattet. Nur über Maria Perez war ich mit ein paar flüchtigen Worten hinweggegangen. Es genügte, wenn Wolfe über die verwandtschaftlichen Beziehungen im Bilde war. Eine genaue Beschreibung von Maria hätte ihn nur auf die Idee gebracht, daß ich mich ihretwegen für die Familie Perez so stark ins Zeug legte. Dafür hatte ich ihm sämtliche Einzelheiten des gelbseidenen Salons inklusive Küche und Bad sowie den Inhalt der Schubladen geschildert und einen kurzen Überblick über die Bildergalerie verschafft. Außerdem habe ich ihm mitgeteilt, daß Fred Durkin für sieben Dollar fünfzig die Stunde das Liebesnest hütete, weil ich Saul Panzer, der zehn Dollar pro Stunde kostete, nicht erreicht hatte. Und zum Schluß hatte ich ihn schonend darauf vorbereitet, daß sich im Laufe des Nachmittags mehrere Besucher einstellen würden.

»Ich werde nicht mit ihnen sprechen«, erklärte er mürrisch.

Ich wußte oder glaubte wenigstens zu wissen, was ihm gegen den Strich ging. Aber es hatte keinen Zweck, mit der Tür ins Haus zu fallen. Ich nickte bedächtig. »Es ist natürlich möglich, daß Mr. oder Mrs. Perez oder beide gemeinsam Yeager um die Ecke gebracht haben. Aber ich wette meinen kümmerlichen Hungerlohn, daß sie an seinem Tod unschuldig sind. Meine Gründe kennen Sie bereits. Erstens sein Ton und seine Miene, als er mir erklärte, warum er die Leiche mit der Zeltplane zugedeckt hatte. Zweitens die Tatsache, daß die Tochter an die Tür kam, als ich läutete. Wenn sie etwas mit dem Mord zu tun gehabt hätten, wären die Eltern gekommen, um mich abzuwimmeln. Vor allem aber leuchtet mir nicht ein, warum sie Yeager hätten töten sollen. Solange er lebte, hatten sie ihr gutes Auskommen. Vermutlich bezahlte er ihnen ihr Schweigen und ihre Handreichungen recht üppig. Mit seinem Tode gingen ihnen nicht nur seine Moneten flöten, sondern sie mußten auch in jedem Fall mit Scherereien rechnen, sobald ein Außenstehender von der halbseidenen Bude da oben Wind bekam. Angenommen, der Testamentsvollstrecker oder Yeagers Familie erfährt, daß das Haus in diesem miesen Viertel ihm gehörte, und sie kreuzen dort auf, um es sich anzusehen. Das Trara möchte ich miterleben.«

Ich schlug die Beine übereinander. »Ich verstehe sehr gut, daß Ihnen das Ganze nicht paßt. Es ist ein bißchen gar zu anrüchig. Wenn es sich nur um ein belangloses Absteigequartier gehandelt hätte, wo er dann und wann eine Nacht mit einer kleinen Freundin verbracht hätte, wäre schließlich nicht viel dabei. Aber der Gedanke, daß dort ein halbes Dutzend Frauen aus und ein ging, wenn nicht noch mehr, ist Ihnen natürlich zuwider, und –«

»Unsinn!«

Ich zog erstaunt die Brauen hoch. »Sagten Sie ›Unsinn‹?«

»Allerdings. Ein moderner Satyr ist Wüstling und Narr zugleich. Er hat nicht einmal den Charme eines echten Schurken. Er lauert nicht wie Pan den Nymphen auf, noch bläst er im Schatten eines Baumes auf der Schalmei. Die einzige Eigenschaft, die er von seinen attischen Vorfahren geerbt hat, ist eine unersättliche Liebesgier. Der arme Teufel lebt in einer überzivilisierten Welt und nicht unter einem ewig blauen Himmel mit Olivenhainen und sonnigen Tälern. Die Lokalität, die Sie mir beschrieben haben, ist in der Tat nur ein geschmackloser, erbärmlicher Notbehelf. Aber Mr. Yeager versuchte wenigstens, in dieser Steinwüste eine Art Liebesnest zu schaffen, weil noch eine schwache Erinnerung an die Schalmei und den Olivenbaum in ihm lebendig war. Daß er nebenbei ein Wüstling und ein Narr war, leugne ich nicht. Zweifellos hat er den Tod verdient. Dennoch wäre mir der Auftrag, seinen Mörder zu entlarven und der Gerechtigkeit auszuliefern, hoch willkommen.«

Ich starrte ihn verblüfft an. »Wirklich?«

»Gewiß. Aber wer erteilt uns einen solchen Auftrag? Da liegt der Hase im Pfeffer! Angenommen, Ihr Urteil über Mr. und Mrs. Perez trifft zu – was springt dann dabei für uns heraus? Wir sind im Besitz eines Geheimnisses – aber wem können wir es mit einiger Aussicht auf Erfolg enthüllen? Yeagers Familie oder seine Geschäftskollegen dürften kaum in Frage kommen. Sie wären vermutlich eher geneigt, den Mörder laufenzulassen, als einen Skandal zu riskieren; und sind wir etwa Erpresser? Die einzige schwache Hoffnung, die uns bleibt, ist der Mann, der gestern nachmittag hier auftauchte und sich als Thomas G. Yeager ausgab. Wer ist er, und warum kam er eigentlich her?«

Ich schüttelte den Kopf. »Keine Ahnung. Haben Sie meinen Bericht gelesen?«

»Ja. Mir fiel seine gewählte Ausdrucksweise auf. Er hat offenbar eine Vorliebe für ungewöhnliche Worte.«

»Genau wie Sie.«

Er grunzte. »Ein Mensch, der mit Zitaten um sich wirft, hat gewöhnlich den Wunsch, seine Bildung zur Schau zu stellen. Er will auf seine Zuhörer Eindruck machen. Sie haben ihn beobachtet. Glauben Sie, daß das seine Absicht war?«

»Nein. Er unterhielt sich mit mir, mehr nicht.«

Er nickte. »Unser Mann ist also ein Sonderfall, vermutlich Englischlehrer oder so etwas.«

Ich hab' mir schon gestern abend den Kopf darüber zerbrochen, ohne daß mir was Vernünftiges eingefallen wäre. Wenn er der Mörder ist, gibt's nur eine Erklärung für seine Maskerade, nämlich daß er übergeschnappt ist; und den Eindruck machte er bei Gott nicht. Wenn er nicht der Mörder ist, aber von Yeagers Tod irgendwie Wind bekommen hatte, dann wollte er offenbar unsere Aufmerksamkeit auf das Haus in der 82. Straße lenken, und um diese Erklärung zu schlucken, müßte ich selbst übergeschnappt sein. Folglich kommt sie auch nicht in Betracht. Warum hat er nicht einfach bei der Polizei angerufen? Anonym natürlich. Damit hätte er weniger riskiert und genausoviel erreicht. Oder haben Sie eine einleuchtendere Antwort darauf?«

»Nein. Sein Verhalten ist mir einfach unerklärlich. Angenommen, er hatte von Yeagers Tod keine Ahnung. Was konnte er sich dann von seiner Maskerade erhoffen? Er mußte damit rechnen, daß Sie der Sache nachgehen würden, falls er die Verabredung nicht einhielte. Es lag auf der Hand, daß Sie Erkundigungen einziehen, den Schwindel durchschauen und den echten Yeager von allem, was vorgefallen war, unterrichten würden. Mit welchem Resultat? Falls es sich um einen seiner Bekannten handelte, würde Yeager den Mann auf Grund Ihrer Beschreibung identifizieren und wissen, daß der Betreffende über seine Besuche in der zweiundachtzigsten Straße im Bilde war. Diese Erklärung befriedigt mich jedoch nicht. Wenn es dem Fremden nur darum ging, Yeager einen Wink zu geben, hätte er sich den Weg zu uns sparen können. Warum sprach er nicht selbst mit ihm, telefonisch oder von Mann zu Mann oder meinetwegen auch in einem anonymen Brief? Nein. Er wußte, daß ihn Yeager nicht zu identifizieren vermochte. Er wollte Yeager lediglich zu verstehen geben, daß sein Geheimnis einer oder mehreren Personen bekannt sei, unter anderem auch uns, und ihn damit moralisch unter Druck setzen. Deshalb glaube ich eigentlich nicht, daß er uns von Nutzen sein könnte. Aber ich würde trotzdem gern mit ihm sprechen.«

»Ich auch. Das war mit ein Grund, warum ich Fred dort einquartiert habe. Es besteht immerhin eine ganz geringe Chance, daß der Knabe Schlüssel zu der Bude besitzt und dort oben auftaucht.«

»Pfui! Die Chance, daß dort überhaupt jemand aufkreuzt, ist gleich Null, und Sie wissen das genau. Sie haben Fred in dem Haus untergebracht, um mich bei der Stange zu halten. Sie wissen, daß ich Ihre Verpflichtungen ebenso respektiere wie meine eigenen und daß ich Fred gegen Ihren Willen niemals abberufen würde. Ja, Fritz?«

»Der Lunch ist serviert, Sir. Die Petersilie taugte nicht mehr viel. Ich habe statt dessen Schnittlauch genommen.«

»Schön. Wir werden ja sehen.« Wolfe schob seinen Sessel zurück und stand auf. »Pfeffer?«

»Nein, Sir. Bei Schnittlauch hielt ich es nicht für angebracht.«

»Ganz meine Meinung. Gehen wir.«

Ich trottete hinter ihm her durch die Halle ins Speisezimmer. Sobald wir die Muschelsuppe vertilgt hatten, servierte Fritz die erste Portion Klöße. Es waren Markklößchen, mein Leibgericht, die Fritz aus gehacktem Rindermark, Semmelbrösel, Petersilie – oder Schnittlauch –, geriebener Zitronenschale, Salz und Eiern zubereitet und vier Minuten lang in einer kräftigen Fleischbrühe ziehen läßt. Damit sie nicht zu weich werden, gibt er sie schubweise in die kochende Brühe und bringt immer jeweils acht Klöße auf den Tisch. Markklöße sind eins der wenigen Gerichte, bei denen ich bis zum Schluß mit Wolfe Schritt halte, und die Frage, wer von uns beiden mehr verdrücken kann, ist bisher noch nicht eindeutig entschieden. Sie waren auch der Grund, warum ich Wolfes Bemerkung, er wolle mit meinen Klienten nicht sprechen, widerspruchslos hinnahm. Der Genuß von Markklößchen hat eine sonderbare Wirkung. Sie machen einen sanft wie ein Lamm, und in diesem menschenfreundlichen Gemütszustand würde man sogar seinen schlimmsten Feind mit einem zärtlichen Lächeln begrüßen. Ich hatte mich nicht getäuscht. Wir waren ins Büro zurückgekehrt, und Fritz servierte mir gerade den Kaffee, als es an der Tür klingelte. Ich warf einen Blick durch die Spionglasscheibe, trabte ins Büro zurück und verkündete: »Meg Duncan. Wir könnten wenigstens die Belohnung für das Zigarettenetui einkassieren. Wie wär's mit zwei Dollar?«

Wolfe funkelte mich erbost an. »Hol' Sie der Teufel!« Er stellte seine Tasse ab. »Und was geschieht, falls sie sich als Yeagers Mörderin entpuppen sollte? Interessiert uns das überhaupt? Nun denn, lassen Sie sie herein. Fünf Minuten, mehr nicht.«

Ich sauste zur Vordertür und öffnete sie. Meg Duncan hatte sich seit unserer Karambolage erstaunlich verändert. Das vergrämte Aschenbrödel war verschwunden. Frisur, Gesicht, die ganze äußere Aufmachung, ihr Gang und ihre verheißungsvollen Blicke verrieten, daß sie ihr Rollenfach meisterhaft beherrschte. Sie beglückte mich mit einem Lächeln, das einen Eisberg zum Schmelzen gebracht hätte, und ihre unbefangene Anmut wirkte so echt, daß mir ihre schauspielerische Begabung die höchste Bewunderung abnötigte. Ich lotste sie ins Büro. Wolfe erhob sich, neigte den Kopf einen viertel Zentimeter und wies auf den roten Ledersessel.

Meg Duncan zog sämtliche Register, und sie war verdammt gut. »Ich weiß, daß Sie beide von wichtigeren Dingen in Anspruch genommen sind. Deshalb möchte ich Sie nicht lange aufhalten.« Sie wandte sich an mich. »Haben Sie es gefunden?«

»Ja«, erwiderte Wolfe und setzte sich. »Nehmen Sie Platz, Miss

Duncan. Ich fürchte, wir werden um ein kurzes Gespräch nicht herumkommen. Wenn Sie zwei, drei Fragen zufriedenstellend beantwortet haben, können Sie Ihr Zigarettenetui mitnehmen. Gegen Zahlung von fünfzigtausend Dollar.«

Sie starrte ihn an. »Fünfzigtausend! Das ist doch absurd!«

»Setzen Sie sich, bitte.«

Sie warf mir einen Blick zu, erkannte, daß ich nur ein Detektiv bei der Arbeit war, begab sich zum roten Ledersessel und ließ sich nieder. »Das ist natürlich nicht Ihr Ernst.«

Wolfe lehnte sich zurück und sah sie prüfend an. »Warum nicht? – Wir – ich meine damit Mr. Goodwin und mich – befinden uns in einer ungewöhnlichen und ziemlich heiklen Lage. In einem Kabelschacht unweit jenes Hauses ist die Leiche eines Mannes aufgefunden worden. Er ist eines gewaltsamen Todes gestorben und gehörte, was Stellung und Vermögen betrifft, zur guten Gesellschaft. Die Polizei ist über seine Beziehungen zu jenem Haus nicht im Bilde. Wir hingegen erfuhren rein zufällig davon und beabsichtigen nun, unser Wissen nutzbringend anzuwenden. Es dürfte Ihnen wohl bekannt sein, daß das Vertuschen, Zurückhalten und Beiseiteschaffen wichtigen Beweismaterials bei einem Verbrechen gesetzwidrig und strafbar ...«

»Aber mein Zigarettenetui ist doch kein Beweis für ein Verbrechen!«

»Das habe ich ja auch nicht behauptet. Der Wortlaut des betreffenden Gesetzes läßt in mancher Hinsicht sehr zu wünschen übrig; in einem Punkt jedoch ist es absolut eindeutig. Jeder, der absichtlich Dinge verheimlicht oder vernichtet, die zur Identifizierung eines Mörders dienen könnten, macht sich der Unterdrückung von Beweismaterial schuldig. Allerdings gilt das im allgemeinen nicht für das gesprochene Wort. Wenn Sie mir beispielsweise erzählen, daß Sie an jenem Sonntagabend beim Betreten des Zimmers im fünften Stockwerk Yeagers Leiche vorfanden und Mr. Perez dazu überredeten, Ihnen beim Transport der Leiche zu helfen, dann wäre das keine beweiskräftige Aussage. Die Polizei könnte mich für mein Schweigen niemals zur Rechenschaft ziehen, da ich nur zu beschwören brauchte, daß ich Ihre Erzählung für ein Lügenmärchen gehalten hätte.«

»Ich war am Sonntagabend gar nicht dort.«

Er schüttelte den Kopf. »Können Sie das beweisen? Vermutlich nicht. Woher soll ich wissen, ob Sie die Wahrheit sagen? Ich wollte Sie lediglich auf unsere schwierige Lage hinweisen. Und nun zu

Ihnen. Sie baten Mr. Goodwin, Ihr Zigarettenetui bis auf weiteres in Verwahrung zu nehmen, und erklärten sich bereit, ihm dafür tausend Dollar zu zahlen. Dieses Angebot können wir nicht akzeptieren. Wir würden uns damit verpflichten, das Etui auch dann nicht an die Polizei auszuliefern, wenn sich herausstellen sollte, daß es sich im Sinne des Gesetzes um ein wichtiges Beweisstück handelt. Sie werden mir zugeben, daß ein solches Risiko mit tausend Dollar nicht bezahlt ist. Für fünfzigtausend Dollar können Sie das Etui haben.«

Es hatte fast den Anschein, als wäre es sein voller Ernst. Ich glaube, er hätte es ihr sogar für dreißig- oder zwanzigtausend gegeben, wenn sie dumm genug gewesen wäre, sich auf den Handel einzulassen. Er hätte das Geld eingestrichen und sich hochbefriedigt auf die faule Haut gelegt. Die Polizei hätte ihre Ermittlungen ruhig fortsetzen können. Solange sie ihm nicht mit unbequemen Fragen auf den Pelz rückte, würde er keinen Finger krumm machen. Und was das Risiko betraf, auf dem er dauernd herumritt, so hatten wir schon schlimmere überstanden. Außerdem hatte er ihr nur das Zigarettenetui versprochen. Aber er hatte sich nicht verpflichtet, für ewig und alle Zeiten den Mund zu halten.

»Ich hätte nicht gedacht, daß Nero Wolfe ein Erpresser ist.«

»Das Konversationslexikon auch nicht, meine Gnädigste.« Er schwenkte auf seinem Sessel herum, griff sich den ersten Band des Webster, der immer in Reichweite auf einem Tischchen steht, schlug ihn auf und las laut vor: *»Erpressung*, ein Vermögensdelikt, das begeht, wer in Bereicherungsabsicht einen anderen rechtswidrig mit Gewalt oder durch Drohung zu einer Handlung, Duldung oder Unterlassung nötigt und dadurch dem Vermögen des Genötigten Nachteil zufügt.« Er stellte den Band wieder zurück. »Das trifft auf mich nicht zu. Ich habe Sie weder bedroht noch eingeschüchtert. Ich bin nicht erpicht darauf, die Polizei in das Geheimnis jenes Hauses einzuweihen; aber das gilt für Sie in noch weit stärkerem Maße. Sie wollten mein Schweigen erkaufen, und ich habe Ihnen meine Bedingungen genannt.«

»Aber Sie . . .« Sie sah abwechselnd ihn und mich an. »Woher soll ich fünfzigtausend Dollar nehmen? Ebensogut könnten Sie eine Million verlangen. Ich könnte noch nicht mal zehntausend aufbringen. Was werden Sie jetzt tun? Wollen Sie das Etui der Polizei übergeben?«

»Nein. Wenigstens nicht aus freien Stücken. Ich werde Ihnen jetzt ein paar Fragen stellen. Von Ihren Antworten wird alles Weitere abhängen.«

»Schön. Fragen Sie.«

»Waren Sie am Sonntagabend in jenem Raum?«

»Nein.« Sie hob das Kinn.

»Wann haben Sie ihn zum letztenmal aufgesucht? Ich meine natürlich vor heute morgen.«

»Ich habe niemals gesagt, daß ich schon vorher dort war.«

»Aber meine Gnädigste, ich muß doch sehr bitten. Ihr Verhalten Mr. Goodwin gegenüber. Das Zigarettenetui. Ihr Angebot von tausend Dollar. Außerdem hatten Sie Schlüssel. Also wann?«

Sie biß sich auf die Lippen. Nach einer Weile murmelte sie: »Vor über einer Woche. Samstag vor einer Woche. Damals ließ ich das Etui aus Versehen liegen. O mein Gott!« Sie streckte eine Hand aus, und diesmal war ihre Gemütsbewegung nicht gespielt. »Mr. Wolfe, wenn etwas davon an die Öffentlichkeit dringt, ist meine Karriere ruiniert. Ich habe ihn seit damals nicht mehr gesehen. Ich weiß nicht, wer ihn umgebracht hat oder warum er ermordet wurde. Weshalb müssen Sie mich in die Sache hineinzerren? Was kann Ihnen das schon nützen?«

»Sie sind heute morgen aus eigenem Antrieb dort aufgetaucht, meine Gnädigste. Die Folgen haben Sie sich selbst zuzuschreiben. Ich frage Sie nicht, wie oft Sie jenes Etablissement aufgesucht haben, weil Sie mir vermutlich ohnehin nicht die Wahrheit sagen würden. Sind Sie dort jemals anderen Frauen begegnet?«

»Nein.«

»Nur Mr. Yeager?«

»Ja.«

»Aber Sie wußten, daß Sie nicht die einzige Besucherin waren. Mr. Yeager legte keinen Wert darauf, diese Tatsache zu verheimlichen. Können Sie mir irgendwelche Namen nennen?«

»Nein. Ich habe keine Ahnung.«

»Sie leugnen jedoch nicht, daß Sie über die anderen Gäste im Bilde waren?«

Sie hätte es wohl gern geleugnet, aber sein durchdringender Blick ließ es nicht zu. Sie verschluckte alle Einwände und sagte: »Nein. Ich wußte es.«

»Natürlich. Wenn mich nicht alles täuscht, gehörte Mr. Yeager zu jenem Typ, der mit seinen Eroberungen prahlt und ein Vergnügen daran findet, sie miteinander zu vergleichen und gegeneinander auszuspielen. Vermutlich hat er Ihnen Ihre – eh – Rivalinnen ziemlich genau beschrieben. Auch wenn er keine Namen nannte, dürften Sie doch die eine oder die andere Dame aus einer Schilderung wiedererkannt haben. Und jetzt kommt meine letzte und wichtigste Frage, Miss Duncan. Wer waren die anderen Besucherinnen jenes Raumes?«

Ich habe schon so manche dramatische Auseinandersetzung miterlebt, Wutausbrüche, Tränenströme, hysterische Anfälle, und für gewöhnlich darf ich die Suppe dann auslöffeln. Wenn es sich bei dem Opfer um ein Mitglied des schwachen Geschlechts handelt, räumt Wolfe fluchtartig das Feld und überläßt mir das schluchzende Nervenbündel zu treuen Händen. Diesmal war die Wirkung seiner Fragen nicht ganz so verheerend. Meg Duncan errötete nur – für eine abgebrühte Broadwayschauspielerin immer noch eine beachtliche Leistung. Sie errötete nicht nur, sie senkte den Kopf und schloß die Augen. Ich war überrascht und räusperte mich leicht verlegen. Wolfes nüchterne, geschäftsmäßige Ausdrucksweise hatte sie anscheinend ziemlich aus der Fassung gebracht.

»Jetzt wäre es Ihnen natürlich lieber, wenn diese peinliche Episode so rasch wie möglich in Vergessenheit geriete«, bemerkte er. »Mit ein paar zweckdienlichen Hinweisen könnten Sie ganz erheblich dazu beitragen.«

»Das kann ich nicht.« Sie hob den Kopf. »Ich weiß nichts, gar nichts. Werden Sie mein Zigarettenetui behalten?«

»Bis auf weiteres, ja.«

»Ich bin Ihnen also auf Gnade und Ungnade ausgeliefert.« Sie stützte beide Hände auf die Armlehnen des Sessels und stand langsam auf. »Ich hätte heute früh nicht hingehen dürfen. Es war dumm von mir, idiotisch, hirnverbrannt. Ich hätte sagen können – ich hätte alles mögliche sagen können. Ich hätte mich damit herausreden können, daß ich das verdammte Etui verloren habe. Mein Gott, wie war ich dumm!« Sie sah mich wütend an. »Ich wünschte, ich hätte Ihnen die Augen ausgekratzt!« Damit machte sie kehrt und steuerte im Geschwindschritt auf die Tür zu. Ich sauste hinter ihr her, an ihr vorbei und hielt ihr die Haustür auf. Sie segelte an mir vorbei und die Treppe hinunter, ohne mir noch einen Blick zu gönnen.

6

Als Wolfe um sechs Uhr aus dem Dachgeschoß nach unten kam, warteten Mr. und Mrs. Perez bereits im Büro. Nach der Begrüßung fingen alle drei an, spanisch zu schnattern, warum, weiß ich nicht. Vielleicht wollte Wolfe seine Spanischkenntnisse auffrischen, oder er bildete sich ein, sie würden ihm seine Fragen in ihrem heimischen Idiom unbefangener beantworten, oder er wollte mich nur ärgern. Wahrscheinlich spielten alle drei Gründe eine Rolle. Nachdem sie gegangen waren, wiederholte er mir die wesentlichen Punkte in schlichtem Amerikanisch.

Die beiden behaupteten, sie hätten keine Ahnung, wer am Sonntagabend außer Yeager das Haus betreten hatte, und sie hätten auch niemanden weggehen hören. Ebensowenig waren sie über die Anzahl der diversen Besucherinnen im Bilde. Dann und wann hätten sie das Klappern hoher Absätze im Flur gehört und daraus geschlossen, daß es sich bei den Gästen um Frauen handle. Einem fremden Mann seien sie im Haus niemals begegnet. Das Zimmer sei immer leer gewesen, wenn sie zum Aufräumen hinauffuhren. Allerdings seien sie nie hinaufgefahren, wenn der Lift oben war. Aber das sei in den letzten zwei Jahren ohnehin nur zwei- oder dreimal vorgekommen.

Einen Schuß hätten sie am Sonntagabend nicht gehört; aber selbst der Boden des Raumes sei ja schalldicht gemacht worden. Doch als Perez gegen Mitternacht hinaufgefahren sei, habe es in dem Zimmer nach verbranntem Schießpulver gerochen. Er behauptete, der Geruch sei nur schwach gewesen, sie behauptete das Gegenteil. Yeager habe völlig angekleidet auf dem Fußboden gelegen, Hut und Mantel auf einem Sessel. Nichts im Raum habe auf einen Kampf schließen lassen. Das Bett sei unberührt gewesen, ebenso das Bad. Sie hätten Yeagers Schlüsselbund an sich genommen und seine Leiche in den Kabelschacht gelegt. Am Montagmorgen hätten sie im Zimmer saubergemacht und Staub gewischt, aber nichts daraus entfernt.

Ihre Wohnung im Souterrain habe sie keinen Pfennig gekostet. Yeager habe ihnen fünfzig Dollar die Woche gezahlt und ihnen außerdem sämtliche Mieteinnahmen überlassen. Ihre Einkünfte hätten sich auf etwa zweihundert Dollar in der Woche belaufen – vermutlich war es doppelt soviel. Yeager habe ihnen niemals Anlaß zu der Vermutung gegeben, daß er ihnen das Haus oder sonst etwas testamentarisch vermachen würde. Sie seien sicher, daß keiner der übrigen Hausbewohner in Beziehung zu Yeager gestanden oder etwas von ihm und seinem Treiben gewußt habe. Um die Verwaltung des Hauses habe er sich nie gekümmert. Das Vermieten sei ganz allein ihre Sache gewesen. Zum Schluß erklärten sie, sie seien übereingekommen, daß ein Honorar von hundert Dollar zuwenig sei. Sie seien bereit, ihre gesamten Ersparnisse zu opfern und uns fünfhundert Dollar zu zahlen. Die Hälfte der Summe hatten sie mitgebracht. Natürlich hatte Wolfe das Geld nicht genommen. Er hatte ihnen gesagt, er habe nicht die Absicht, ihr Vertrauen zu mißbrauchen; die Verwendung ihrer Informationen hänge jedoch von seinem Gutdünken ab. Diese Bemerkung hatte heftige Proteste hervorgerufen. Obwohl ich von der nachfolgenden Kontroverse kein Wort verstand, hatte sich aus der Mimik der drei Gesprächspartner, ihrem Tonfall und der Tatsache, daß Mrs. Perez aufsprang und mit der Faust auf Wolfes Schreibtisch herumtrommelte, unschwer erraten lassen, daß sie ziemlich stürmisch verlief. Als sich das Ehepaar Perez verabschiedete, hatten sich die Gemüter beruhigt.

Da sie jedoch erst kurz vor dem Dinner gegangen waren und während des Essens über geschäftliche Dinge nicht gesprochen werden darf, hatte ich mir meine Neugier bis später verkneifen müssen. Als wir wieder im Büro saßen, hatte mir Wolfe dann diesen kurzen Überblick gegeben und schloß seinen Bericht mit den ominösen Worten: »Es ist sinnlos. Reine Zeit- und Geldverschwendung, von der aufgewendeten Mühe ganz zu schweigen. Die Frau hat Yeager auf dem Gewissen. Rufen Sie Fred ab.« Damit lehnte er sich zurück und griff nach seinem Buch.

Seine Bemerkung erboste mich. »Natürlich«, sagte ich ironisch. »Yeager hatte ihnen ja nur dreihundert Dollar oder mehr in der Woche eingebracht, und die paar Kröten waren ihnen so lästig, daß sie ihm schleunigst eine Kugel aufs Fell brannten und ihn in den Kabelschacht warfen.«

Er schüttelte den Kopf. »Die Frau hat den Teufel im Leib. Als ich sie fragte, ob ihre Tochter jemals oben in dem Zimmer gewesen sei, ging sie hoch. Ihre Augen funkelten, und ihre Stimme klang schrill. Für mich liegt der Fall ganz klar. Sie hat herausgefunden, daß Yeager ihre Tochter verführt hatte, und ihn deshalb umgebracht. Rufen Sie Fred ab.«

»Hat sie das zugegeben?«

»Nein, natürlich nicht. Sie hat es entschieden abgestritten. Sie habe ihrer Tochter streng verboten, den Raum jemals zu betreten, und ihre Tochter sei Yeager niemals begegnet. Aber das besagt natürlich nichts. Der Fall ist für mich erledigt.« Er schlug sein Buch auf.

»Ich protestiere gegen diese Unterstellung.« Es würde mich nicht wundern, wenn auch meine Stimme schrill geklungen hätte. »Ich glaube es nicht. *Sie* haben Maria nicht gesehen, aber ich. Wenn ich jemals heiraten sollte, dann ist sie die erste auf meiner Liste. Ich will Sie mit einer genauen Schilderung verschonen, aber sie ist ein Wunder, und verführt wurde sie bestimmt nicht. Wenn sie jemals mit einem Satyr anbindet, dann höchstens mit einem, der graziös an einem Baumstamm lehnt und auf der Trompete bläst.«

»Sie meinen vermutlich Schalmei.«

»Okay, Schalmei. Und als ich Sie heute früh fragte, wieviel Moneten ich einstecken und notfalls ausgeben sollte, appellierten Sie an meinen Scharfsinn und gesunden Menschenverstand. Ich nahm fünfhundert Dollar, und mein Scharfsinn und mein gesunder Menschenverstand rieten mir, Fred anzurufen und da oben einzuquartieren. Sechzig Stunden zu je sieben Dollar fünfzig sind insgesamt vierhundertfünfzig Dollar. Rechnen Sie noch mal fünfzig Dollar für sein Essen und sonstige Nebenausgaben hinzu, und fünfhundert Piepen sind untergebracht. Die sechzig Stunden sind am Donnerstag, also übermorgen, um halb zwölf abgelaufen. Da ich Maria kenne und Sie nicht und da Sie meinen gesunden Menschenverstand . . .«

Das Telefon läutete. Ich schwang auf meinem Drehsessel herum und schnappte mir den Hörer. »Wohnung von Nero Wol–«

»Archie! Ich hab' jemanden erwischt!«

»Mann oder Frau?«

»Frau! Kommst du her?«

»Sofort! Bin schon auf dem Weg!« Ich knallte den Hörer auf die Gabel und stand auf. »Fred hat einen Fang gemacht. Eine Dame.« Ich warf einen Blick auf die Uhr an der Wand. Es war Viertel vor zehn. »Ich kann sie noch vor elf herbringen. Vielleicht gegen halb elf. Instruktionen?«

»Wozu?« brüllte er. »Sie befolgen sie ja doch nicht!«

Ich hätte ihm antworten können, er solle mir auch nur einen einzigen Fall nennen, bei dem ich seine Instruktionen nicht befolgt hätte, ausgenommen die Gelegenheiten, wo mich unvorhergesehene Umstände dazu zwangen. Aber ein Genie muß man taktvoll behandeln. Ich sagte also nur: »Schön, dann werde ich mich wie immer von meinem Scharfsinn und gesunden Menschenverstand leiten lassen«, und verschwand in die Halle. Erst auf der Straße entdeckte ich, daß ich meine diesbezüglichen Geistesgaben etwas früher hätte ankurbeln sollen. Für Mai war es verdammt kalt, und vom Fluß her blies ein eisiger Wind, der einem durch und durch ging. Mantel und Hut hatte ich natürlich in der Garderobe hängenlassen, aber deswegen kehrte ich nicht mehr um. An der Ecke winkte ich ein Taxi heran und ließ mich vom Fahrer an der Kreuzung 82. Straße und Amsterdam Avenue absetzen. Auch wenn die Luft rein war, erschien es mir klüger, nicht direkt vor dem Haus vorzufahren.

Am Kabelschacht stand weder ein Polizist noch eine sensationslüsterne Menschenmenge. Auf dem Gehweg bewegten sich ein paar Passanten, und weiter unten steckte eine Schar Halbwüchsiger die Köpfe zusammen. Ich lief die drei Stufen zum Souterrain hinab, ließ mich mit Meg Duncans Schlüssel ein und schritt den Flur entlang. Auf halbem Weg zum Lift hatte ich plötzlich das Gefühl, als würde ich beobachtet. Ein unsichtbares Auge auf sich zu spüren ist niemals angenehm, und schon gar nicht im dunklen Flur eines Hauses, in dem erst vor kurzem jemand ermordet worden ist. Während ich ruhig weiterging, verstärkte sich in mir der Eindruck, daß eine Tür rechter Hand einen Spalt breit offenstand. Als ich auf gleicher Höhe angelangt war, streckte ich blitzschnell meinen Arm aus und gab der Tür einen Schubs. Sie schwang ein Stück auf und stieß dann gegen ein Hindernis. Im Zimmer war es stockfinster; aber ich habe gute Augen und hatte mich an die Dunkelheit schnell gewöhnt.

Die Vision rührte sich nicht. »Warum haben Sie das getan?« fragte sie. »Das ist mein Zimmer.« Ihr Gesicht war nur ein zarter blasser Farbfleck, aus dem ihre wundervollen dunkelbraunen Augen hervorleuchteten.

»Tut mir leid, aber wie Sie wissen, bin ich Detektiv, und Detektive haben manchmal merkwürdige Einfälle. Wie oft waren Sie in dem Zimmer im obersten Stockwerk?«

»Ich darf nicht hinaufgehen. Und wenn ich oben gewesen wäre, würde ich es Ihnen dann erzählen? Damit Sie es meiner Mutter weitersagen? Entschuldigen Sie mich, ich schließe jetzt die Tür.«

Sie machte sie mir vor der Nase zu, und ich hinderte sie nicht daran. Ich hätte mich ganz gern ein bißchen ausführlicher mit ihr unterhalten; aber das mußte ich auf einen späteren Zeitpunkt verschieben. Fred erwartete mich. Ich schloß die Tür zum Fahrstuhl auf und fuhr nach oben.

Natürlich hatte ich mir meine Gedanken gemacht. So rechnete ich mit einem verängstigten oder empörten weiblichen Wesen, das aufgelöst auf der Couch oder in einem Sessel hockte, während Fred zwischen Telefon und Lift Posten bezogen hatte. Aber wie so oft im Leben übertraf die Wirklichkeit die kühnsten Träume. Zunächst sah ich überhaupt nur Fred. Er stand in der Mitte des Zimmers und hielt mit beiden Händen seine Hosen fest. Sein Haar war zerrauft, und auf seiner rechten Gesichtshälfte prangten zwei tiefrote Kratzer. Die Dame war nirgends zu erblicken. Schließlich erspähte ich auf dem Fußboden eine gelbseidene Rolle, aus der ein Kopf hervorragte. Das Bündel war mit Freds Gürtel verschnürt, und bei der Hülle handelte es sich offenbar um die Bettdecke. Ich glotzte die eingewickelte Dame an, und sie starrte wütend zurück.

»Ihr ist weiter nichts passiert«, bemerkte Fred. »Aber sieh mich an. Sie hat mich schön zugerichtet.«

Er hob eine Hand und tupfte mit dem Taschentuch das Blut von der Wange. »Du hast gesagt, ich brauchte sie nicht anzurühren, wenn sie nicht auf mich losgeht. Na, die hier hat sich aufgeführt wie eine Furie. Zuerst wollte sie zum Lift, dann zum Telefon, und schließlich ist sie über mich hergefallen. Ich mußte sie einwickeln, damit sie endlich Ruhe gab.«

»Hast du ihr gesagt, wer du bist?«

»Nein. Den Gefallen hab' ich ihr nicht getan. Da drüben liegt ihre Handtasche.« Er wies auf einen Sessel. »Ich habe noch nicht 'reingeguckt.«

Eine Stimme ertönte aus dem Bündel. »Wer sind Sie?« erkundigte sie sich.

Ich nahm keine Notiz davon, schnappte mir die Handtasche und öffnete sie. Außer dem üblichen Kram enthielt sie vier nützliche Hinweise: Kreditkarten von drei Geschäften und einen Führerschein. Freds Fang hieß Julia McGee und wohnte in der Arbor Street im Village. Sie war neunundzwanzig Jahre alt, ein Meter vierundsechzig groß, von weißer Hautfarbe und hatte braunes Haar und braune Augen. Ich verstaute das Zeug wieder in der Handtasche und begab mich zu unserem Opfer.

»Ich binde Sie sofort los, Miss McGee«, erklärte ich. »Aber zuerst möchte ich uns beide vorstellen. Er heißt Fred Durkin und ich Archie Goodwin. Vermutlich haben Sie schon von Nero Wolfe gehört, dem Privatdetektiv. Wir arbeiten für ihn. Fred Durkin wurde hier einquartiert, weil Mr. Wolfe alle Personen sprechen möchte, die dieses Zimmer betreten. Es wird mir ein Vergnügen sein, Sie zu ihm zu begleiten. Ich stelle Ihnen erst gar keine Fragen, weil Sie den ganzen Zimt bei Mr. Wolfe ja doch wiederholen müßten.«

»Lassen Sie mich 'raus!« fauchte sie.

»Gleich. Ich möchte Sie nur noch darauf hinweisen, daß sich die Situation seit einer halben Minute grundlegend geändert hat. Falls

Sie weiterhin darauf bestehen, schleunigst von hier zu verduften, werde ich Sie nicht zurückhalten. Aber ich kenne jetzt Ihren Namen und Ihre Adresse und weiß, daß sich in Ihrer Handtasche Schlüssel zur Haustür und zum Lift befinden. Wenn sich die Polizei diese Bude vornimmt, wird sie sich für die Schlüsseleigentümer natürlich besonders interessieren. Deshalb dürfte es ein Fehler sein, meine Einladung auszuschlagen. Denken Sie darüber nach, während ich Sie auswickle.«

Ich ließ mich auf ein Knie nieder, löste den Gürtel, zerrte ihn unter ihr hervor und reichte ihn Fred, der ihn erleichtert um seine Leibesmitte schlang und nun seine Hosen nicht mehr festzuhalten brauchte. Auf die Beine stellen konnte ich sie nicht, weil die Füße mit eingewickelt waren. »Es wird das beste sein, wenn ich das eine Ende festhalte und Sie sich 'rausrollen«, meinte ich. Sie fing an zu rollen. Die Decke war mindestens drei Meter breit, und es ist mir jetzt noch ein Rätsel, wie Fred es zuwege gebracht hat, die widerspenstige Schöne in das Monstrum von Decke zu wickeln. Sobald sie frei war, sprang sie auf. Sie war recht attraktiv, vielleicht sogar attraktiver als sonst, weil ihr Gesicht gerötet und ihr Haar zerzaust war. Sie schüttelte sich, zupfte an ihrem Kleid herum, klemmte sich die Handtasche unter den Arm und erklärte: »So, und jetzt telefoniere ich!«

»Nicht hier! Falls Sie gehen wollen, so ist an der nächsten Ecke eine Telefonzelle. Wenn Sie mich begleiten, können Sie von Mr. Wolfes Büro aus telefonieren.«

Sie sah mehr wütend als ängstlich aus; aber bei einem fremden Gesicht weiß man das nie so genau. »Wissen Sie, wem dieses Zimmer hier gehört?«

»Ich weiß, wem es gehört hat. Thomas G. Yeager.«

»Was haben Sie hier eigentlich zu suchen?«

»Vergessen Sie's. Ich stelle Ihnen keine Fragen, aber ich beantworte auch keine.«

»Sie haben nicht das Recht . . .« Sie musterte mich stirnrunzelnd. »Ich bin Mr. Yeagers Sekretärin. Das heißt, ich war es. Ich kam, um ein Notizbuch zu holen, das ich vergessen hatte.«

»Fein. Dann ist ja alles klar. Wenn Sie das der Polizei erzählen, wird sie Ihnen nicht lange auf die Nerven fallen.«

»Wieso? Benachrichtigen Sie die Polizei, wenn ich nicht mit Ihnen gehe?«

»Ich bestimmt nicht. Die Entscheidung trifft Mr. Wolfe. Ich bin nur sein Laufbursche.«

Sie setzte sich wortlos in Bewegung. Ich dachte, sie hätte es immer noch auf das Telefon abgesehen; aber sie steuerte auf die Tür zum Bad zu und schloß sie hinter sich. Ich nahm die Kratzer auf Freds Wange näher in Augenschein. »Sieh mal an, das war also Yeagers Bude«, sagte er. »Jetzt, wo ich das weiß . . .«

»Du weißt überhaupt nichts. Ich hab' sie angeschwindelt, und sie ist drauf reingefallen. Überlaß das Denken Leuten, die dran gewöhnt sind. Du sollst nur die Gäste empfangen, mehr nicht. Die Kratzer sehen schlimmer aus, als sie sind. Im Bad ist Verbandszeug. Kleb dir ein Pflaster drauf. Vor dem Schlafengehen hättest du die Decke sowieso abnehmen müssen. Ich helf' dir beim Zusammenlegen.«

Ich schnappte mir das eine Ende, er sich das andere. Während wir feierlich aufeinander zugingen und uns voneinander entfernten, erkundigte er sich, wie lange er noch hierbleiben müsse. Ich erwiderte ihm, ich hätte keine Ahnung und ob es einen bequemeren Auftrag gebe. Jeder Mensch mit einem Empfinden für die höheren Dinge des Lebens würde es als ein Privileg betrachten, sich unter einer solchen Bildergalerie häuslich niederlassen zu dürfen. Und er bekomme dieses Vorrecht sogar noch bezahlt mit sieben Dollar fünfzig die Stunde plus Spesen. Er meinte, mit der Zeit werde er sich vielleicht an seine Umgebung gewöhnen.

Ich grinste und drückte ihm die zusammengefaltete Bettdecke in die Hand. Als er sie behutsam auf die Couch legte, kam Julia McGee wieder zum Vorschein. Sie hatte ihr Äußeres in Ordnung gebracht und sah gar nicht so übel aus. »Na schön, gehen wir«, sagte sie kurz. »Ich nehme Ihre Einladung an.«

7

Wenn man die Diele des alten Backsteinhauses in der 35. Straße West betritt, führt die erste Tür linker Hand in das sogenannte Vorderzimmer und die zweite dahinter ins Büro. Beide Räume sind schalldicht – ein Vorzug, der sich schon mehr als einmal bewährt hat. Ich führte Julia McGee ins Vorderzimmer, wo sie mein Angebot ablehnte, ihr beim Ablegen des Mantels zu helfen, ging durch die Verbindungstür ins Büro und schloß diese hinter mir. Wolfe hatte immer noch denselben Schmöker vor der Nase. Er ist kein schneller Leser, und das Buch hatte 677 Seiten, mit etwa 600

Wörtern auf einer Seite. Als ich ihm mitteilte, ich hätte einen Gast mitgebracht, las er den Absatz zu Ende, klemmte seinen dicken Finger zwischen die Seiten, klappte das Buch zu und funkelte mich an. Doch das ließ mich kühl.

»Ihr Name ist Julia McGee. Sie sagt, sie sei Yeagers Sekretärin, was vermutlich stimmt, weil es leicht nachzuprüfen ist. Außerdem behauptet sie, sie habe ein Notizbuch aus der Liebeslaube holen wollen, das sie dort vergessen habe. Letzteres ist eine Lüge, und zwar eine ziemlich dämliche; in dem Zimmer befindet sich nämlich gar kein Notizbuch. Sie hat Fred das Gesicht zerkratzt und einen solchen Zirkus aufgeführt, daß er sie in die Bettdecke einwickeln mußte. Ich hab' mir zuerst ihre Handtasche geschnappt und mich über ihren Namen und ihre Adresse informiert und ihr dann gesagt, sie könnte entweder nach Hause gehen und sich später mit der Polizei auseinandersetzen oder mich hierher begleiten und Ihnen ein paar Fragen beantworten. Sie entschied sich fürs Mitkommen. Ich hab' allerdings eine Konzession gemacht. Ich versprach ihr, sie könne von hier aus telefonieren.«

Er knurrte. Ich wartete zwei Sekunden lang, weil ich dachte, er hätte sonst noch etwas zu bemerken. Als jedoch nichts nachkam, öffnete ich die Tür zum Vorderzimmer und bat Julia McGee ins Büro. Sie sauste an mir vorbei, warf einen Blick in die Runde, stürzte sich auf das Telefon auf meinem Schreibtisch, setzte sich auf meinen Stuhl und wählte. Wolfe legte sein goldenes Lesezeichen in das Buch, schob es beiseite, lehnte sich zurück und betrachtete sie mit stummer Entrüstung.

Sie hatte sich den Hörer ans Ohr geklemmt und sagte: »Ich möchte Mr. Aiken sprechen. Hier ist Julia McGee . . . Ganz recht . . . Danke.« Kurze Pause. »Mr. Aiken? . . . Ja . . . Ja, ich weiß; aber ich wollte Ihnen nur mitteilen, daß ein Mann dort war und über mich herfiel und . . . Nein, warten Sie, später kam noch ein Mann und sagte mir, daß sie beide für Nero Wolfe arbeiteten, den Privatdetektiv . . . Ja, Nero Wolfe. Der zweite Mann, ein Archie Goodwin, forderte mich auf, ihn zu Nero Wolfe zu begleiten, und jetzt bin ich hier in seinem Büro . . . Ja . . . Nein, ich glaube nicht. Sie sind beide hier . . . Keine Ahnung, aber ich frage eben mal.

Sie wandte sich zu mir um. »Wo sind wir hier eigentlich?« Ich nannte ihr die Adresse, und sie wiederholte sie ins Telefon. »Gut . . . Ja, geht in Ordnung. Mr. Aiken wird in zwanzig Minuten hier sein.« Dann schlüpfte sie mit einer geschmeidigen Bewegung aus ihrem Mantel.

»Und wer ist Mr. Aiken?« erkundigte sich Wolfe.

Sie musterte ihn mit einem halb mitleidigen, halb verächtlichen Blick. »Mr. Benedict Aiken ist der Generaldirektor der ›Contiplastic‹.«

Da ich auf meinen angestammten Platz Wert legte, war ich gerade im Begriff gewesen, sie auf den roten Ledersessel zu bugsieren. Aber als ich hörte, daß der Generaldirektor der Firma demnächst aufkreuzen würde, verfrachtete ich sie statt dessen auf einen gelben Sessel. Als sie um seinen Schreibtisch herumkurvte, hob Wolfe den Kopf und schnüffelte mißtrauisch. Er hat was gegen Parfüm und bildet sich ein, alle Frauen badeten darin. Diesmal war sein Argwohn jedoch unberechtigt. Julia McGee war nicht parfümiert.

Er betrachtete sie forschend. »Sie sagten zu Mr. Goodwin, Sie hätten in jenem Raum ein Notizbuch vergessen und seien gekommen, um es zu holen. Wann haben Sie es liegenlassen?«

Sie sah ihn ebenso unverwandt an wie er sie. »Ich beantworte Ihre Fragen erst, wenn Mr. Aiken anwesend ist.«

Wolfe schüttelte den Kopf. »Tut mir leid, darauf kann ich mich nicht einlassen. Ich habe Mr. Aiken nicht hergebeten. Es hängt von meinem Gutdünken ab, ob er zu unserem Gespräch überhaupt zugelassen wird. Ihre Ausflüchte sind zwecklos, Miss McGee. Wann haben Sie das Notizbuch dort liegenlassen?«

Sie machte den Mund auf und wieder zu. Nach einer Weile murmelte sie: »Das war – das war eine Lüge. Ich ging heute abend im Auftrag von Mr. Aiken hin.«

»Warum? Um etwas abzuholen, das er vergessen hatte?«

»Nein. Ich würde lieber warten, bis er da ist. Aber da Ihnen die – die Zusammenhänge offenbar bekannt sind, ist es eigentlich egal. Ich sollte mich vergewissern, daß nichts in dem Raum auf Mr. Yeager und seine Beziehungen zu dem Haus hindeutet.«

»Gab Ihnen Mr. Aiken die Schlüssel?«

»Nein, ich habe selbst welche. Mr. Yeager hatte mich ein paarmal zum Diktat hinbestellt. Ich war seine Sekretärin.«

Wolfe grunzte. »Ich habe den Raum nicht gesehen; aber Mr. Goodwin hat ihn mir sehr genau beschrieben. Finden Sie nicht, daß das Milieu für geschäftliche Besprechungen höchst ungeeignet war?«

»Ein Urteil darüber stand mir nicht zu. Wenn Mr. Yeager nichts dabei fand – schließlich war er mein Chef.«

Wolfe sah mich an. Ich zog beide Augenbrauen hoch. Eine hochgezogene Braue bedeutete: »Vielleicht«, zwei bedeuteten: »Nein, die Dame lügt.« Er wandte sich ihr wieder zu.

»Wenn Sie nun etwas entdeckt hätten, woraus man gewisse Schlüsse auf Mr. Yeager hätte ziehen können, was hätten Sie damit gemacht?«

»Ich hätte es mitgenommen.«

»Im Auftrag von Mr. Aiken?«

»Ja.«

»Warum?«

»Mr. Aiken kann Ihnen das besser erklären als ich.«

»Mag sein. Aber Sie wissen doch wohl, was er damit bezweckte. Vermutlich handelte es sich nicht nur um eine flüchtige Laune.«

»Natürlich nicht. Es dürfte wohl ziemlich klar sein, daß er das Ansehen der Firma schützen wollte. Daß einer ihrer Direktoren ermordet wurde, ist schon schlimm genug. Wenn nun noch kompromittierende Einzelheiten aus seinem Privatleben breitgetreten würden, wäre das eine Katastrophe. Mr. Aiken wünschte nicht, daß Mr. Yeagers Verbindung zu – zu jenem Zimmer bekannt würde.«

»Mr. Aiken war also über das Etablissement recht genau im Bilde?«

»Ja. Ich erzählte ihm davon.«

»Wann?«

»Vor ungefähr zwei Monaten. Mr. Yeager hatte mich zweimal – nein, dreimal – am Abend zum Diktat hinbestellt. Ich protestierte zwar nicht dagegen, aber ich wunderte mich doch einigermaßen darüber. Sie haben natürlich völlig recht. Der Raum ist nicht gerade das, was man sich unter einem Arbeitszimmer vorstellt. Er behauptete zwar immer, er könnte dort besser nachdenken als im Büro, aber ich empfand es doch als eine grobe Ungehörigkeit. Ich dachte darüber nach und faßte den Entschluß, Mr. Aiken davon Mitteilung zu machen. Schließlich war ich der Firma mehr verpflichtet als Mr. Yeager.«

»Und was sagte Mr. Aiken dazu?«

»Er bedankte sich bei mir für den Hinweis.«

»Und unternahm er irgend etwas?«

»Das weiß ich nicht.«

»Sprach er mit Mr. Yeager darüber?«

»Ich habe keine Ahnung.«

»Pfui! Mr. Yeager war ja kein Idiot! Er wäre vermutlich sehr rasch dahintergekommen, von wem Mr. Aiken die Informationen bezogen hatte. Hat er in den letzten zwei Monaten seine Haltung Ihnen gegenüber geändert?«

»Nein.«

»Hat er Sie auch weiterhin zum Diktat dort hinbestellt?«

»Ja.«

»Wie oft?«

»Zweimal.«

Wolfe schloß die Augen und fuhr sich nachdenklich mit dem Finger über den Nasenrücken. Nach zehn Sekunden öffnete er die Augen wieder. »Wann hat Ihnen Mr. Aiken den Auftrag gegeben, in die 82. Straße zu gehen?«

»Heute nachmittag im Büro. Er fragte mich, ob ich immer noch Schlüssel für das Haus hätte, und ich sagte ja. Dann erkundigte er sich, ob ich sonst jemandem von dem Zimmer erzählt hätte, und ich verneinte. Und dann sagte er, ich könnte der Firma einen großen Dienst erweisen, falls ich mich bereit erklären würde, dort hinzugehen. Alles Weitere wissen Sie.«

»Haben Sie Grund zu der Annahme, daß Mr. Aiken jemals dort gewesen ist?«

Sie starrte ihn verblüfft an. »Nein, natürlich nicht.«

Er schüttelte den Kopf. »Bei einem ungelösten Problem darf man nichts als gegeben hinnehmen, Miss McGee. Sie mögen guten Glaubens sein, aber . . .«

Die Türklingel ertönte. Ich trabte in die Diele und warf einen Blick hinaus. Der Generaldirektor war eingetroffen. Die Beleuchtung war zwar nur mäßig, aber der Homburg und der elegante graue Mantel sprachen für sich. Ich machte die Tür auf und fragte: »Mr. Aiken? Bitte treten Sie näher.«

Er rührte sich nicht. »Werde ich erwartet?«

»Ja, Sir. Miss McGee ist bei Mr. Wolfe.«

Er überschritt die Schwelle; ich schloß die Tür und half ihm aus dem Mantel. Ohne Hut erkannte ich ihn wieder; auf dem Foto von dem Bankett im Hotel Churchill stand er neben Thomas G. Yeager. Er war über die besten Jahre hinaus, hatte sich jedoch gut gehalten. Sein Gesicht wirkte erstaunlich glatt, und sein volles, ergrautes Haar verlieh ihm ein sehr distinguiertes Aussehen. Jeder Zoll ein Generaldirektor. Für seinen Anzug hatte er mindestens zehnmal soviel gezahlt wie der falsche Yeager für den seinen. Als ich ihn ins Büro führte, blieb er zwei Meter von Wolfes Schreibtisch entfernt stehen und sagte: »Guten Abend, Miss McGee.« Dann wandte er sich Wolfe zu. »Guten Abend, Sir. Ich bin Benedict Aiken.«

Julia McGee erhob sich. Ich dachte zuerst, der tief eingewurzelte Respekt vor ihrem Brötchengeber habe sie hochgescheucht; aber Wolfe sagte zu Aiken: »Ich habe Miss McGee eben gebeten, uns für ein paar Minuten allein zu lassen, da ich Sie zunächst ganz gern unter vier Augen sprechen möchte. Wenn ich bitten darf, meine Gnädigste. Die Tür, Archie!«

»Einen Moment«, erklärte Aiken, nicht aggressiv, aber doch sehr energisch. »Ich hätte selbst gern mit Miss McGee unter vier Augen gesprochen.«

»Zweifellos.« Wolfe drehte eine Hand um. »Was Ihnen Miss McGee am Telefon mitteilte, war im großen und ganzen korrekt. Bis auf ein Detail. Sie wurde nicht überfallen. Ich habe einen Mann in jenem Raum einquartiert mit dem Auftrag, alle Personen, die ...«

»Warum interessieren Sie sich für den Raum?«

»Weil er Thomas G. Yeager gehörte und von ihm benutzt wurde. Mein Mitarbeiter meldete mir auftragsgemäß die Ankunft von Miss McGee; er wurde von ihr attackiert. Ich habe ihr inzwischen einige Fragen gestellt und hätte es vorgezogen, zunächst allein mit Ihnen zu sprechen, um Ihre beiderseitigen Aussagen miteinander vergleichen zu können. Falls Sie jedoch auf ihre Anwesenheit Wert legen, kann sie bleiben unter der Voraussetzung, daß sie nur zuhört. Sobald Miss McGee Sie unterbricht, wird Mr. Goodwin sie zum Schweigen bringen.«

Aiken musterte mich abschätzend, begab sich zum roten Ledersessel, setzte sich, lehnte sich zurück und schlug die Beine übereinander. »Wieso nehmen Sie an, daß der Raum Thomas G. Yeager gehörte?«

»Ich nehme es nicht an. Ich weiß es.«

»Na schön; aber was geht Sie das eigentlich an? Für wen arbeiten Sie?«

»Für mich selbst. Ich habe keinen Klienten. Mir ist eine Tatsache zu Ohren gekommen, die einen Mann betrifft, der ermordet wurde. Diese Tatsache ist nur wenigen Menschen bekannt. Ich bin gesetzlich nicht verpflichtet, sie der Polizei mitzuteilen. Es steht mir also frei, sie nutzbringend für mich zu verwerten. Genau wie ein Arzt, Anwalt oder Klempner lebe ich von den Problemen, Nöten und dem Mißgeschick meiner Mitmenschen. Ich kann Sie nicht zum Reden zwingen, aber ich bin bereit, Ihnen zuzuhören. Im übrigen habe ich Sie nicht hergebeten. Sie kamen von selbst.«

Aiken lächelte säuerlich. »Ich darf mich nicht beklagen. Sie haben das Heft in der Hand. Ich habe natürlich nicht erwartet, daß Sie mir den Namen Ihres Klienten verraten würden; aber es fällt mir schwer, zu glauben, daß Sie gar keinen haben. Von wem haben Sie die Adresse in der zweiundachtzigsten Straße West erfahren?«

Wolfe schüttelte den Kopf. »Darüber schulde ich Ihnen keine Erklärung, Sir. Wenn ich einen Klienten hätte, würde ich es Ihnen sagen; natürlich ohne seinen Namen anzugeben. Aber ich kann nur wiederholen, daß ich keinen habe.«

»Was werden Sie in der Angelegenheit unternehmen?«

»Keine Ahnung. Das hängt von den Umständen ab. Vorläufig beabsichtige ich jedenfalls nicht, meinen Beauftragten von seinem Posten abzuberufen.«

»Wenn Sie in diesem Zusammenhang von einer nutzbringenden Verwertung Ihres Wissens sprechen, dann soll das vermutlich heißen, daß Sie mit einem Klienten und einem Honorar rechnen.«

»Gewiß.«

»Na schön.« Aiken beugte sich vor. »Sie möchten meine Aussage mit der von Miss McGee vergleichen. Ich habe nichts dagegen. Yeager war ein Direktor der Firma, der ›Contiplastic‹. Aber das wissen Sie natürlich. Miss McGee war seine Sekretärin. Vor etwa zwei Monaten kam sie zu mir und erzählte mir von dem Zimmer. Yeager hatte sie einige Male am Abend dort hinbestellt, und obwohl sie keinen Grund hatte, sich über sein Verhalten zu beklagen, hielt sie es im Interesse der Firma für angebracht, mich über das Etablissement ins Bild zu setzen. Ihre Bedenken erschienen mir berechtigt. Wir kümmern uns im allgemeinen nicht um das Privatleben unserer Mitarbeiter; aber in Yeagers Fall konnte es im Handumdrehen zu einem Skandal kommen, in den die Firma mit hineingezogen worden wäre. Ich bat Miss McGee, zu niemandem darüber zu sprechen, auch zu Yeager nicht. Ich wollte mir erst darüber klarwerden, wie ich mich in der Sache verhalten sollte.«

»Haben Sie mit Yeager gesprochen?«

»Nein. Ich war in jedem Fall verpflichtet, den Aufsichtsrat davon zu unterrichten, auch wenn ich Yeager vorher einen Wink gab. Der Entschluß, einen Kollegen gewissermaßen anzuschwärzen, fiel mir nicht leicht. Ich hatte noch nichts Entscheidendes unternommen, als ich gestern von Yeagers Tod hörte und daß man seine Leiche in einem Kabelschacht in der 82. Straße unweit des bewußten Hauses gefunden hatte. Es war für uns alle ein Schock, als wir erfuhren, daß er ermordet worden war. Aber es wäre einfach entsetzlich, wenn auch nur der geringste Hinweis auf jenes Apartment an die Öffentlichkeit gelangte. Ein Skandal wäre unausbleiblich. An sich wollte ich den Aufsichtsrat zu einer Sondersitzung einberufen. Da jedoch keine Zeit zu verlieren war, zog ich heute morgen drei unserer Direktoren zu Rate. Wir gingen davon aus, daß Yeager selbst aus naheliegenden Gründen an einer Geheimhaltung interessiert gewesen war und vermutlich diesbezügliche Vorkehrungen getroffen haben mochte. Ich schlug vor, Miss McGee hinzuschicken, damit sie alle irgendwie verdächtigen Spuren beseitigte. Mein Vorschlag wurde angenommen. Und dann lief Miss McGee Ihrem Mitarbeiter in die Arme.« Er wandte den Kopf. »Was ist eigentlich passiert, Miss McGee?«

»Als ich aus dem Lift stieg, stand ich plötzlich diesem Mann gegenüber. Ich verlor den Kopf und machte kehrt, aber er hielt mich zurück. Ans Telefon ließ er mich auch nicht, und als ich mich loszureißen versuchte, wickelte er mich in eine Bettdecke und verschnürte sie. Dann rief er jemanden an, und zehn Minuten später tauchte Mr. Goodwin auf. Er informierte sich aus meinem Führerschein über meinen Namen und meine Adresse und sagte mir, sie seien Mitarbeiter von Nero Wolfe und über den Eigentümer des Raumes im Bilde. Da sie über Mr. Yeager Bescheid wußten, hielt ich es für klüger, Mr. Goodwin herzubegleiten, als er mich dazu aufforderte. Ich konnte Sie erst von hier aus benachrichtigen, Mr. Aiken. Tut mir leid, aber was hätte ich sonst tun sollen?«

»Ich verstehe.« Aiken nickte und konzentrierte sich wieder auf Wolfe. »Sie sehen hoffentlich ein, daß ich allen Grund hatte, mich auch unaufgefordert in Ihrem Büro einzufinden.«

»Gewiß. Ihr Interesse an dem Fall ist durchaus legitim; daran habe ich nie gezweifelt. Aber geben Sie sich keinen falschen Hoffnungen hin. Daß Mr. Yeagers Geheimnis auf die Dauer gewahrt bleibt, halte ich für ausgeschlossen.«

»Vielleicht. Ich werde jedenfalls mein möglichstes tun. Wer hat Ihnen die Adresse verraten?«

Wolfe schüttelte den Kopf.

»Ich bezahle Sie dafür, und ich zahle gut.«

»Möglich. Aber ich verkaufe keine Informationen, Mr. Aiken. Ich stelle meine Dienste gegen ein Honorar zur Verfügung.«

»Schön, dann engagiere ich Sie eben.«

»Wofür?«

»Die Firma vor einem Skandal zu schützen.«

Wolfe betrachtete ihn nachdenklich. »Diese Formulierung erscheint mir ein bißchen vage. Falls Sie darunter verstehen, daß ich Mr. Yeagers Beziehungen zu jenem Haus um keinen Preis enthüllen darf, muß ich den Auftrag ablehnen. Unvorhergesehene Umstände könnten mich zu einer Preisgabe zwingen. Es gibt jedoch eine Alternative.«

»Und die wäre?«

»Man müßte verhindern, daß unvorhergesehene Umstände eintreten. Ihr Angebot läuft auf ein Schweigegeld hinaus. Selbst wenn ich dumm genug wäre, auf eine solche Abmachung einzugehen, hätten Sie nichts damit gewonnen. Früher oder später wird die Polizei zwangsläufig auf eine Spur stoßen, die bei dem Haus endet; und damit wäre die Katze ohnehin aus dem Sack. Folglich müßte man der Polizei zuvorkommen und ihr eine annehmbare Lösung des Falles präsentieren, eine Lösung, bei der das Haus und der Raum nicht erwähnt werden.«

Aiken runzelte die Stirn. »Ich begreife nicht recht, wie Sie das bewerkstelligen wollen.«

»Man darf wohl mit einiger Berechtigung voraussetzen, daß der Mörder über das Apartment, die dortigen Gegebenheiten und seinen Verwendungszweck im Bilde war. Angenommen, ein gröblich verletzter Gatte oder Vater oder Bruder griff zum Revolver, um sich an Yeager zu rächen. Dann ließe sich die Tat vermutlich auch ohne die Preisgabe allzu kompromittierender Einzelheiten nachweisen. Die unmittelbar Betroffenen hätten sogar ein Interesse daran, Zeit und Ort der Verführung und dergleichen Details zu verheimlichen. Es ist zwar schwierig, aber es wäre zu erreichen. Andererseits sind solche Hypothesen müßig. Dazu weiß ich noch zu wenig über den Fall.«

»Und wenn es unmöglich ist?«

Wolfe hob die Schultern um einen halben Zentimeter und senkte sie wieder. »Dann haben Sie Ihr Geld umsonst ausgegeben. Ich verpflichte mich, das Menschenmögliche zu tun; aber ich rüttle nicht an den Festen des Himmels. Sie wollen mich engagieren, und ich bin durchaus bereit, mich engagieren zu lassen. Unsere Vereinbarungen müssen sich jedoch mit meiner Berufsehre und Redlichkeit vertragen. Zum Schluß möchte ich Sie noch darauf hinweisen, daß ich keine Hypothese unberücksichtigt lassen darf, nicht einmal die, daß Sie selbst Yeager getötet haben.«

Aiken lächelte wenig erfreut.

Wolfe wandte sich um. »Archie, die Schreibmaschine. Zwei Durchschläge.«

Ich schwenkte meinen Stuhl herum, zog die Maschine an mich heran und spannte das Papier ein. »Ja, Sir.«

»Einfacher Zeilenabstand, breiter Rand. Datum. ›Im Namen meiner Firma, der Contiplastic, beauftrage ich Nero Wolfe mit den Ermittlungen im Mordfall Thomas G. Yeager unter der Bedingung, daß sich Wolfe bis zum äußersten für die Interessen der Firma einsetzt. Es ist ihm untersagt, Tatsachen und Informationen, die dem Prestige der Firma abträglich sind, weiterzugeben, sofern ihn seine gesetzlichen Pflichten als Staatsbürger und lizenzierter Privatdetektiv nicht dazu zwingen. Die Zahlung eines Honorars sowie die Rückerstattung der Spesen hängt von der gewissenhaften Erfüllung der Bedingungen ab. Die Vereinbarung mit Nero Wolfe hat den Zweck, alle nachteiligen Folgen, die der Firma aus den besonderen Umständen von Mr. Yeagers Tod erwachsen können, zu verhindern.‹ Lassen Sie Raum frei für die Unterschrift und schreiben Sie darunter: ›Generaldirektor der Contiplastic.‹«

Nachdem ich die Blätter herausgenommen und den Text überflogen hatte, reichte ich Aiken das Original und Wolfe die beiden Durchschläge. Aiken las den Text zweimal hintereinander durch und sah auf. »Sie haben die Höhe des Honorars nicht angegeben.«

»Nein, Sir. Das ist nicht gut möglich. Die Höhe des Betrags hängt von zu vielen Faktoren ab, die ich noch nicht kenne.«

»Und wer entscheidet darüber, ob Sie die Bedingungen gewissenhaft erfüllt haben?«

»Redlichkeit und gesunder Menschenverstand beider Vertragspartner. Im Zweifelsfalle müßte ein Gericht darüber entscheiden. Aber ich glaube nicht, daß das nötig sein wird.«

Aiken überflog den Text noch einmal, legte das Blatt auf den Tisch neben seinem Ellenbogen, holte seinen Füllfederhalter heraus und unterschrieb. Ich übergab Wolfe das unterzeichnete Original und überreichte Aiken statt dessen einen der Durchschläge. Er faltete ihn und verstaute ihn in seiner Brusttasche.

»Wer hat Ihnen von dem Apartment erzählt?« Er ließ nicht locker.

Wolfe schüttelte den Kopf. »Es handelt sich um eine vertrauliche Mitteilung, die ich für mich behalten muß.« Er warf einen Blick auf die Uhr über der Tür, schob seinen Sessel zurück und stand auf. »Es ist nach Mitternacht. Ich werde Ihnen natürlich Bericht erstatten. Aber was und wieviel ich Ihnen mitteile, liegt ganz in meinem Ermessen.«

»Das ist doch absurd. Schließlich bin ich ihr Auftraggeber.«

»Ja, Sir. Aber der einzige Maßstab für meine Arbeit ist, soweit es Sie betrifft, das Resultat. Warum sollte ich Sie mit unwichtigen Einzelheiten belästigen? Das wäre reine Zeitvergeudung.« Er griff nach dem Vertrag. »Möchten Sie ihn rückgängig machen?«

»Nein. Ich möchte nur wissen, was Sie vorhaben?«

»Das weiß ich selbst noch nicht.«

»Hat Ihnen einer meiner Direktoren von dem Apartment erzählt?«

»Nein.«

»Mrs. Yeager?«

»Nein.«

»Wer dann?«

Wolfe funkelte ihn wütend an. »Zum Teufel, Sir, meine Geduld hat ihre Grenzen! Soll ich nun den Auftrag übernehmen oder nicht?«

»Ich würde lieber nein als ja sagen; aber ich habe keine Wahl.« Er erhob sich. »Kommen Sie, Miss McGee.«

8

Am Mittwochvormittag um halb elf stand ich vor dem großen Globus im Büro, drehte ihn langsam um seine Achse und spähte nach einem stillen, geruhsamen Erdenfleckchen für meinen nächsten Urlaub aus. Es waren noch fünf Monate bis dahin, aber ich hatte sonst nichts zu tun. Wenn Wolfe morgens einen Auftrag für mich hat, läßt er mich durch Fritz in sein Schlafzimmer rufen. Heute früh hatte mir Fritz nichts auszurichten, und als ich Wolfe kurz vor neun Uhr über den Hausanschluß anrief und fragte, ob er Instruktionen für mich habe, knurrte er mich wütend an. Ich hasse es, untätig herumzusitzen, vor allem dann, wenn wir einen lohnenden Auftrag bekommen haben und uns von Rechts wegen ein bißchen ins Zeug legen sollten. Dabei konnte ich mit gutem Gewissen faulenzen, denn ich hatte mir seit Montag nachmittag die Hacken abgelaufen, und zwar nicht vergeblich.

Ich war selbst ganz erstaunt über meinen Erfolg. Wolfe hatte mich, allerdings ziemlich widerwillig, auf Klientenfang ausgeschickt, und ich hatte einen stattlichen Fisch an Land gezogen, einen Generaldirektor inklusive seiner Firma. Um ein fünfstelliges Honorar einzukassieren, brauchten wir es uns nur zu verdienen – die einfachste Sache der Welt. Als ich mit meinen Überlegungen so weit gediehen war, kamen mir Bedenken. Die Sache hatte mehrere Haken und – soviel ich sehen konnte – nur ein einziges Plus. Wir wußten, daß Yeager in der Liebeslaube getötet worden war – eine Tatsache, die außer uns vermutlich nur dem Mörder und der Familie des Hausmeisters Perez bekannt war; und darin bestand meiner Meinung nach unsere einzige Gewinnchance. Wir wußten zweitens, daß Yeager am Sonntagabend den üblichen Besuch erwartet hatte, da für Mitternacht ein Souper mit Kaviar und Fasan vorgesehen war. Ob sich die Dame verabredungsgemäß eingestellt hatte, mußte sich erst noch erweisen. Aber sie brauchte deshalb noch lange nicht die Mörderin zu sein. Sie konnte ihn bei ihrer Ankunft tot aufgefunden und sich sang- und klanglos aus dem Staub gemacht haben. Wenn man von dieser Theorie ausging, empfahl es sich, die Nachforschungen hauptsächlich auf die Schlüsseleigentümerinnen zu konzentrieren. Und da sich die Damen wahrscheinlich nicht freiwillig melden würden und auch eine Zeitungsannonce nicht das Richtige schien, konnte die Aufstellung einer Gästekartei ein Jahr dauern.

Für gewöhnlich rückt man einem Verbrechen mit drei Begriffen zu Leibe – *Gelegenheit*, *Mittel* und *Motiv*. Man nimmt alle drei unter die Lupe und sucht sich das heraus, von dem man sich am meisten verspricht. *Gelegenheit* kreuzte ich durch. Jede Person, die Schlüssel zum Haus und zum Lift besaß, hatte auch die Chance gehabt, Yeager eine Kugel zu verpassen. Das Geschoß gehörte bereits zu Nummer zwei – *Mittel*. Die Mordwaffe war bisher nicht aufgefunden worden. Man mußte also eine Liste aller Personen zusammenstellen, die nicht nur Schlüssel, sondern auch ein Schießeisen ihr eigen nannten. – Mittel kam also auch nicht in Frage. Blieb nur noch das *Motiv*. Da ich selbst niemals glücklicher Besitzer einer Liebeslaube war, konnte ich mir kein rechtes Bild von der Geistes- und Gemütsverfassung aller Beteiligten machen. Immerhin durfte man annehmen, daß ein solches Etablissement nicht überall auf Gegenliebe gestoßen war. Falls in den letzten zwei Jahren auch nur zehn Damen dort ein und aus gegangen waren und jede einen empörten Vater, Bruder, Gatten oder Liebhaber gehabt hatte, dann waren das bereits, über den Daumen gepeilt, vierzig Verdächtige mit einem sehr einleuchtenden Motiv. Ich kreuzte Motiv auch durch.

Wenn alle anderen Stricke reißen, bleibt einem immer noch die Routine. Man geht tausendundeiner Spur nach, sperrt die Ohren auf, um jemanden bei einer Lüge zu ertappen, sucht nach Widersprüchen und fadenscheinigen Stellen und macht Leute ausfindig, die irgend etwas Verdächtiges gehört oder gesehen haben. Diese Methode führt in der Regel zu Resultaten; sie hat jedoch zwei Nachteile. Man braucht mindestens fünf oder sechs zuverlässige Mitarbeiter und sehr viel Zeit. Die notwendigen Leute hätten wir allenfalls aufgetrieben, aber eine Verzögerung konnten wir uns nicht leisten. Die Polizei war uns auf den Fersen, und falls sie die Existenz des Hauses herausbekam und Fred dort unter der Bildergalerie aufstöberte, war das Honorar flöten, Fred flog ins Kittchen, ich möglicherweise auch, und der einzige, der dabei auf seine Kosten kam, war mein Freund, der Redakteur Lon Cohen. Er hatte seinen Knüller.

Mit der Routine war es also auch nichts. Wir brauchten eine Glückssträhne oder ein Meisterhirn. Letzteres war zwar bereits vorhanden, aber es spurte noch nicht richtig. Als Wolfe um elf im Büro auftauchte, deponierte er seine drei Orchideen – diesmal waren es *Calanthe veitchi sandhurstiana* – in der Vase auf seinem Schreibtisch, ließ sich in seinem maßgearbeiteten Sessel nieder, warf einen Blick auf den Vormerkkalender und die Post, die im wesentlichen aus Drucksachen und Bettelbriefen bestand, und faßte danach mich ins Auge.

»Was bedeutet die Zahl auf meinem Kalender? Vierzehn Millionen sechshundertzweiundachtzigtausendzweihundertfünfunddreißig Dollar und siebenundfünfzig Cent. Soll das wieder irgendeine Anspielung sein?«

»Nein, Sir. Ich hab' mich nur bei der Bank erkundigt. Es ist die Bargeldreserve der ›Contiplastic‹. Ich dachte, es würde Sie interessieren, und ich hatte gerade nichts zu tun. Ich bin nicht gern arbeitslos.«

»Pfui!«

»Ja, Sir.«

»Haben Sie über unsere Situation nachgedacht?«

»Sicher. Gestern hatten wir zeitweilig zu viele Klienten. Heute haben wir nur einen; aber das ist immer noch einer zuviel; denn für meine Begriffe ist sein Auftrag unausführbar. Der einzige Vorschlag, den ich machen könnte, ist wertlos.«

»Worin besteht dieser?«

»Julia McGee lügt wie gedruckt. Ich habe Ihnen den Raum beschrieben. Yeager hat seine Sekretärin bestimmt nicht zum Diktat dort hinbestellt, darauf gehe ich jede Wette ein. Diese Behauptung ist direkt ein Witz. Vom Standpunkt eines Satyrs hat sie vermutlich ihre Reize; außerdem war Yeager ja kein Schwachkopf. Warum sollte er seiner Sekretärin aus freien Stücken ein Druckmittel gegen sich in die Hand geben? Yeager war bei der Auswahl seiner Gäste bestimmt sehr vorsichtig, und dann sorgte er natürlich dafür, daß ihnen ebensowenig daran lag wie ihm, mit Außenstehenden über ihre Eskapaden zu plaudern. Bei Julia McGee hat er sich allerdings verrechnet. Warum sie ihn verraten hat, weiß ich nicht. Vielleicht, weil sie merkte, daß bei ihm nichts zu holen war und sie sich den Generaldirektor der Firma angeln wollte. Soweit es den Mord betrifft, spricht das eher für sie. Wenn sie ihn schon verpfiffen hatte, warum sollte sie ihn dann auch noch erschießen? Aber Sie können sie ja danach fragen.«

»Nein.« Er holte tief Luft und stieß sie langsam und prustend wieder aus. »Ich war ein Esel. Ich hätte den Auftrag ablehnen müssen. Wir verfügen auch nicht über einen einzigen erfolgversprechenden Ansatzpunkt, und ich hasse es, die Angel nur auf gut Glück auszuwerfen. Vielleicht sollten wir uns doch den Mann vorknöpfen, der uns in diese Klemme gebracht hat. Ich meine den falschen Yeager. Glauben Sie, daß Sie ihn ausfindig machen könnten?«

»Sicher. Aber es wird ein paar Monate dauern.«

Er verzog das Gesicht. »Es gäbe noch eine andere Möglichkeit. Wir erklären Mr. und Mrs. Perez, daß wir sie für die Mörder halten. Das Motiv liegt auf der Hand. Yeager hat ihre Tochter verführt. Wir sagen ihnen, daß sie geliefert sind, wenn die Polizei hinter das Geheimnis des Hauses kommt, und versprechen ihnen zwanzig- oder meinetwegen auch fünfzigtausend Dollar bar auf die Hand unter der Bedingung, daß sie von der Bildfläche verschwinden. Außerdem veranlassen wir sie dazu, ein Schriftstück zu unterzeichnen, in dem sie den Mord an Yeager eingestehen. Das Geständnis bleibt in unseren Händen. Sobald sich die beiden Perez samt Tochter in Sicherheit gebracht haben, schicken wir es anonym der Polizei. Natürlich wird sie bei einer Haussuchung zwangsläufig auf jenen Raum stoßen, und ihn mit Yeager in Verbindung bringen. Da für eine solche Verbindung jedoch keine Beweise existieren, wird die Polizei ihre Vermutungen für sich behalten. Wenn es sich um einen prominenten Bürger handelt, ist man immer sehr diskret. Damit wäre allen Teilen geholfen. Wir könnten unser Honorar kassieren; die Familie Perez hätte fürs Leben ausgesorgt, die Firma brauchte keinen Skandal zu befürchten, und die Polizei könnte den Fall ad acta legen.«

»Fabelhaft! Der Plan ist genial – bis auf zwei kleine Formfehler. Erstens war Yeager der Eigentümer des Hauses. Folglich ist es in seinem Nachlaß aufgeführt. Zweitens haben die beiden Perez Yeager nicht auf dem Gewissen. Aber hol's der Teufel, für fünfzigtausend Dollar kann man jemandem schon einen Mord anhängen und . . .«

Die Türklingel unterbrach mich bei meiner Tirade. Ich sauste hinaus und warf einen Blick durch die Spionglasscheibe. Auf der obersten Stufe stand eines jener weiblichen Wesen, die ich immer schlicht als ›geballte Ladung‹ bezeichne. Die Besucherin war nicht mehr die Jüngste und sehr umfangreich. Auch das elegante dunkle Kostüm und die Nerzstola täuschten nicht darüber hinweg, daß sie ein Mopsgesicht und ein Doppelkinn hatte. Ich öffnete die Tür und sagte: »Guten Morgen.«

»Nero Wolfe?«

Ich nickte. »Sein Haus.«

»Ich möchte ihn sprechen. Ich bin Ellen Yeager. Mrs. Thomas G. Yeager.«

Für gewöhnlich müssen unangemeldete Gäste auf der Treppe warten, bis Wolfe sein Einverständnis gegeben hat. Aber diesmal schenkte ich mir diese Präliminarien. Mrs. Yeager kam mir wie gerufen, um Wolfe von seinem verschrobenen Plan abzulenken. Wenn er sich aufs Spintisieren verlegt, hilft nur das stärkste Geschütz, und eine ›geballte Ladung‹ ist besser als gar nichts. Deshalb bat ich sie herein, führte sie ins Büro und sagte: »Mr. Wolfe, Mrs. Yeager. Mrs. Thomas G. Yeager.«

Er funkelte mich an. »Ich wußte nicht, daß ich eine Verabredung hatte.«

»Nein, Sir. Ich auch nicht.«

»Ich hatte keine Zeit, Sie vorher zu benachrichtigen«, erklärte Ellen Yeager. Sie marschierte auf den roten Ledersessel zu und setzte sich, legte ihre Handtasche auf das Tischchen und richtete ihre scharfen kleinen Augen auf Wolfe. »Ich möchte Sie engagieren.« Sie öffnete die Handtasche und fischte ein Scheckheft heraus. »Wie hoch soll der Vorschuß sein?«

Klientin Nummer vier, ohne den falschen Yeager. Sie fuhr fort: »Wie Sie wissen, wurde mein Mann ermordet. Ich möchte, daß Sie seinen Mörder ausfindig machen und die Umstände seines Todes klarstellen. Mein Mann war krank, verrückt auf Frauen und völlig hemmungslos, das weiß ich alles. Ich habe jahrelang den Mund gehalten, aber ich denke nicht daran ...«

»Schweigen Sie!« brüllte Wolfe. Sie starrte ihn entgeistert an.

»Tut mir leid, aber ich mußte grob sein«, erklärte er. »Ich kann nicht zulassen, daß Sie hier höchst vertrauliche Dinge ausplaudern. Der Auftrag, den Mord an Ihrem Gatten zu untersuchen, wurde mir bereits von anderer Seite erteilt.«

»Das ist nicht wahr.«

»In der Tat.«

»Nein. Benedict Aiken hat Sie nur dazu engagiert, die Firma vor einem Skandal zu schützen und die Sache zu vertuschen. Einer der Direktoren hat mir die ganze Geschichte erzählt. Heute früh fand eine Sitzung statt. Aiken berichtete den anderen von seiner Unterredung mit Ihnen, und alle billigten sein Vorgehen. Denen ist es doch ganz egal, ob der Mörder meines Mannes gefunden wird oder nicht. Die denken nur an ihre kostbare Firma. Ich habe ein ganz schönes Paket Aktien geerbt; aber das hindert mich noch lange nicht, dem Staatsanwalt von dem Apartment zu erzählen, falls ich es für richtig halte.«

»Von welchem Apartment?«

»Sie wissen ganz genau, was ich meine. Den Raum in dem Haus in der 82. Straße, wo Sie Julia McGee gestern abend erwischt haben. Benedict Aiken erzählte es den Direktoren, und einer von ihnen hinterbrachte es mir.« Ihr Kopf fuhr zu mir herum. »Sind Sie Archie Goodwin? Ich möchte das Zimmer sehen! Sie müssen es mir so bald wie möglich zeigen!« Sie schwenkte zu Wolfe zurück. »Wie hoch soll der Vorschuß sein?«

Sie hatte Haare auf den Zähnen; aber sie war nicht dumm und machte nicht viele Worte. Auch ein begriffsstutziger Trottel hätte kapiert, daß das Ganze auf eine handfeste Drohung hinauslief. Wenn Wolfe nicht parierte, würde sie ihm mit einem Anruf beim Staatsanwalt einen Strich durch die Rechnung machen.

Er lehnte sich zurück. »Meine Gnädigste, man hat Sie falsch informiert. Archie, zeigen Sie Mrs. Yeager den Vertrag, den Mr. Aiken unterzeichnet hat.«

Ich holte den Wisch aus dem Schrank und überreichte ihn ihr. Sie setzte sich ihre Brille auf die Nase und las den Text. »Na, hier steht's doch schwarz auf weiß, oder etwa nicht?«

»Nein. Lesen Sie's doch mal. Archie, die Schreibmaschine. Zwei Durchschläge.«

Ich setzte mich an die Maschine und spannte das Papier ein.

»Einfacher Zeilenabstand, breiter Rand. Datum. ›Ich, Mrs. Thomas G. Yeager, beauftrage Nero Wolfe, den Mord an meinem Gatten zu untersuchen, den Mörder zu identifizieren und seiner gerechten Strafe zuzuführen. Im Falle eines Interessenkonflikts zwischen der Contiplastic und mir ist Nero Wolfe gehalten, seinen Vertrag mit der Firma zu lösen. Ich erwarte, daß er sich bis zur letzten Konsequenz für mich einsetzt, und verspreche ihm, mich nicht in die Ermittlungen einzuschalten, ohne ihn vorher davon zu unterrichten.‹«

Er wandte sich an sie. »Einen Vorschuß verlange ich nicht. Ich habe auch von Mr. Aiken keinen verlangt. Ob Sie eine Rechnung bekommen, hängt vom Ergebnis meiner Ermittlungen ab. Das gleiche gilt für die Höhe des Betrages. Ich habe nicht die Absicht, für ein und denselben Auftrag von Ihnen und der Firma ein Honorar zu kassieren. Und sollte sich im Laufe der Ermittlungen herausstellen, daß Sie selbst Ihren Gatten getötet haben, dann würde ich gar keins von Ihnen verlangen.«

»Dann würden Sie auch keins bekommen. Aber beruhigen Sie sich, ich hab' ihn nicht umgebracht. Es gab eine Zeit, wo ich ihm manchmal gern den Hals umgedreht hätte; aber das ist lange her. Damals waren die Kinder noch klein.« Sie nahm mir das Original aus der Hand, setzte ihre Brille auf und überflog es. »Der eine Satz stimmt nicht. Wenn Sie den Mörder ausfindig gemacht haben, müssen Sie es mir sagen, und ich werde dann entscheiden, was mit ihm geschehen soll.«

»Unsinn. Die Entscheidung darüber obliegt einem Gericht und den Geschworenen. Ich kann das Belastungsmaterial, mit dem ich ihm seine Schuld nachweise, nicht einfach verschwinden lassen. Archie, geben Sie ihr einen Federhalter.«

»Ich unterschreibe nicht. Ich habe meinem Mann versprochen, nichts zu unterschreiben.«

Wolfes Mundwinkel zuckten. Er ist überzeugt davon, daß Frauen jeder Sinn für Logik abgeht. Deshalb erfüllte ihn Mrs. Yeagers Antwort mit tiefer Genugtuung.

Sie drückte mir sämtliche Dokumente in die Hand, den Vertrag, den Aiken unterschrieben hatte, sowie Original und Durchschlag des Vertrages, den sie nicht unterschreiben wollte. »Eine Unterschrift bedeutet nicht viel. Ausschlaggebend ist, was man tut. Was für einen Vorschuß wollen Sie haben?«

Er hatte zwar eben erst erklärt, daß er keinen haben wollte. Aber jetzt sagte er: »Einen Dollar.« Offenbar sollte der Dollar die fehlende Unterschrift ersetzen.

Mrs. Yeager zuckte nicht mit der Wimper. Anscheinend kam ihr seine Forderung ganz normal vor. Sie steckte das Scheckheft weg, fischte eine Eindollarnote aus ihrer Geldbörse und händigte sie Wolfe aus. Dann stand sie auf und nickte mir zu. »Und jetzt möchte ich mir das Apartment in der 82. Straße ansehen.«

»Ausgeschlossen!« Wolfe legte so viel Nachdruck wie möglich in seine Stimme. »Jetzt möchte ich Ihnen einige Fragen stellen. Setzen Sie sich, bitte.«

»Was für Fragen?«

»Sie haben Ihren Gatten eingangs als kranken Menschen bezeichnet und gesagt, sein Leiden sei Ihnen seit Jahren bekannt gewesen. Ich schließe daraus, daß Sie vermutlich auch über seine Heilmethoden informiert sind. Ich brauche Namen, Daten, Adressen und möglichst viele Einzelheiten.«

»Von mir werden Sie sie nicht bekommen.« Sie zupfte ihre Stola zurecht. »Ich hab' schon vor einer Ewigkeit aufgehört, mich darum zu kümmern. Einmal, als die Kinder noch klein waren, zog ich einen guten Freund, einen Anwalt, zu Rate, und der riet mir, gar nichts zu tun. Schließlich habe ich mich dann mit seinen Weibergeschichten abgefunden. Es gibt schlimmere Dinge. Der Mann einer Freundin von mir ist trunksüchtig. Die Ärmste hat . . .«

Die Türklingel läutete. Ich verstaute die Papiere in einer Schublade und ging in die Diele. Diesmal handelte es sich weder um einen derzeitigen noch um einen zukünftigen Klienten. Leutnant Cramer vom Morddezernat West gehört zu unseren häufigsten Gästen und kommt je nach Bedarf in einer anderen Verkleidung – als Freund, Feind, neutraler Beobachter oder ganz selten auch als Verbündeter; aber als Klient niemals. Außerdem sah er mit seiner grimmigen Miene und den energisch gestrafften Schultern nicht danach aus, als habe er die Absicht, uns einen Vorschuß anzubieten. Ich legte die Sicherheitskette vor, öffnete die Tür einen Spalt breit und säuselte: »Herzlich willkommen! Mr. Wolfe hat Besuch. Genügt's, wenn Sie mit mir sprechen?«

»Nein! Ich weiß, daß er Besuch hat. Mrs. Thomas G. Yeager. Sie ist seit einer halben Stunde bei ihm. Machen Sie auf!«

»Moment. Ich sehe eben mal nach.« Ich schloß die Tür, sauste ins Büro und sagte zu Wolfe: »Der Schneider. Er behauptet, sein Laufbursche habe den Anzug vor einer halben Stunde hier abgeliefert. Er will Sie unbedingt sprechen.«

Er preßte die Lippen zusammen und warf einen wütenden Blick auf mich, auf Mrs. Yeager und wieder auf mich. Immer, wenn ich einen Vertreter des Gesetzes ankündige, fühlt sich Wolfe zuerst versucht, dem ungebetenen Gast kurz und bündig das Haus zu verbieten, und wenn es sich um Leutnant Cramer handelt, ist diese Versuchung besonders groß. Andererseits war unsere Situation ohnehin schon verdammt ungemütlich. Wir konnten es uns nicht leisten, Cramer zu verschnupfen. Falls er über den bewußten Raum im Bilde war und Fred Durkin bereits am Wickel hatte, würde er womöglich zehn Minuten später mit einem Haussuchungsbefehl in der

Tasche wieder vor der Tür stehen. Außerdem wußte Cramer, daß Mrs. Yeager da war. Offenbar hatte er sie beobachten lassen, und da wäre es vielleicht ganz interessant, zu erfahren, aus welchem Grund er ihr einen Schatten angehängt hatte. Wolfe wandte sich an sie.

»Leutnant Cramer von der Mordkommission ist an der Tür. Er weiß, daß Sie hier sind.«

»Unmöglich!« erklärte sie im Brustton der Überzeugung. »Woher sollte er das wissen?«

»Fragen Sie ihn selbst danach. Er hat Sie anscheinend beobachten lassen.«

»Mich! Das glaube ich nicht! Das wäre ja eine bodenlose . . .« Es läutete wieder. Cramer wurde ungeduldig. Wolfe nickte mir zu. »Lassen Sie ihn herein, Archie!«

9

Die Begegnungen zwischen Wolfe und Cramer verlaufen nie ganz friedlich und nehmen meistens ein stürmisches Ende. Meine Rolle beschränkt sich dabei auf die des stummen, aber keineswegs unparteiischen Beobachters. Erstens kann es mir nicht egal sein, wer wen fertigmacht, weil eine Schlappe meines Brötchengebers auch für mich verdammt unangenehme Folgen hätte. Zweitens besteht seit undenklichen Zeiten zwischen der Polizei und den privaten Spürhunden eine natürliche Feindschaft, für die es sogar einen sehr plausiblen Grund gibt. Jeder einzelne New Yorker Polizeibeamte repräsentiert den Willen von acht Millionen Bürgern, und das verleiht ihm eine nahezu unbegrenzte Autorität.

Meistens eröffnet Cramer die Feindseligkeiten, und das ist kein Wunder. Er ist selber ziemlich stämmig; aber ein Gegner von Wolfes Format – eine siebentel Tonne Lebendgewicht – muß ihn nervös machen. Während ich hinter ihm her aufs Büro zusteuerte, fragte ich mich, wie die beiderseitige Begrüßung ausfallen werde. Aber ich hatte nicht mit Mrs. Yeager gerechnet. Cramer war noch nicht richtig im Zimmer, da fuhr sie bereits wütend auf ihn los. »Haben Sie mich beobachten lassen?«

Cramer war sehr höflich. »Guten Morgen, Mrs. Yeager. Ich hoffe, man hat Sie nicht belästigt. Vergessen Sie nicht, daß ein Mörder frei umherläuft. Deshalb hielten wir es für ratsam, zu Ihrem Schutz . . .«

»Ich brauche keinen!« Sie warf entrüstet den Kopf zurück. »Das fehlte noch, daß man mir auf Schritt und Tritt nachspioniert! Haben Sie mich bis hierher verfolgt?«

»Nein. Einer unserer Leute. Wir . . .«

»Wo ist er? Ich möchte ihn sehen! Mich beschützen!« Sie schnaubte. »Ich verzichte auf Ihren Schutz! Sorgen Sie lieber dafür, daß der Mörder meines Mannes so schnell wie möglich hinter Schloß und Riegel kommt! Ich kann selber auf mich aufpassen!«

»Das bezweifle ich.« Cramers Stimme wurde schärfer. »Es gibt Gefahren, bei denen es nicht um Leben oder Tod geht. Man sollte sich auch vor folgenschweren Fehlern hüten. Sie haben Nero Wolfe aufgesucht. Sollten Sie ihm Dinge mitgeteilt haben, die der Polizei unbekannt sind und die uns bei der Aufklärung des Mordfalls von Nutzen sein können, dann *war* das ein folgenschwerer Fehler. Ich muß wissen, was Sie ihm erzählt haben. Alles, von Anfang an. Sie sind seit einer halben Stunde hier.«

Im ersten Moment befürchtete ich, sie würde die Katze aus dem Sack lassen; und es fehlte auch nicht viel dazu. Vermutlich bildete sie sich ein, sie könnte ihre Neugier auf den Raum in der 82. Straße West am schnellsten und einfachsten befriedigen, wenn sie Cramer davon erzählte und als Gegenleistung die sofortige Besichtigung verlangte. Aber Wolfe versetzte ihr einen Dämpfer.

»Ich gebe Ihnen Ihren Vorschuß zurück, meine Gnädigste, falls Sie das wünschen.«

»Oh!« Sie drehte sich nicht zu ihm um. »Ich habe Mr. Wolfe beauftragt, den Mörder meines Mannes ausfindig zu machen; das ist alles«, sagte sie zu Cramer. »Und Informationen konnte ich ihm nicht geben, weil ich auch nicht mehr über die Sache weiß als er.« Sie trat einen Schritt vor. »Lassen Sie mich vorbei! Ich möchte mit dem Mann sprechen, der mich verfolgt hat! Den will ich mir einmal vorknöpfen!«

»Sie machen einen Fehler, Mrs. Yeager. Ich möchte wissen, was Sie Wolfe erzählt haben.«

»Fragen Sie ihn doch selbst!« Da sich Cramer nicht von der Stelle rührte, kurvte sie um ihn herum und verschwand in der Diele. Ich sprang auf und sauste hinter ihr her. Während ich ihr die Tür aufhielt, trat sie dicht an mich heran und wisperte mir ins Ohr: »Wann zeigen Sie mir das Apartment? Ich flüsterte zurück: »Sowie sich eine günstige Gelegenheit dazu bietet.« An sich hätte es mich interessiert, ob es ihr gelingen würde, ihren Schatten zu erwischen; aber die Unterredung zwischen Wolfe und Cramer interessierte mich noch mehr. Deshalb schloß ich die Tür und trabte ins Büro zurück.

Cramer benahm sich ganz manierlich. Er hockte auf der Kante des roten Ledersessels und hatte die Füße nebeneinander auf den Teppich gepflanzt. Wolfe hielt eine seiner üblichen Vorlesungen. »... und in diesem Punkt habe ich das Recht auf meiner Seite. Es steht mir frei, jeden beliebigen Auftrag zu übernehmen und einen Vorschuß dafür einzukassieren, solange ich mich nicht der widerrechtlichen Einmischung in ein schwebendes Verfahren schuldig mache. Sie müssen Ihre Behauptung, daß ich Sie bei Ihrer Arbeit behindere, beweisen.«

»Ich wäre nicht hier, wenn ich sie nicht beweisen könnte«, erwiderte Cramer. »Ich bin nicht nur Mrs. Yeagers wegen hergekommen, obwohl mich die Dreistigkeit, mit der Sie Ihre Nase in fremde Angelegenheiten stecken, allmählich anwidert. Ich wollte Ihnen eine Chance geben, vorausgesetzt, daß Sie mir eine Frage offen beantworten, und zwar: Was wissen Sie über Yeager, und inwieweit könnten die in Ihrem Besitz befindlichen Informationen zur Identifizierung seines Mörders beitragen?«

Ich ließ mir nichts anmerken; aber mir war ziemlich flau zumute. Cramer war allem Anschein nach über das Liebesnest im Bilde, und wir waren die Lackierten. Ich an Wolfes Stelle hätte Cramers Angebot vermutlich angenommen; aber Wolfe war zäh. Er schüttelte den Kopf. »Abgesehen davon, daß dies zwei Fragen sind, können Sie mich mit solch vagen Versprechungen nicht ködern, Mr. Cramer. Außerdem sind mir Ihre Fragen nicht präzis genug. Informationen, die zur Identifizierung des Mörders beitragen – das kann alles mögliche bedeuten. Angenommen, mir wäre zu Ohren gekommen, daß eine gewisse Person Yeager eine bedeutende Summe schuldete und daß Yeager auf Rückzahlung drängte. Diese Information könnte bei der Entlarvung des Täters von Nutzen sein; aber bevor Sie mir dafür nicht einen vollgültigen Beweis liefern, brauche ich sie nicht weiterzugeben.«

»Sie leugnen also nicht, daß Sie Informationen besitzen.«

»Ich leugne nichts und gebe nichts zu. Ich kenne die Gesetze und weiß, was ich riskieren kann und was nicht.«

»Riskieren! Daß ich nicht lache! Na schön, da Ihnen meine ersten Fragen nicht präzis genug waren, will ich's mit einer weiteren probieren. Weshalb hat Goodwin am Montagnachmittag um fünf Uhr bei der *Gazette* angerufen und sich, zwei Stunden bevor Yeagers Leiche aufgefunden wurde, nach Yeager erkundigt?«

Meine Erleichterung war ungeheuerlich; aber ich hütete mich, sie offen zu zeigen. Cramer hat gute Augen und einen beruflich geschärften Blick für die Schadenfreude auf Armensündermienen. Ich zuckte nicht mit der Wimper; aber innerlich grinste ich. Irgendein Idiot bei der *Gazette* hatte der Polizei einen Wink gegeben, und Cramer bildete sich nun ein, er könnte uns mit einer solchen Lappalie unter Druck setzen.

Wolfe grunzte. »Gegen diese Frage habe ich nichts einzuwenden.«

»Wirklich? Das wäre ja mal was ganz Neues. Tja, ich bin bei Ihnen an manches gewöhnt, und daß Sie sich grundsätzlich in jeden Mordfall einmischen, den ich bearbeite, regt mich schon gar nicht mehr auf. Aber daß Sie jetzt mit Ihrer Schnüffelei nicht mal mehr warten, bis die Leiche gefunden worden ist, das geht mir über die Hutschnur. Woher wußten Sie, daß Yeager tot war?«

»Ich wußte es nicht. Und Mr. Goodwin auch nicht.« Wolfe drehte eine Hand um. »Mr. Cramer. Ich übernehme nicht jeden Auftrag, der mir angetragen wird. Aber wenn ich mich dazu entschließe, dann tue ich das, um ein Honorar zu verdienen. Wenn ich nicht bereit wäre, gelegentlich auch ein gewisses unvermeidliches Risiko in Kauf zu nehmen, könnte ich meinen Laden gleich dichtmachen. Es stimmt, daß am Montagnachmittag jemand – wir wollen ihn X nennen – eine Bemerkung fallenließ, die Mr. Goodwin zu seinem Anruf bei Mr. Cohen von der *Gazette* und zu Erkundigungen über Thomas G. Yaeger veranlaßte. Aber erstens deutete nichts in seinen Worten darauf hin, daß X über Yeagers Tod im Bilde war, und wir sind der Überzeugung, daß er in der Tat nichts davon wußte. Zweitens wies X mit keiner Silbe darauf hin, daß Yeagers Leben in Gefahr wäre oder daß irgend jemand einen Grund hätte, Yeagers Tod zu wünschen. Drittens hat X gelogen. Wir haben später entdeckt, daß er nicht die Person war, für die er sich ausgab. Da mir einwandfrei erwiesen scheint, daß X von Yeagers Tod keine Ahnung hatte und er infolgedessen auch nicht der Mörder sein kann, habe ich auch das Recht, seine offensichtlichen Lügen vorläufig für mich zu behalten. Tut mir leid, Mr. Cramer, aber ich habe wirklich keine Informationen für Sie.«

»Wer ist X?«

»Keine Ahnung.«

»Blech. Ist es Mrs. Yeager?«

»Nein. Ich würde Ihnen den Namen wahrscheinlich auch dann nicht nennen, wenn ich ihn wüßte. Aber ich weiß ihn nicht.«

Das Telefon läutete. Ich schwenkte herum und schnappte mir den Hörer. »Büro von Nero Wol –«

»Archie! Ich hab' wieder jemanden!«

Unwillkürlich preßte ich den Hörer fester ans Ohr. »Bist du noch da, Archie?« fragte Fred.

»Sicher. Ich bin beschäftigt.« Ich konnte das Gespräch nicht auf den Apparat in der Küche verlegen, weil sich Cramer dann todsicher meinen Hörer schnappen würde.

»Ich hab' jemanden erwischt! Eine Frau!«

»Ich weiß nicht recht, ob das ratsam ist, Mr. Gerson. Damit können Sie sich schwere Unannehmlichkeiten zuziehen.«

»Oh! Du bist wohl nicht allein?«

»Stimmt.« Fred hat manchmal eine ziemlich lange Leitung. »Okay, ich will sehen, was sich machen läßt. Warten Sie einen Moment.« Ich drehte mich zu Wolfe um. »Gerson hat seine Obligationen gefunden und zwei seiner Angestellten im Büro eingesperrt. Das Schmerzensgeld kann ihn teurer zu stehen kommen, als die verdammten Dinger wert sind. Er möchte, daß ich hinkomme, aber ...«

Wolfe grunzte. »Sie müssen natürlich gehen. Der Mann ist ein Narr. Sie können von dort aus Mr. Parker benachrichtigen, wenn es nötig ist.«

Ich nahm die Hand von der Muschel und sagte: »Geht in Ordnung, Mr. Gerson. Ich komme. Lassen Sie die zwei nicht 'raus. Darum kümmere ich mich schon.« Ich legte auf und verduftete.

Am Rinnstein vor dem Haus stand Cramers Wagen. Ich wechselte einen Gruß mit seinem Fahrer Jimmy Burke und lief bis zur Ninth Avenue. Es war nicht anzunehmen, daß Cramer irgendwo einen Spürhund postiert hatte; aber ganz sicher wußte ich das nicht. In der Ninth Avenue winkte ich ein Taxi heran und sagte dem Chauffeur, ich würde ihm die Richtung während der Fahrt angeben. Wir gondelten die 34. Straße entlang, schwenkten nach rechts in die Eleventh Avenue, wieder nach rechts in die 56. Straße und nach links in die Tenth Avenue. Mittlerweile war ich so ziemlich überzeugt davon, daß uns niemand verfolgte. Trotzdem behielt ich die Straße hinter uns auch weiterhin im Auge. Ecke Broadway und 82. Straße West stieg ich aus und ging das letzte Stück zu Fuß.

Die Arbeiten am Kabelschacht waren beendet. Keine verdächtigen Gestalten, weder in Uniform noch in Zivil, lungerten in der Gegend herum. Ich schloß die Tür auf und stiefelte den Flur entlang. Diesmal hatte ich nicht das Gefühl, als beobachte mich jemand; aber als ich an der Küchentür vorbeikam, erschien Cesar Perez auf der Bildfläche.

»Oh, Sie sind's!« sagte er und wandte sich um. »Es ist Mr. Goodwin.«

Seine Frau tauchte neben ihm auf. »Eine Frau ist oben«, bemerkte sie.

Ich nickte. »Deshalb bin ich hier. Haben Sie sie schon mal gesehen?«

»Nein.« Sie sah ihren Mann an. »Cesar, wir müssen es ihm sagen.«

»Ich weiß nicht.« Perez hob die Arme und spreizte die Finger. »Du kannst besser denken als ich, Felita. Wenn du meinst.«

Ihre durchdringenden dunklen Augen hefteten sich auf mein Gesicht. »Ich glaube, daß Sie ein ehrlicher Mensch sind. Sonst – gnade uns Gott. Kommen Sie herein.« Sie machte kehrt und verschwand in der Küche.

Ich folgte ihrer Aufforderung. Freds Stimme hatte am Telefon ganz friedlich geklungen. Außerdem war ich gespannt auf das, was mir die Familie Perez zu erzählen hatte. Es schien ziemlich wichtig zu sein. Mrs. Perez klaubte eine Visitenkarte vom Küchentisch und händigte sie mir aus. »Dieser Mann hat uns heute früh besucht«, erklärte sie.

Es handelte sich um einen Rechtsanwalt namens John Morton Seymour. Auf der Karte war nur seine Geschäftsadresse angegeben. Sein Büro lag in der City. »Und?« fragte ich.

»Er brachte das hier.« Sie hielt mir einen mittelgroßen Briefumschlag unter die Nase. »Sehen Sie selbst.«

Der Umschlag war versiegelt und am Rand aufgeschlitzt. Ich zog drei maschinengeschriebene Blätter heraus und faltete sie auseinander. Schon nach ein paar Sätzen war mir klar, worum es sich handelte. Für den Fall seines Todes vermachte Thomas G. Yeager Cesar und Felita Perez des Haus und das Grundstück 156 in der 82. Straße West, Verwaltungsbezirk Manhattan, City von New York, als Eigentum unter der Bedingung, daß sie über seine Beziehung zu dem Haus strengstes Schweigen bewahrten. Das Dokument war von Yeager unterschrieben und notariell beglaubigt. Nun erhob sich natürlich die Frage, ob die beiden davon eine Ahnung gehabt hatten. Ich faltete das Dokument nachdenklich zusammen.

Mrs. Perez sah mich ernst an. »Dieser Mann las uns alles vor und sagte, Mr. Yeager habe ihn beauftragt, uns den Brief spätestens vierundzwanzig Stunden nach seinem Tode zu bringen. Er sagte, es habe etwas länger gedauert, aber das sei nicht so schlimm. Und er versprach uns, er werde alle Formalitäten unentgeltlich für uns erledigen. Dieser Brief da ist schuld, daß wir miteinander streiten – mein Mann, meine Tochter und ich. Wir wollten heute nacht fortgehen, weit weg, und nicht mehr wiederkommen. Aber jetzt wollen mein Mann und meine Tochter hierbleiben, aber ich denke, es ist besser, wenn wir gehen. Deshalb streiten wir miteinander.«

Cesar hatte gespannt zugehört und nickte jetzt. »Das stimmt; wir wollten weggehen. Ihr Mr. Wolfe hat gestern gesagt, wenn die Polizei entdeckt, daß das Haus Mr. Yeager gehörte, dann werden wir eingesperrt. Deshalb wollten wir weggehen. Aber heute sagte dieser Mr. Seymour, niemand werde erfahren, daß das Haus Mr. Yeager gehörte, dafür habe Mr. Yeager gesorgt, und wir dürften niemandem erzählen, von wem wir es bekommen haben. Deshalb denke ich, sollten wir hierbleiben. Das Haus gehört jetzt uns, und wir können oben aus dem Apartment alles herausnehmen, was uns nicht gefällt, und es für uns behalten. Die Küche und das Bad sind sehr schön. Meine Frau denkt sonst immer besser als ich; aber diesmal sehe ich das nicht ein. Warum sollen wir fortgehen, wenn wir ein eigenes Haus haben?«

»Okay.« Ich warf den Briefumschlag auf den Tisch. »Als Mr. Wolfe gestern zu Ihnen sagte, Sie würden in Schwierigkeiten geraten, wenn die Polizei herausfindet, daß das Haus Mr. Yeager gehörte, da haben Sie doch schon gewußt, daß das Geheimnis niemals herauskommen würde. Warum haben Sie es dann nicht gleich gesagt?«

»Sie passen nicht auf«, antwortete Mrs. Perez ungeduldig. »Dieser Mr. Seymour kam nicht gestern, sondern heute. Heute früh.«

»Sicher. Aber Yeager hat Ihnen bestimmt schon früher von diesem Papier erzählt. Sie haben doch gewußt, daß Ihnen das Haus nach seinem Tode gehören würde.«

Ihre schwarzen Augen blitzten zornig auf. »Sie haben nichts verstanden, sonst würden Sie uns nicht Lügner nennen. Haben wir Ihnen nicht erzählt, daß wir weggehen wollten und daß uns dieser Mr. Seymour das Papier brachte und daß wir jetzt miteinander streiten?«

Ich nickte. »Vergessen Sie's. Haben Sie eine Bibel?«

»Natürlich.«

»Holen Sie sie her.«

Sie verschwand im Nebenzimmer und kam einen Moment später mit einem dicken kleinen Buch in einem steifen braunen Lederelnband wieder. Die Bibeln, die ich kannte, sahen anders aus. Ich warf vorsichtshalber einen Blick hinein, konnte jedoch kein Wort entziffern. Es war eine spanische Ausgabe. Ich forderte sie auf, die linke Hand auf das Buch zu legen und die rechte hochzuheben. Sie taten mir den Gefallen und sahen mich mit erwartungsvoller, feierlicher Miene an. »Sprechen Sie mir nach: Ich schwöre ... daß ich nicht wußte ... daß Mr. Yeager uns dieses Haus ... nach seinem Tode geben würde ... und daß ich heute früh ... aus dem Munde von Mr. Seymour ... zum erstenmal davon gehört habe.«

Ich legte die Bibel auf den Tisch. »Schön. Wenn Ihnen Mr. Seymour versprochen hat, daß kein Mensch was von der Schenkung und Ihren Beziehungen zu Mr. Yeager erfahren wird, dann brauchen Sie sich keine Sorgen mehr zu machen. Er als Anwalt muß es ja am besten wissen. Mr. Wolfe und ich halten auch dicht. Trotzdem möchte ich Ihnen raten, in dem Zimmer oben verläufig nichts zu verändern, auch wenn es jetzt Ihnen gehört. Und noch eins: Bleiben Sie lieber hier. Auskneifen wäre so ziemlich das Dümmste, was Sie in Ihrer Lage tun könnten. Yeager wurde hier im Haus ermordet, und Sie haben seine Leiche weggeschafft. Die Polizei hat sich bisher nicht weiter um Sie gekümmert; aber wenn Sie plötzlich von der Bildfläche verschwänden, würde das einen verdammt merkwürdigen Eindruck machen. Und auf das Einfangen von Ausreißern ist die Polizei trainiert, vergessen Sie das nicht.«

»Sie würden uns nie finden«, behauptete Mrs. Perez.

»Fehlanzeige. Klügere Leute als Sie haben sich das eingebildet; aber sie sind alle erwischt worden. Lassen Sie lieber die Finger davon. Ich muß jetzt nach oben gehen. Übrigens, ich gratuliere Ihnen zum eigenen Heim. Möge es nie ein Polizist betreten.«

Als ich an der Tür angelangt war, sagte sie: »Wenn wir weggehen, teilen wir es Ihnen vorher mit.«

»Aber wir gehen nicht weg«, erklärte Perez energisch. »Wir sind Bürger der Vereinigten Staaten.«

Ich nickte ihm zu. »Das ist der richtige Geist. Bleiben Sie dabei. Mit der Zeit kommt alles in Reih und Glied.«

Ich eilte zum Lift und fuhr nach oben.

Der gelbseidene Salon wirkte noch immer ziemlich aufreizend; aber seine beiden Insassen boten einen überaus friedlichen Anblick. Fred lehnte sehr bequem in einem Sessel und nippte an einem Glas Champagner. Die Dame hockte ihm gegenüber auf der Couch und goß das edle Naß in sich hinein, als wäre es Wasser. Sie war recht zierlich, mit sehr reizvollen Kurven und paßte viel besser in die halbseidene Pracht als Meg Duncan oder Julia McGee. Das Auffälligste an ihr war ihr üppiger Mund mit den geschwungenen Lippen. Als ich näher trat, streckte sie mir eine Hand entgegen.

»Ich kenne Sie. Ich hab' Sie ein paarmal im Flamingo-Klub gesehen. Mein Begleiter hätte mich beinahe verprügelt, weil ich ihm andauernd von Ihnen vorschwärmte. Sie tanzen wie ein Traum. Als Fred mir sagte, Archie Goodwin werde herkommen, mußte ich mich setzen, um nicht vor Freude in Ohnmacht zu fallen.«

Ich nahm ihre Hand und schüttelte sie. Da ich im Laufe meines Lebens einer ganzen Reihe von Mördern die Hand gedrückt hatte, kam es auf einen mehr oder weniger auch nicht mehr an, falls sie sich als Yeagers Mörderin entpuppen sollte. »Ich störe doch hoffentlich nicht? Sind Sie und Fred etwa alte Bekannte?«

»Keine Spur. Ich seh' ihn heut zum erstenmal. Aber einen Mann, mit dem man ein Glas zusammen trinkt, kann man doch nicht Mister nennen. Das wäre zu albern. Die Idee mit dem Champagner stammt übrigens von mir.«

»Sie hat die Flasche in den Kühlschrank gelegt, und sie hat sie auch aufgemacht«, erklärte Fred. »Ich hab' für das Zeug eigentlich nicht viel übrig, aber man kann's doch nicht umkommen lassen.«

Ich grinste. »Sie sagt also Fred zu dir. Und wie nennst du sie?«

»Gar nicht. Sie wollte, daß ich Dye zu ihr sage. Wie sie wirklich heißt, weiß ich nicht.«

Direkt vor mir auf der Couch lag eine Handtasche. Ich beugte mich vor und griff danach. Sie versuchte mir zuvorzukommen, aber ich war schenller. Als ich einen Schritt zurücktrat und die Tasche öffnete, sagte sie nur: »Das ist nicht sehr höflich, oder?«

»Ich bin nur höflich, wenn ich tanze.« Ich entleerte die Tasche und breitete den Inhalt auf der Couch aus. Es wird mir ewig unbegreiflich sein, wozu Frauen all den Kram in ihren Handtaschen mit sich herumschleppen. Schließlich förderte ich einen Briefumschlag zutage, der an Mrs. Austin Hough, 64 Eden Street, New York 14, adressiert war, und einen Führerschein auf den Namen Dinah Hough, dieselbe Adresse, dreißig Jahre alt, ein Meter achtundfünfzig groß, weiße Hautfarbe, braunes Haar, braune Augen. Ich stopfte den Kram wieder in die Handtasche und legte sie auf die Couch zurück.

»Den Revolver hab' ich zu Haus gelassen«, bemerkte sie.

»Sehr vernünftig von Ihnen. Ich wollte nur feststellen, wie man Dye buchstabiert. An sich möchte Mr. Wolfe alle Personen sprechen, die Schlüssel zur Haustür und zum Lift haben – Ihre hab' ich übrigens in der Handtasche gelassen –; aber vermutlich sitzt er im Moment gerade beim Lunch, und Sie müßten warten. Deshalb schlage ich vor, daß wir zwei uns in aller Ruhe hier unterhalten, während Sie den Champagner austrinken.«

»Möchten Sie welchen? Die Flasche steht im Kühlschrank.«

»Nein, danke.« Ich ließ mich anderthalb Meter von ihr entfernt auf der Couch nieder. »Dom Pérignon ist ein guter Tropfen; aber Sie kamen ja wohl nicht deshalb her, um sich ein paar Glas zu genehmigen, oder?«

»Nein. Ich wollte mir meinen Regenschirm holen.«

»Gelb mit rotem Plastikgriff«

»Nein. Grau mit schwarzem Griff.«

»Stimmt. Er liegt in einer von den Schubladen, und dort muß er vorläufig bleiben. Die Polizei kann's nicht leiden, wenn man sich Dinge unter den Nagel reißt, für die sie sich interessiert. Wie kam der Schirm hierher?«

»Mein Glas ist leer.« Sie erhob sich mit einer weichen, anmutigen Bewegung und sah fragend auf mich herunter. »Soll ich Ihnen nicht auch was mitbringen?«

»Nein, danke.«

»Und wie ist's mit Ihnen, Fred?«

»Danke. Ein Glas von dem Zeug reicht mir.«

Sie verschwand in der Küche. »Hat sie versucht, dich zu bestechen oder zu beschwatzen?« erkundigte ich mich.

Er schüttelte den Kopf. »Nein. Sie stieg aus dem Lift, warf mir einen Blick zu, sah, daß ich zweimal so groß bin wie sie, und sagte: ›Ich kenne Sie nicht, oder? Wie heißen Sie?‹ Die ist schon eine dolle Nummer. Weißt du, was sie mich gefragt hat, nachdem wir ins Gespräch gekommen waren? Ob ich glaubte, daß sich die Bude hier für die Versammlungen der Eltern-Lehrer-Vereinigung eignen würde. Ich bin ja an manches gewöhnt, aber da blieb mir doch die Spucke weg. Wenn ich an ihrer Stelle gewesen wäre und plötzlich einem wildfremden . . .«

Mrs. Hough tauchte mit einem vollen Glas auf, verfügte sich an ihren Platz auf der Couch, ohne einen Tropfen zu verschütten, und prostete uns zu. Danach nahm sie einen ordentlichen Schluck, schlug die Beine übereinander und sagte: »Ich hab' ihn hier liegenlassen. Vor über zwei Wochen. Oder wenn Sie's ganz genau wissen wollen, am kommenden Freitag vor drei Wochen. Als ich herkam, regnete es. Als ich wegging übrigens auch. Tom Yeager hatte mir von dem Apartment erzählt und mich neugierig gemacht. Als er das merkte, gab er mir die Schlüssel und erklärte mir, wie ich hier 'reinkäme. Na, der Raum war wirklich eine Überraschung und ziemlich ungewöhnlich; aber es war sonst niemand da außer Tom Yeager; und sein Benehmen gefiel mir nicht. Er wurde nicht etwa handgreiflich – von den Toten soll man nur Gutes reden –; aber er hatte sich anscheinend Rosinen in den Kopf gesetzt. Deshalb war ich froh, als ich, wenn auch ohne Schirm, wieder auf der Straße stand.«

Sie legte eine Pause ein und trank einen Schluck. »Als ich dann Dienstag morgen die Nachricht von seinem Tod in der Zeitung las und daß man seine Leiche in einem Kabelschacht vor diesem Haus gefunden hatte, wurde mir mulmig zumute. Nicht, daß ich etwa Angst hatte, die Polizei könnte mich verdächtigen, aber falls sie mich als Eigentümerin des Schirms identifizierte und mein Name in Verbindung mit dieser – mit diesem Raum hier genannt wurde . . . also . . .« Sie hob beide Hände. »Mein Mann, meine Freunde und Bekannten müßten ja wer weiß was von mir denken – und vielleicht würde mein Mann sogar seine Stellung verlieren. Als gestern und heute kein Wort von dem Apartment in der Zeitung stand, dachte ich, daß es die Polizei bisher noch nicht entdeckt hätte, und machte mich sofort auf den Weg. Und jetzt sagen Sie mir, ich dürfte meinen Schirm nicht mitnehmen und müsse mit Nero Wolfe sprechen. Gegen eine Unterhaltung mit Nero Wolfe hab' ich nichts. Ich stelle mir das sehr lustig vor. Aber den Schirm brauche ich. Sie sagen, er liegt in einer Schublade?«

»Ganz recht.«

»Schön; dann mache ich Ihnen einen Vorschlag. Nehmen Sie ihn an sich und laden Sie mich für heute abend in den Flamingo-Klub zum Tanzen ein. Vielleicht haben Sie nach ein paar Runden Lust, ihn mir zurückzugeben. Und wenn nicht, schadet das auch nichts. Was halten Sie davon?«

»Tja –« Ihr Mund war wirklich zum Küssen schön. »Ihr Vorschlag ehrt mich, Mrs. Hough; aber leider bin ich heute abend anderweitig beschäftigt. Apropos Arbeit – wieso befürchten Sie, daß Ihr Gatte seine Stellung verlieren könnte? Ist er bei der ›Contiplastic‹ angestellt?«

»Nein. Er ist Professor an der New Yorker Universität. Sie können sich sicher vorstellen, was passiert, wenn die Frau eines Fakultätsmitglieds in einen Skandal verwickelt wird – auch wenn ich eigentlich gar nichts mit der Sache zu tun habe . . .«

Das Wort ›Professor‹ brachte mich auf eine Idee. »Professor?« fragte ich. »In welchem Fach?«

»Englische Literatur.« Sie trank einen Schluck. »Sie lenken vom Thema ab. Wir können auch morgen abend in den Flamingo-Klub gehen. Hauptsache, Sie nehmen meinen Schirm an sich und bringen ihn mir mit.« Sie warf einen Blick auf ihre Armbanduhr. »Es ist fast halb zwei. Haben Sie schon gegessen?«

»Nein.«

»Laden Sie mich zum Lunch ein. Vielleicht sind Sie danach ein bißchen entgegenkommender.«

Ich hörte ihr nur mit einem Ohr zu. Professor für englische Literatur – ›Meßt die Größe eures Verstandes an dem Schatten, den er wirft‹. Ich war fast sicher, daß ich das richtige Ende des Fadens erwischt hatte und ihn nur noch langsam aufzuwickeln brauchte.

Ich stand auf. »Sie sind mein Typ, Mrs. Hough. Niemanden würde ich lieber zum Lunch oder zum Tanzen einladen als Sie, und ich kann mir kein größeres Vergnügen denken, als Sie Dye zu nennen und unter der Glut Ihrer Blicke hinzuschmelzen. Aber ich muß mich leider auf die Socken machen. Vermutlich wird Nero Wolfe Sie noch sprechen wollen. Wenn ja, dann hören Sie von uns. Und jetzt noch eine letzte Frage. Wo waren Sie am Sonntagabend zwischen sieben Uhr und Mitternacht?«

»Nein!« Sie starrte mich ungläubig an. »Das ist doch nicht Ihr Ernst!«

»Ich fürchte doch. Falls Sie sich Ihre Antwort vorher überlegen wollen, warte ich so lange, bis Sie Ihr Glas in der Küche frisch gefüllt haben.

»Ich brauche mir meine Antwort nicht zurechtzulegen.« Sie trank ihr Glas langsam aus. »Sonntag abend war ich zu Hause, in unserer Wohnung, mit meinem Mann. Kurz nach sechs gingen wir essen, in ein Restaurant im Village, und nach acht – gegen halb neun waren wir wieder daheim. Mein Mann arbeitete, und ich las und sah mir das Programm im Fernsehen an. Um zwölf ging ich schlafen und blieb bis zum nächsten Morgen im Bett, Ehrenwort. Es passiert mir nur selten, daß ich mitten in der Nacht aufstehe, jemanden erschieße und die Leiche in einen Kabelschacht befördere.«

»Das kann ich mir denken. Schlechte Angewohnheiten soll man bekämpfen. Wieder eine Frage, die Ihnen Mr. Wolfe nicht mehr zu stellen braucht. Ihr Name steht vermutlich im Telefonbuch?« Ich drehte mich zu Fred um. »Laß dir nicht den Schirm abluchsen. Wie ist hier die Bedienung? Okay?«

»Kann nicht klagen. Allmählich fange ich an, mich hier wie zu Hause zu fühlen. Wie lange muß ich noch bleiben?«

»Keine Ahnung. Einen Tag oder eine Woche oder ein Jahr. Hast du etwas dagegen? So ein bequemes Leben wie hier hattest du noch nie.«

»Ha. Läßt du sie da?«

»Sicher. Einer muß doch die Flasche leer machen. Sie wird dich nicht beißen. Bis später. Ich hab' zu tun.« Ich steuerte auf den Lift zu, und Dinah Hough verschwand mit ihrem Glas in der Küche, um Nachschub zu holen.

10

Zehn Minuten vor zwei startete ich zu meiner Suchaktion, und um 18.30 Uhr, viereinhalb Stunden später, sagte ich zu Austin Hough: »Machen Sie keine Zicken! Los, kommen Sie mit!«

Als ich von der 82. Straße West aus loszog, hatte ich noch keine Ahnung, welchen Gefahren für Leib und Leben man sich aussetzt, wenn man einen Professor für englische Literatur aufstöbern will. Ich gondelte arglos und in gehobener Stimmung zur Universität, und da fingen die Schwierigkeiten gleich an. Kein Mensch wußte, wo der Professor stecken könnte. Die Leute, die ich fragte, wußten nur, wo er von Rechts wegen sein sollte; aber da war er nicht. Wie lange ich in den Gängen umherirrte, kann ich nicht sagen. Danach saß ich in einem Vorzimmer herum und las in meiner Verzweiflung einen Zeitschriftenartikel über die höhere Schulbildung in Japan. Fünfzehn Minuten lang schwitzte ich in einer Telefonzelle und erstattete Wolfe über die jüngsten Ereignisse Bericht, und ebensoviel Zeit vertrödelte ich in einer Imbißstube auf dem Platz vor dem Universitätsgebäude.

Schließlich wurde mir klar, daß ich auf diese Art nie zum Ziele kommen würde. Der Abwechslung halber beschloß ich, es mit seiner Privatwohnung zu probieren. Ich marschierte in die Eden Street und nahm die Klingelleiste der Nummer 64 unter die Lupe. Der Name ›Hough‹ befand sich ungefähr in der Mitte. Ich drückte auf den dazugehörigen Knopf, wartete, bis der Summer ertönte, stieß die Tür auf, rannte zwei Treppen hinauf und einen Korridor entlang. Als ich vor der Wohnung anlangte, öffnete sich die Tür. Die Überraschung war beiderseitig, aber nur von meiner Seite freudiger Natur.

Er starrte mich wie vom Blitz getroffen an. Anscheinend hatte es ihm die Sprache verschlagen, denn er machte den Mund auf und zu, ohne daß ein Ton dabei herauskam. Ich nickte ihm freundlich zu.

»Wie, um Himmels willen ...«

»Das Wie spielt keine Rolle. Wir sind einander wieder begegnet, das ist die Hauptsache. Ist Ihre Frau zu Hause?«

»Nein. Warum?«

»Vergessen Sie's. Ich hätte nichts gegen ein Plauderstündchen mit Ihnen einzuwenden; aber wie Sie wissen, kommt Mr. Wolfe um sechs aus den Plantagenräumen herunter. Er wartet schon auf Sie. Los, gehen wir!«

Inzwischen hatte er sich vom ersten Schreck erholt und einen Entschluß gefaßt. Seine Miene wurde eisig. »Ich habe keine Ahnung, wovon Sie reden. Ich kenne Sie überhaupt nicht. Wer sind Sie, und was wollen Sie eigentlich?«

»Ich bin Thomas G. Yeager, oder vielmehr sein Geist. Seien Sie kein Narr. Diese Masche zieht bei mir nicht. Machen Sie keine Zicken und kommen Sie!«

»Ich denke nicht daran! Nehmen Sie den Fuß weg! Ich mache die Tür zu!«

Ich hatte keine Lust, mich noch länger mit ihm herumzuärgern. Der Nachmittag war ohnehin keine reine Wonne gewesen. »Okay. Sie wollten mich vorhin fragen, wie ich Sie aufgestöbert habe. Die Antwort wird Ihnen nicht gefallen. Ich hab' mich heute mittag mit Ihrer Frau unterhalten, und Ihre Adresse verschaffte ich mir von einem Briefumschlag in ihrer Handtasche.«

»Das ist nicht wahr! Das glaube ich Ihnen nicht!«

»Ich hab' auch ihren Führerschein gesehen. Dinah Hough, dreißig Jahre alt, weiße Hautfarbe, braunes Haar, braune Augen. Sie hat eine Schwäche für Champagner und ...«

»Wo haben Sie mit ihr gesprochen?«

Ich schüttelte den Kopf. »Mehr kriegen Sie aus mir nicht 'raus. Ich hab' Mr. Wolfe gesagt, wir würden um sechs im Büro sein, und jetzt ist's schon zwanzig Minuten nach sechs, und wenn ...«

»Ist meine Frau dort?«

»Nein. Hören Sie, Mr. Yeager – Verzeihung, Mr. Hough –, wenn Sie sich Scherereien ersparen wollen, dann kommen Sie mit, und zwar ein bißchen dalli!«

»Wo ist meine Frau?«

»Danach fragen Sie am besten Mr. Wolfe.«

Er stürzte so hastig davon, daß ich schleunigst zur Seite springen mußte, um nicht umgerannt zu werden. Das Schließen der Tür überließ er mir. Ich rüttelte am Knauf, um mich zu überzeugen, daß das Schloß eingeschnappt war, und sauste dann hinter ihm her. Auf dem Weg nach unten fragte ich ihn, welche Richtung in puncto Taxis am aussichtsreichsten wäre. Ich hätte auf die Christopher Street getippt; aber er schwenkte vor dem Haus wortlos nach rechts und an der nächsten Ecke nach links, und zwei Minuten später hatten wir bereits ein Taxi ergattert. Während der Fahrt dachte ich darüber nach, ob ich Hough nicht lieber durch den Hintereingang ins Haus schleusen sollte für den Fall, daß Inspektor Cramer ein paar seiner Leute in der Nachbarschaft postiert hatte. Andererseits war der Zugang von der 34. Straße aus ein bißchen kompliziert und Hough selbst für Cramer und seine Mannen ein völlig unbeschriebenes Blatt. Deshalb dirigierte ich den Fahrer in die 35. Straße. Vor dem alten Backsteinhaus stiegen wir aus, ich klingelte, und Fritz ließ uns ein.

Wolfe thronte hinter seinem Schreibtisch und brütete über meinem Kreuzworträtsel im *Observer*. Er war viel zu vertieft, um Notiz von uns zu nehmen. Ich deponierte Hough im roten Ledersessel, begab mich zu meinem eigenen Platz, setzte mich und sah Wolfe stumm an. Nach zwanzig Sekunden knurrte er: »Hol's der Teufel!«, feuerte seinen Bleistift auf den Schreibtisch, betrachtete den Gast mit grollenden Blicken und sagte grämlich: »Mr. Goodwin hat Sie also doch aufgefunden. Würden Sie nun vielleicht die Freundlichkeit haben, uns Ihr sonderbares Verhalten zu erklären?«

»Wo ist meine Frau?«

»Moment mal«, fiel ich ein. »Ich hab' ihm nur gesagt, daß ich heute mittag mit seiner Frau gesprochen habe, mehr nicht.«

»Wo ist sie?« wiederholte er.

Wolfe betrachtete ihn düster. »Mr. Hough. Als ich am Montagabend erfuhr, daß ein Mann namens Thomas G. Yeager ermordet worden war, wäre es eigentlich meine Pflicht gewesen, der Polizei eine Beschreibung jenes Besuchers zu geben, der wenige Stunden vorher in meinem Büro als Mr. Yeager aufgetreten war. Aus Gründen, die nur mich etwas angehen, verzichtete ich darauf. Von Ihrer Erklärung wird es abhängen, ob ich auch weiterhin darüber schweige. Warum haben Sie diese kindische Komödie aufgeführt?«

»Bevor ich nicht weiß, warum Goodwin mit meiner Frau gesprochen hat und wo sie jetzt ist, sage ich kein Wort.«

Wolfe schloß die Augen, machte sie gleich wieder auf und nickte. »Ich verstehe. Sie wollen Ihre Frau nicht in die Sache hineinziehen. Vermutlich war sie der eigentliche Anlaß zu Ihrem Schwindelmanöver, und eine Erklärung würde sie daher mehr oder minder stark belasten. Nun denn, Mr. Hough, Ihre Diskretion ist begreiflich und sehr höflich, aber leider völlig zwecklos. Ihre Frau ist bereits in die Sache verwickelt. Am Montagnachmittag nannten Sie Mr. Goodwin eine Adresse in der 82. Straße West. Als Ihre Frau heute mittag einen Raum jenes Hauses betrat, lief sie einem meiner Mitarbeiter in die Arme, den ich dort einquartiert hatte. Er benachrichtigte Mr. Goodwin. Mr. Goodwin begab sich dorthin und unterhielt sich mit Ihrer Frau. Sie hatte Schlüssel zur Haustür und zu dem fraglichen Raum. Mehr sage ich Ihnen nicht. Und nun zu Ihrer Erklärung.«

Im allgemeinen tun mir Wolfes Opfer nicht leid. Sie sind meistens nicht ganz ohne Grund in Schwierigkeiten geraten und keineswegs so ahnungslos und unschuldsvoll, wie es den Anschein hat. Ich habe zu viele gutgespielte Gefühlsausbrüche miterlebt, um bei jeder rührenden Szene aus den Pantinen zu kippen. Aber der Anblick von Austin Hough ging mir tatsächlich an die Nieren. Sein langes, knochiges Gesicht war so verzerrt, daß es kaum noch etwas Menschliches hatte. Ich mußte die Augen abwenden, und als ich wieder zu ihm hinübersah, hatte er den Kopf in den Händen vergraben.

Wolfe grunzte. »Ihr Lage ist hoffnungslos, Mr. Hough. Sie kannten die Adresse. Sie waren über Yeagers Gewohnheiten im Bilde. Sie wußten, daß er jenes Haus des öfteren aufsuchte und sich dort mit Ihrer Frau traf. Was hat Sie zu jenem im höchsten Grade albernen und durchsichtigen Versteckspiel veranlaßt? Sie mußten sich doch klar darüber sein, daß Ihnen Mr. Goodwin sehr bald auf die Schliche kommen würde.«

Hough hob den Kopf und warf mir einen flehenden Blick zu. »Wo ist sie, Goodwin?«

»Keine Ahnung. Ich hab' sie kurz vor zwei zum letztenmal gesehen. Da saß sie auf einer Couch und trank Champagner, allerdings ohne große Begeisterung. Ich ließ sie in Gesellschaft von Fred Durkin, Mr. Wolfes Mitarbeiter, zurück, und es stand ihr frei, zu verschwinden, wann immer sie wollte. Sie hatte keine Ahnung davon, daß ich auf dem Weg zu Ihnen war. Ob und wann sie von dort weggegangen ist und wohin, weiß ich nicht.«

»Sie haben sich mit ihr unterhalten?«

Ich nickte.

»Was hat sie Ihnen erzählt?«

Ich sah Wolfe fragend an, aber er verzog keine Miene. Offenbar verließ er sich wieder einmal auf mein Taktgefühl und meinen gesunden Menschenverstand.

»Sie schwindelte mir was vor, und nicht mal sehr geschickt. Angeblich war sie nur ein einziges Mal oben in dem Zimmer gewesen, und zwar nur ein paar Minuten lang. Dabei hatte sie in der Eile ihren Schirm vergessen. Heute mittag wollte sie ihn sich holen. Die Geschichte mit dem Schirm stimmt. Ich stöberte ihn in einer Schublade auf, und dort liegt er immer noch. Sie wollte mit mir zum Lunch und abends in den Flamingo-Klub tanzen gehen.«

»Wie kommen Sie darauf, daß sie Ihnen was vorgelogen hat?«

Ich schüttelte den Kopf. »Ich komme nicht darauf, ich weiß es. Und Sie wissen es auch. Sonst wären Sie nicht hier.«

»Das ist nicht wahr!«

»Ich hab' mich zwanzig Minuten lang mit Ihrer Frau unterhalten. Aber fünf hätten's auch getan.«

Wolfe drohte ihm mit dem Finger. »Wir waren sehr nachsichtig mit Ihnen, Mr. Hough; aber unsere Geduld hat ihre Grenzen. Ich möchte jetzt endlich Ihre Erklärung hören.«

»Und wenn ich Ihnen keine gebe? Wenn ich einfach aufstehe und weggehe?«

»Das wäre sehr unangenehm für mich und ausgesprochen verhängnisvoll für Sie – und Ihre Frau. Ich wäre gezwungen, mich an die Polizei zu wenden, und darauf lege ich nicht den geringsten Wert. Über die Folgen eines solchen Schrittes brauche ich mich wohl nicht näher auszulassen. Der Regenschirm Ihrer Frau befindet sich in einem Raum jenes Hauses.«

Hough war geschlagen, und das wußte er. Er starrte auf seine ineinander verkrampften Hände hinunter und verzog den Mund zu einem bitteren Lächeln. »Der Mensch ist ein Spielball des Zufalls«, murmelte er. Er schüttelte die Zitate nur so aus dem Ärmel. »Als ich am Montagnachmittag hier in demselben Sessel saß und mich mit Mr. Goodwin unterhielt, war Yeager bereits seit über zwölf Stunden tot, und ich hatte keine Ahnung davon. Als ich die Nachricht in der Zeitung las, war mir natürlich klar, was geschehen würde, falls Sie mich jemals ausfindig machten. Und ich legte mir vorsichtshalber eine Verteidigungstaktik zurecht. Ich wollte einfach alles ableugnen. Aber damit bin ich nicht weit gekommen.«

Er nickte langsam. »Die Schuld liegt im Grunde bei mir. Ich hätte meine Frau niemals heiraten dürfen. Es war mein und auch ihr Pech, daß sie mich gerade in einem Augenblick kennenlernte, in dem sie – aber darüber will ich nicht sprechen. Es war natürlich verrückt von mir, daß ich mir einbildete, ich könnte unsere Ehe noch retten; aber genau das schwebte mir vor, als ich hierherkam.

Sie verlangte Dinge, die ich ihr nicht bieten konnte. Sie war vergnügungshungrig und wollte sich amüsieren, und ich saß lieber zu Haus über meinen Büchern. Und weil sie sich in ihren eigenen vier Wänden langweilte, suchte sie sich ihre Zerstreuungen und Anregungen außerhalb.«

»Kommen Sie zur Sache«, mahnte Wolfe.

»Ja. Es ist das erstemal, daß ich so offen über das Verhältnis zwischen mir und meiner Frau spreche. Vor ungefähr einem Jahr besaß sie plötzlich eine Armbanduhr, die tausend Dollar oder mehr gekostet haben mußte. Dann kamen andere Dinge dazu – Schmuck, elegante Kleider, ein Pelzmantel. Anfangs verbrachte sie nur die Abende außer Haus. Nach ein paar Monaten blieb sie häufig die ganze Nacht über weg. Sie behauptete, sie habe bei einer Freundin geschlafen, und ich fragte sie nicht weiter aus. Wozu auch? Ich konnte ihr doch nichts nachweisen. Sie begreifen wohl, daß es mir jetzt, wo ich mich endlich zum Sprechen aufgerafft habe, schwerfällt, mich aufs Wesentliche zu beschränken.«

»Versuchen Sie's wenigstens.«

»Schön, ich will's probieren. Nach einer Weile verlegte ich mich aufs Spionieren. Neugier schleicht sich in das Heim der Unglücklichen unter der Maske der Pflicht oder des Mitleids. Wenn meine Frau ...«

»Ist das Pascal?«

»Nein, Nietzsche. Wenn meine Frau am Abend wegging, folgte ich ihr – nicht jedesmal, aber so oft wie möglich. Für gewöhnlich verschwand sie in irgendeinem Restaurant oder bei einer Freundin, die ich kannte. Zweimal jedoch ging ich ihr bis in die 82. Straße nach, wo sie ein äußerst ungepflegtes, verkommenes Haus betrat. Ich stand vor einem Rätsel. Ich konnte mir nicht vorstellen, was sie in diesem wüsten Viertel wollte, und dachte an Opiumhöhlen, Verbrecherkneipen und Gott weiß was. Eines Nachmittags ging ich ganz offen hin und klingelte im Souterrain beim Hausverwalter. Natürlich erfuhr ich gar nichts. Der Mann, ich glaube ein Portorikaner, erklärte mir auf meine Fragen lediglich, daß im Moment keine Zimmer frei seien.«

Er schluckte krampfhaft. »Selbstverständlich schnüffelte ich auch in unserer Wohnung herum, und dabei stieß ich eines Tages auf eine Telefonnummer, die meine Frau auf die Rückseite eines Briefumschlages gekritzelt hatte. Chisholm fünf, drei-zwei, drei-zwei. Ich wählte sie und stellte fest, daß es sich um die Privatwohnung eines Thomas G. Yeager handelte. Der Name sagte mir zunächst nicht viel. Später zog ich ein paar Erkundigungen ein, und schließlich sah ich ihn sogar, allerdings rein zufällig.«

»Wo?«

»Eines Abends im Theater. Vor zwei Wochen. Und drei Tage danach, letzten Freitag vor einer Woche, ging ich meiner Frau wieder nach, und wieder verschwand sie in jenem Haus in der 82. Straße. Ich bezog auf der gegenüberliegenden Straßenseite Stellung, und siehe da, nur fünf Minuten später kam Yeager daherspaziert. Es war noch ziemlich hell, und ich habe ihn sofort erkannt. Er verschwand durch dieselbe Tür wie meine Frau. Da war mir natürlich alles klar. Was hätten Sie an meiner Stelle getan?«

Wolfe grunzte. »Das entzieht sich meiner Kenntnis. Ich war nie verheiratet.«

Hough sah mich an. »Und Sie, Goodwin?«

»Keine Ahnung. Ebensogut könnten Sie mich fragen, was ich tun würde, wenn ich ein Rotkehlchen wäre und eines Tages einen Kukkuck in meinem Nest vorfände. Was haben Sie denn getan?«

»Ich ging so lange vor dem Haus auf und ab, bis die Leute anfingen, mich neugierig anzugaffen, und lief dann zu Fuß nach Hause. Meine Frau tauchte gegen sechs Uhr morgens wieder auf. Ich fragte sie nicht, wo sie gewesen war; ich hatte sie seit einem Jahr nicht mehr danach gefragt. Aber mir war klar, daß ich endlich irgend etwas unternehmen mußte. Ich erwog alle möglichen Mittel und Wege, ohne zu einem endgültigen Entschluß zu kommen. Am Sonntagabend verfiel ich dann auf einen Plan, der mir recht brauchbar erschien. Wir . . .«

»An welchem Sonntag?«

»Letzten Sonntag. Vor drei Tagen. Wir gingen zum Essen aus und kamen gegen halb neun zurück. Meine Frau setzte sich vor den Fernsehapparat, und ich verzog mich in mein Arbeitszimmer, angeblich, weil ich meine nächste Vorlesung vorbereiten wollte. Statt dessen dachte ich über meinen Plan nach, und am folgenden Tage machte ich mich dann an seine Verwirklichung. Ich kam hierher und gab mich Mr. Goodwin gegenüber als Thomas G. Yeager aus. Über unser Gespräch und meinen Auftrag sind Sie vermutlich im Bilde.«

»Ja, allerdings. Trotzdem begreife ich immer noch nicht recht, was Sie sich eigentlich davon versprachen.«

»Nun, ich ging davon aus, daß Mr. Goodwin die Sache nicht auf sich beruhen lassen würde, falls Yeager nicht zum verabredeten Zeitpunkt auftauchen sollte. Er würde in Yeagers Wohnung anrufen – deshalb hatte ich ihm die Telefonnummer genannt – oder ihn aufsuchen. Da ich ihm äußerste Verschwiegenheit zur Bedingung gemacht hatte, würde er sich natürlich an Yeager persönlich wenden, und dabei würde sich dann sehr bald herausstellen, daß ein Unbekannter über Yeagers Besuche in jenem Haus genau unterrichtet war. Yeager hat mich nie gesehen. Auch eine ausführliche Beschreibung meiner Person hätte ihm nichts genützt. Andererseits konnte ich damit rechnen, daß er meiner Frau von dem unerklärlichen und beunruhigenden Vorfall erzählen würde. Er würde ihr seinen Doppelgänger beschreiben und sie vermutlich fragen, ob sie eine Ahnung hätte, wer es sein könnte. Und sie hätte mich natürlich aus seiner Schilderung erkannt. Darauf kam es mir an. Sie sollte begreifen, daß ich Bescheid wußte, daß ich über ihr Treiben im Bilde war. Was ich mir davon erhoffte?« Er zuckte mit den Schultern. »Nun, daß sich vermutlich alles einrenken, daß sie endlich zur Besinnung kommen würde.«

Er sah mich an und dann wieder Wolfe. »Und noch etwas. Ich wußte, daß sich Mr. Archie Goodwin fragen würde, was ein Direktor einer großen Firma in einem Slumviertel wie der 82. Straße zu suchen hat. Und ein Archie Goodwin begnügt sich wohl nicht mit Vermutungen. Er geht der Sache auf den Grund. Yeager wiederum mußte der Gedanke, daß mindestens drei Außenstehende über sein Geheimnis im Bilde waren, höchst unbehaglich sein. Alle diese Überlegungen gingen mir im Kopf herum; aber sie waren nicht ausschlaggebend. Ich wollte vor allem meine Frau aus dem Wahn reißen, daß ich ein ahnungsloser Trottel wäre, der ihr blind vertraute.«

Er seufzte tief auf und umklammerte mit beiden Händen die Sessellehnen. »Und noch am gleichen Abend hörte ich in den Elf-Uhr-Nachrichten von Yeagers Tod, und am nächsten Morgen las ich in der Zeitung, daß er ermordet worden war und daß man seine Leiche in einem Schacht in der 82. Straße aufgefunden hatte. Das gab mir den Rest. Gott sei Dank war meine Frau Sonntag nacht zu Hause. Das ist das einzig Tröstliche bei der ganzen widerwärtigen Geschichte.«

»Sind Sie dessen sicher?«

»Absolut. Wir schlafen im selben Zimmer. Ich ...« Er stockte.

»Ja?«

»Ach, nichts. Ich wollte nur sagen, daß ich Ihnen Dinge anvertraut habe, über die ich sonst niemals und zu keinem Menschen sprechen würde. Vielleicht war meine Offenheit ein Fehler. Aber mit der halben Wahrheit wäre weder Ihnen noch mir gedient. Besteht auch nur die geringste Chance, daß die Sache unter uns bleibt? Ich habe nicht das Recht, Sie um Rücksichtnahme zu bitten. Aber wenn Sie es möglich machen könnten, daß mein Name ...«

Wolfe grunzte und warf einen Blick auf die Uhr. »Ich bin nicht nachtragend, Mr. Hough, und es bereitet mir auch kein Vergnügen, einem Menschen unnötig weh zu tun. Außerdem haben wir allen Grund, Ihnen dankbar zu sein. Ihr kindischer Trick hat uns zu einem Klienten verholfen.« Er schob seinen Sessel zurück und erhob sich. »Ich kann mich nicht zu unverbrüchlichem Schweigen verpflichten, werde Ihre Informationen jedoch nur dann weitergeben, wenn mir die Umstände keine andere Wahl lassen.«

»Wer ist Ihr Klient?«

Aber als Wolfe ihm entgegnete, das ginge ihn nichts an, bestand er nicht auf einer Antwort. Er tat mir wirklich leid. Seine Lage war alles andere als beneidenswert. Er wollte seine Frau sehen, er mußte mit ihr sprechen; was aber würde er ihr sagen? Würde er ihr erzählen, daß er letztlich für das Empfangskomitee verantwortlich war, das sie in dem Liebesnest erwartet hatte? Würde er ihr die Leviten lesen oder –? Aber wozu sollte ich mir über Probleme den Kopf zerbrechen, die mich nicht betrafen. Schließlich war nicht ich mit ihr verheiratet, sondern er. Ich begleitete ihn hinaus, überzeugte mich davon, daß sich kein neugieriger Schnüffler an seine Fersen heftete, schloß die Tür und gesellte mich zu Wolfe, der im Speisezimmer der Abfütterung entgegengierte.

Die Morgenpost war noch nicht beantwortet. Als wir nach dem Dinner ins Büro zurückgekehrt waren und den Kaffee getrunken hatten, machten wir uns darüber her. Es handelte sich nur um zwei Briefe. Nachdem ich die Antworten getippt und Wolfe sie unterschrieben hatte, saß er stumm und unbeweglich da und sah zu, wie ich die Bogen zusammenfaltete und in die Umschläge steckte.

Plötzlich sagte er: »Wir können Mr. und Mrs. Perez nicht länger von der Verdächtigenliste streichen. Die beiden haben gewußt, daß sie das Haus erben würden.«

Mit diesem Einwand hatte ich gerechnet und mich nur gewundert, daß Wolfe nicht schon längst damit herausgerückt war. Ich schwenkte auf meinem Sessel herum. »Mit der Bibel ist das eine seltsame Sache. Die moderne Wissenschaft hat bewiesen, daß es im Himmel heißer ist als in der Hölle. Aber das bedeutet noch lange nicht, daß ich meine Hand auf die Bibel legen und einen Meineid schwören würde. Ich würde kneifen und mich mit irgendwelchen Ausreden aus der Klemme ziehen – zum Beispiel mit der Behauptung, daß ich Hindu oder Buddhist bin. Mr. und Mrs. Perez gehen zweifellos mindestens einmal in der Woche zur Messe, höchstwahrscheinlich sogar jeden Tag.«

»Sie würden es vielleicht nicht tun, um ein Haus zu kriegen. Aber wenn es um den Kopf geht?«

Ich nickte. »Stimmt. Tausende von Mördern haben auf dem Zeugenstand unter Eid das Blaue vom Himmel heruntergelogen. Aber für die beiden Perez lege ich meine Hand ins Feuer. Außerdem bilden sie sich immer noch ein, daß ich ihr Detektiv bin.«

»Sie sind ein unverbesserlicher Starrkopf.«

»Ja, Sir. Aber nicht der einzige hier im Hause.«

»Auch diesen Esel, diesen Austin Hough, dürfen wir nicht ausschließen. Ich nenne ihn einen Esel; aber er kann ebensogut ein äußerst raffinierter, abgefeimter Bösewicht sein. Er kann seiner Frau die Schlüssel entwendet, Yeager getötet und das ganze Theater dann nur aufgeführt haben, um uns Sand in die Augen zu streuen.«

»Es wäre nicht unmöglich«, gab ich zu. »Ihre Hypothese hat nur drei schwache Stellen.«

»Ich sehe vier. Aber das besagt nicht viel. Eine brauchbare Erklärung findet sich immer. Ich behaupte ja auch nicht, daß wir Fortschritte gemacht haben. Im Gegenteil. Wir dachten, wir könnten den falschen Yeager eliminieren, und das ist nicht der Fall. Nun erhebt sich die Frage: Was können wir tun? Haben Sie einen Vorschlag?«

Ich hatte mehrere, aber sie taugten alle zusammen nicht viel. Die Lagebesprechung dauerte zwei volle Stunden, und danach waren wir nicht viel klüger als vorher. An den Tatsachen selbst hatte sich jedenfalls nichts geändert. Wir hatten einen Auftrag und einen oder mehrere Klienten, aber nicht einen einzigen Trumpf in der Hand, mit dem wir das Spiel zu unseren Gunsten hätten entscheiden können. Unser As, von dem wir uns so viel versprochen hatten, nämlich das Liebesnest, war absolut wertlos, und je länger wir es im Ärmel versteckt hielten, desto brenzliger wurde unsere Lage. Wenn die Polizei dahinterkam – und das konnte praktisch jeden Moment passieren –, war ein Donnerwetter fällig, bei dem uns Hören und Sehen vergehen würde. Als sich Wolfe zu Bett begab, war er so sauer, daß er nicht einmal gute Nacht sagte.

Mitten in der Nacht läutete das Telefon auf meinem Nachttisch. Es soll Leute geben, die sofort hellwach sind, wenn man sie aus dem Schlaf reißt. Von mir läßt sich das leider nicht behaupten. Mein Bewußtsein ist in solchen Augenblicken leicht getrübt, und das Äußerste, wozu ich mich aufraffen kann, ist ein rauhes »Hallo!«

Ich hörte eine weibliche Stimme. Sie sagte hastig: »Ich möchte Mr. Archie Goodwin sprechen!«

Mein Verstand war noch immer nicht ganz auf der Höhe. Ich unterdrückte ein Gähnen und murmelte verschlafen: »Hier ist Goodwin. Wer ist dort?«

»Ich bin Mrs. Perez. Sie müssen kommen! Sofort! Unsere Tochter Maria ist tot! Sie wurde erschossen. Werden Sie kommen?«

Ich wurde plötzlich sehr munter. »Wo sind Sie?« Ich knipste die Nachttischlampe an und warf einen Blick auf die Uhr. 2.35 Uhr.

»Wir sind zu Hause. Man hat uns geholt, um sie anzusehen, und wir sind gerade erst zurückgekommen.«

»Ist jemand bei Ihnen? Polizei?«

»Nein. Ein Polizist hat uns nach Hause gebracht; aber er ist gleich wieder weggegangen. Werden Sie kommen?«

»Ja. Sofort. So schnell wie möglich. Haben Sie ...« Aber sie hatte bereits aufgelegt.

Ich sprang aus dem Bett und war im Handumdrehen fertig. Nachdem ich alle meine Utensilien in den Rocktaschen verstaut hatte, riß ich ein Blatt aus meinem Notizblock und kritzelte eine Nachricht für Wolfe darauf.

»Maria Perez wurde ermordet, erschossen – Mrs. Perez rief um 2.35 an. Begebe mich zur 82. Straße West. A. G.«

Auf dem Weg nach unten schob ich den Zettel unter Wolfes Schlafzimmertür und sauste weiter. Um diese Zeit war die Taxibeschaffung ein Problem. Ich steuerte auf die Eighth Avenue zu.

II

Eine Minute nach drei Uhr schloß ich die Tür zum Souterrain der Nummer 156 auf und betrat den Flur. Mrs. Perez erwartete mich. Sie machte wortlos kehrt und ging auf die Tür zu, von der aus mich Maria am Dienstagabend beobachtet hatte. Ich heftete mich an ihre Fersen. Es war ein schmaler, schmuckloser Raum mit einem Bett, einer Kommode, einem kleinen Tisch und zwei Stühlen. Auf dem Tisch standen ein Glas und eine Flasche Rum, und davor saß Mr. Perez. Als er unsere Schritte hörte, hob er langsam den Kopf und sah mich an. Sein rechtes Auge, das er in schwierigen Situationen zuzukneifen pflegte, war geschlossen.

»Wir setzen uns nur mit Freunden an einen Tisch«, sagte er rauh. »Sind Sie ein Freund?«

Seine Frau schüttelte den Kopf. »Kümmern Sie sich nicht um ihn. Er trinkt Rum.« Sie setzte sich aufs Bett. »Ich brachte ihn in dieses Zimmer, das Zimmer unserer Tochter, und gab ihm Rum zu trinken. Ich kann auf dem Bett sitzen. Der andere Stuhl ist für Sie. Wir danken Ihnen, daß Sie gleich gekommen sind. Aber wir wissen nicht mehr, warum wir Sie gerufen haben. Sie können uns nicht helfen. Niemand kann uns helfen.«

Perez griff nach seinem Glas, trank einen kräftigen Schluck und murmelte etwas auf spanisch vor sich hin.

Ich nahm Platz. »Tatsache ist, daß man sehr wohl etwas tun kann und daß man es nicht auf die lange Bank schieben darf. Sie denken nur an Ihre Tochter und daran, daß nichts sie Ihnen wiederzugeben vermag. Das ist natürlich und verständlich. Aber ich bin Detektiv, und deshalb interessiert mich der Schuft, der sie auf dem Gewissen hat. Ich möchte ihn erwischen, und wenn Sie den Schock erst ein wenig überwunden haben, wird Ihnen auch –«

»Sie sind verrückt«, brummte Perez. »Ich bringe ihn um!«

»Er ist ein Mann«, sagte sie zu mir und nickte nachdrücklich mit dem Kopf. Im ersten Moment glaubte ich, sie wolle damit sagen, ein Mann habe Maria ermordet. Aber dann ging mir auf, daß sie ihren Cesar meinte.

»Zuerst müssen wir ihn finden«, antwortete ich. »Haben Sie eine Ahnung, wer der Mörder sein könnte?«

»Sie sind verrückt. Natürlich nicht«, sagte Perez.

»Die Polizei hat Sie benachrichtigt. Wohin hat man Sie gebracht? Ins Leichenschauhaus?«

»Es war ein sehr großes Gebäude«, erklärte sie. »Und ein großer Raum mit sehr vielen grellen Lampen. Sie lag auf einem Tisch unter einem weißen Tuch. An ihrem Kopf und auf ihrem Gesicht war Blut.«

»Hat man Ihnen erzählt, wo sie gefunden wurde und wer sie gefunden hat?«

»Ja. Ein Mann hat sie gefunden, unten am Hafen, direkt am Wasser.«

»Um welche Zeit verließ sie das Haus? Was hatte sie vor, und mit wem ging sie weg?«

»Sie wollte mit zwei Freundinnen ins Kino gehen. Die beiden

holten sie kurz vor acht ab. Wir kennen die beiden Mädchen und sahen alle drei weggehen. Ein Polizist ging mit uns zu einer von ihnen, und sie erzählte uns, Maria habe das Kino um neun Uhr verlassen. Wohin sie ging, wußte sie nicht.«

»Wissen Sie es?«

»Nein.«

»Und Sie können sich auch nicht denken, warum sie umgebracht wurde?«

»Nein. Man hat uns das alles schon gefragt.«

»Die Polizei wird Sie noch viel mehr fragen. Das war erst ein Vorgeschmack auf das, was Ihnen bevorsteht. Okay, ich will Ihnen sagen, was ich von der Sache halte. Ihre Tochter kann irgendeinem Kerl in die Hände gelaufen sein, der schon mehr als ein solches Verbrechen auf dem Gewissen hat. In diesem Fall dürfte ihn die Polizei mit Sicherheit sehr rasch erwischen. Oder ihr Tod steht mit dem Mord an Yeager in Verbindung, und dann ist die Polizei aufgeschmissen. Es sei denn, Sie hätten dem Beamten von Yeager erzählt und daß ihm das Haus früher gehörte. Haben Sie das getan?«

»Nein.«

»Sie sind verrückt«, murmelte Perez und trank das halbe Glas in einem Zug leer.

»Die Entscheidung liegt also bei Ihnen. Wenn Sie der Polizei alles sagen, wird sie den Mörder Ihrer Tochter vielleicht rascher aufstöbern als Mr. Wolfe und ich. Wenn Sie uns die Nachforschungen überlassen, werden wir ihn erwischen, darauf können Sie Gift nehmen; aber es kann ein bißchen länger dauern. Ich möchte, daß Sie sich über die Situation ganz klar sind und sich Ihre Entscheidung genau überlegen. Sollte ihr Tod nichts mit dem Mord an Yeager zu tun haben, was ich allerdings für ziemlich unwahrscheinlich halte, dann braucht die Polizei von dem Zimmer da oben nichts zu erfahren. Der Hinweis würde ihr nichts nützen und Sie nur unnötig in Verdacht bringen. Was wollen Sie also tun?«

»Wenn wir doch nur gestern abend fortgegangen wären«, murmelte Mrs. Perez. »Sie wollte nicht gehen. Ich hätte mich nicht überreden lassen dürfen.«

»Sag das nicht!« befahl er und schlug mit der Hand auf den Tisch. »Sag das nicht!«

»Aber es ist doch wahr, Cesar.« Sie stand auf, goß sein Glas voll und kehrte auf ihren Platz zurück. Sie sah mich an. »Maria hat niemals mit Mr. Yeager gesprochen. Sie war nie oben in dem Zimmer. Sie wußte gar nichts, weder über ihn noch von den Besuchern.«

»Das glaube ich nicht. Jeder Mensch interessiert sich für seine Umgebung, für seine Mitbewohner, für alles, was im Haus passiert, und Maria war ein intelligentes Mädchen. Gerade das Geheimnisvolle des Zimmers und seiner Besucher mußte ihre natürliche Neugier reizen. Wo war sie Sonntag nacht, als Sie Yeagers Leiche hinaustransportierten?«

»Sie schlief in diesem Bett hier, auf dem ich sitze.«

»Das bilden Sie sich ein. Maria hatte gute Ohren. Sie hörte mich am Dienstagabend kommen und beobachtete mich von diesem Zimmer aus. Die Tür war einen Spalt breit geöffnet. Ich ertappte sie, und wir sprachen ein paar Worte miteinander. Ich hatte den Eindruck, daß sie das nicht zum erstenmal machte.«

»Sie sind verrückt«, erklärte Perez.

»Maria hätte so etwas niemals getan!« behauptete die Mutter.

»Ich fürchte, da befinden Sie sich in einem Irrtum. Und warum hätte sie es nicht tun sollen? Sie war ja kein Kind mehr. Ich finde ihre Neugier durchaus begreiflich. Meiner Meinung nach war sie über die Vorgänge im Haus durchaus im Bilde. Fragt sich nur, was sie wußte und wieviel und mit wem sie darüber gesprochen hat. Sie muß jemandem, höchstwahrscheinlich Yeagers Mörder, einen solchen Schrecken eingejagt haben, daß er es für angebracht hielt, sie ein für allemal zum Schweigen zu bringen. Offenbar können Sie mir darüber auch nichts sagen. Hat die Polizei Ihre Wohnung durchsucht?«

»Ja. Der Polizist, der uns abholte. Aber er hat sich nur Marias Zimmer angesehen.«

»Hat er irgendwas mitgenommen?«

»Nein.«

»Ich war dabei«, murmelte Perez. »Er hat nichts genommen.«

»Okay. Dann werde ich mir mal gleich die Wohnung vornehmen, zuerst das Zimmer hier und dann die anderen. Zu zweit geht das schneller. Deshalb werden Sie jetzt mit dem Lift nach oben fahren und meinem Kollegen ausrichten, daß er – aber nein, lieber nicht. Er weiß sowieso schon mehr, als gut für ihn ist. Ich würde Ihnen beiden raten, ins Bett zu gehen; aber ich kann mir denken, daß Ihnen nicht danach zumute ist. Dann setzen Sie sich am besten in die Küche. Sie wollen sicher nicht dabeisein, wenn ich das Zimmer hier durchsuche.«

»Sie werden nichts finden«, meinte Mrs. Perez. »Ich kenne alle ihre Sachen ganz genau.« Sie stand auf und zog die Bettdecke zurück. »Sehen Sie selbst. Nichts.«

Anderthalb Stunden später mußte ich ihr recht geben. Ich hatte die Matratze von oben und unten inspiziert, sämtliche Schubfächer ausgeleert und den Inhalt Stück für Stück durchgesehen, den Teppich aufgerollt und den Fußboden Zentimeter für Zentimeter untersucht, den Wandschrank mit der Taschenlampe ausgeleuchtet, die Bilder abgenommen, die Kommode von der Wand gerückt, die dreißig Bücher und den Stapel von Illustrierten durchgeblättert – kurz, ich hatte das Unterste zuoberst gekehrt und auch nicht den kleinsten Hinweis entdeckt. Ich konnte auf Anhieb eine Liste über Marias sämtliche Besitztümer aufstellen; aber ob sie über die Liebeslaube und deren Gäste im Bilde gewesen war und am Sonntagabend etwas beobachtet hatte, was einen Schluß auf Yeagers Mörder zuließ, wußte ich immer noch nicht. Ich vermutete es nur.

Perez war nicht mehr da. Der Rum hatte ihn schließlich untergekriegt, und Mrs. Perez und ich hatten ihn ins Nebenzimmer verfrachtet und aufs Bett gelegt. Mrs. Perez saß auf ihrem alten Platz, und ich stand an der Tür und sah mich nachdenklich um.

»Ich hatte recht. Nichts«, sagte Mrs. Perez.

»Tja, ich hab's gehört.« Ich ging auf die Kommode zu und zog die unterste Schublade heraus.

»Sie sind genau wie mein Mann. Er will sich auch nie zufriedengeben. Sie sind eigensinnig«

»Stimmt. Und gründlich. Aber bei den Schubladen war ich nicht gründlich genug.« Ich stellte sie aufs Bett und nahm den Inhalt nacheinander heraus. »Ich hätte sie umdrehen und den Boden abtasten müssen.«

Ich deponierte sie umgekehrt auf den Teppich, hockte mich daneben, tastete mit den Fingern Wände und Boden ab und untersuchte mit der Klinge des Taschenmessers sämtliche Ritzen, Kanten und Ecken. Auf diese Art hat Saul Panzer mal ein wertvolles Gemälde ans Tageslicht befördert. Damals war der doppelte Boden außen und nicht innen angebracht. Meine Schublade hatte keinen. Als ich sie wieder aufs Bett stellte, machte sich Mrs. Perez wortlos daran, die Wäschestücke sorglich einzuräumen. Inzwischen holte ich mir die nächste.

Diesmal war es die richtige. Als ich auf der Unterseite des Bodens nichts entdeckte, leuchtete ich das Innere vorsichthalber mit der Taschenlampe aus und erspähte dabei an einer Ecke ein kaum wahrnehmbares Loch. Es war nicht viel größer als ein Nadelstich. Die Schublade war mit abwaschbarem Schrankpapier ausgelegt, rote Rosen auf weißem Grund. Das Loch befand sich im Kelch einer

Blüte. Ich fischte aus einem Schälchen mit lauter Krimskrams eine Sicherheitsnadel heraus, benutzte sie als Hebel und hob behutsam das Stück Plastik an. Es war widerstandsfähiger, als ich erwartet hatte, und klappte wie der Deckel einer Schachtel zurück. Maria hatte das dünne Material mit einem Stück Pappendeckel verstärkt und dabei so gute Arbeit geleistet, daß sie mich um ein Haar hereingelegt hätte. Sie war nicht nur schön und klug gewesen, sie hatte auch äußerst geschickte Finger gehabt. In dem Geheimfach unter dem doppelten Boden hatte Maria offenbar alle jene Dinge aufbewahrt, die sie vor dem spähenden Auge ihrer Mutter hatte verbergen wollen. Es war eine reichhaltige Sammlung.

Mrs. Perez beugte sich über meine Schulter, murmelte etwas auf spanisch vor sich hin und streckte ihre Hand aus. Ich schob sie beiseite. »Ich habe ein Recht darauf! Sie war meine Tochter!«

»Niemand hat ein Recht darauf. Sie hat das Zeug doch vor Ihnen versteckt, oder etwa nicht? Es gehörte ihr ganz allein, und sie ist tot. Sie können es sich ansehen, aber lassen Sie die Finger davon.« Ich trug die Schublade zum Tisch hinüber und ließ mich auf dem Stuhl nieder, auf dem Perez gesessen hatte.

In dem Geheimfach befanden sich folgende Gegenstände:

1. Fünf ganzseitige Inserate der ›Contiplastic‹ aus fünf verschiedenen Illustrierten.

2. Vier Etiketten von Champagnerflaschen, Marke Dom Perignon.

3. Die Börsenberichte der *Times* von drei verschiedenen Tagen. Die Notierungen der Contiplastic-Aktien waren mit Bleistift markiert.

4. Ein Zeitungsfoto von Thomas G. Yaeger junior mit seiner Frau im Hochzeitsstaat.

5. Zwei Zeitungsfotos von Thomas G. Yaeger senior.

6. Das Foto von dem Bankett der Plastikfabrikanten im Ballsaal des Hotels ›Churchill‹. In der Unterschrift waren außer Yeager noch einige weitere Gäste genannt, darunter einer unserer Klienten, Benedict Aiken.

7. Drei Fotos von Meg Duncan, zwei aus Illustrierten und eins aus der *Times*.

8. Einunddreißig Bleistiftskizzen mit Frauenköpfen, einige mit Hut, andere ohne. Sie waren auf gewöhnliches weißes Schreibpapier gezeichnet. Ein Block davon lag auf dem Tisch, zwei weitere befanden sich im Wandschrank. Auf jedem Blatt war ein Datum vermerkt. Ich bin kein Kunstexperte; aber für meine Begriffe waren

die Zeichnungen recht gut. Nachdem ich sie flüchtig durchgesehen hatte, kam ich zu dem Schluß, daß es sich nicht um einunddreißig Modelle handelte, sondern höchstens um zehn. Einige Gesichter hatte Maria zwei-, drei- und sogar fünfmal gezeichnet, wahrscheinlich, weil sie mit den ersten Versuchen nicht zufrieden gewesen war. Begonnen hatte sie mit ihren seltsamen Zeichenkünsten vor über zwei Jahren, und die letzte Skizze stammte vom 8. Mai, das heißt also vom vergangenen Sonntag. Dieser Modellkopf interessierte mich natürlich ganz besonders. Seine Eigentümerin war eine vielversprechende Kandidatin für unsere Verdächtigenliste und würde vielleicht bei einem Mordprozeß eine bedeutende, wenn nicht sogar die Hauptrolle spielen. Meg Duncan oder Dinah Hough waren es nicht. Aber es konnte Julia McGee sein.

9. Neun Fünfdollarscheine.

Mrs. Perez war mit dem anderen Stuhl an meine Seite gerückt und hatte mich angespannt beobachtet, ohne einen Mucks von sich zu geben. Ich warf einen Blick auf mein Handgelenk: 5.40 Uhr. Es war höchste Zeit, daß ich von hier verduftete. Ich strich die aus der *Times* herausgerissenen Seiten glatt, faltete sie zusammen und legte den übrigen Papierkram dazwischen. Das Problem, ob wir die Unterdrückung von wichtigem Beweismaterial riskieren durften, hatte sich praktisch von selbst erledigt. Von Dürfen war keine Rede mehr. Ich hatte mir das Zeug unter den Nagel gerissen, und mein Verteidiger konnte vor Gericht allenfalls behaupten, ich wäre mir über die Bedeutung des Materials nicht im klaren gewesen. Und dann konnte er auch gleich hinzufügen, daß ich ein armer Irrer wäre und in die Klapsmühle gehörte.

Ich stand auf und klemmte mir das Päckchen unter den Arm. »Das Zeug beweist lediglich, daß Maria die natürliche Neugier aller Mädchen hatte und gern Gesichter zeichnete. Ich nehme es mit, damit Mr. Wolfe es sich ansehen kann. Das Geld kriegen Sie wieder, hoffentlich bald. Sie haben eine böse Nacht hinter sich und wahrscheinlich noch ein paar unangenehme Stunden vor sich. Lassen Sie sich von der Polizei nicht ins Bockshorn jagen. Wenn Sie einen Dollar zur Hand haben, dann geben Sie ihn mir bitte. Als Vorschuß. Sie haben Mr. Wolfe und mich beauftragt, den Mord an Ihrer Tochter zu untersuchen. Deshalb überlassen Sie mir auch den Papierkram.«

»Sie hatten recht. Maria wußte alles.«

»Damit hab' ich mir noch keinen Orden verdient. Den Dollar, bitte.«

»Wir können mehr bezahlen.«

»Für den Augenblick genügt einer.«

Sie verschwand und kam gleich darauf mit einer Eindollarnote in der Hand zurück: »Mein Mann schläft.«

»Gut. Sie sollten auch schlafen gehen. Von jetzt an sind wir Ihre Detektive. Vermutlich wird im Laufe des Tages ein Beamter bei Ihnen vorbeischauen und Sie zum Staatsanwalt bringen. Er wird Sie bestimmt nicht nach Yeager fragen, und wenn, dann höchstens danach, ob Sie in der Sonntagnacht etwas Verdächtiges gehört oder gesehen haben. Die Antwort darauf wissen Sie. Was Maria betrifft, da brauchen Sie nur das zu wiederholen, was Sie heute nacht dem Polizisten erzählt haben. Daß sie mit zwei Freundinnen ins Kino ging und daß Sie keine Ahnung haben, warum sie getötet wurde und wer der Mörder ist. Haben Sie dem Mann oben etwas zu essen gebracht?«

»Ja.«

»Okay. Von heute an ist das nicht mehr nötig. Er wird gleich weggehen und nicht mehr zurückkommen.« Ich streckte meine Hand aus, und sie nahm sie. »Sagen Sie Ihrem Mann, daß wir Freunde sind.« Ich machte kehrt und begab mich zum Lift.

Als ich oben anlangte, knipste ich die Deckenbeleuchtung an. Die Bildergalerie war Luft für mich; ich hatte nur Augen für Fred, und der Anblick war wirklich einmalig. Er ruhte in dem breiten Prachtbett, von gelber Seide umhüllt, und das einzig Sichtbare von ihm war sein zerzauster Haarschopf. Als das Licht aufflammte, richtete er sich halb auf, blinzelte ein paarmal, steckte die Hand unters Kopfkissen und brachte einen Revolver zum Vorschein.

»Du bist zu langsam«, bemerkte ich. »Wenn du das im Ernstfall genauso machst, bist du wie ein Sieb durchlöchert, bevor du deinen ersten Schuß abgefeuert hast. Ich wollte dir nur mitteilen, daß du von hier verschwinden kannst. Du brauchst dich nicht abzuhetzen. Es reicht, wenn du in einer halben Stunde hier verschwunden bist. Kümmere dich nicht um Mr. und Mrs. Perez. Die beiden haben große Sorgen. Ihre Tochter ist gestern abend ermordet worden – nicht hier im Haus, irgendwo am Hafen. Also, hau ab.«

Er rollte aus dem Bett und glotzte mich erschrocken an. »Was, zum Henker, bedeutet das alles? Schwierigkeiten mit der Polizei?«

»Keine Spur. Im übrigen rate ich dir, mir keine Fragen zu stellen; ich könnte sie nämlich beantworten. Pack deine Klamotten, geh nach Hause und sag deiner Frau, du hättest zwei anstrengende Tage hinter dir und müßtest dich ausruhen.«

»Okay. Wird das Haus beobachtet?«

»Keine Ahnung. Hoffentlich nicht. Vielleicht haben wir Glück.«

»Na schön. Soll ich hier noch ein bißchen aufräumen, Fingerabdrücke abwischen und so was? Zehn Minuten würden genügen.«

»Nein. Wenn die Polente erst mal hier gelandet ist, machen ein paar Fingerabdrücke mehr oder weniger das Kraut auch nicht fett. Geh nach Hause und rühr dich nicht von der Stelle. Wahrscheinlich ruf' ich dich im Laufe des Tages noch mal an. Also bis später.«

Ich bestieg den Lift und fuhr nach unten.

12

Als Wolfe um elf Uhr aus den Plantagenräumen herunterkam, saß ich an meinem Schreibtisch und hatte die Mittagsausgabe der *Gazette* vor mir liegen. Der Bericht über den Mord nebst einem Foto von Maria Perez befand sich auf der ersten Seite, obwohl ihr eine solche Auszeichnung eigentlich gar nicht zustand. Sie hatte weder zu den oberen Zehntausend noch zur Prominenz von Bühne und Film gehört. Sie war nur jung und schön gewesen. Aber man gab ihr trotzdem eine Chance, weil sich in der letzten Nacht auf dem Sektor Verbrechen sonst nichts ereignet hatte.

Der Fall war noch völlig offen. Wenn man das schmückende Beiwerk abstrich, mit dem der Reporter den Bericht aufgepulvert hatte, blieb nicht viel übrig. Die Polizei verfügte anscheinend bisher nur über folgendes Tatsachenmaterial: a) Maria Perez' Leiche war um 0 Uhr 35 von einem Wächter aufgefunden worden, der auf dem North River Pier in Höhe des vierziger Blocks seine Runde machte; b) sie war seit höchstens drei Stunden tot gewesen; c) der Mörder hatte sie mit einem Revolver vom Kaliber 32 in den Hinterkopf geschossen; d) zwei Freundinnen, mit denen sie ins Kino gegangen war, hatten sie als letzte lebend gesehen; ihrer Aussage zufolge war Maria kurz vor neun plötzlich aufgestanden, hinausgegangen und nicht mehr zurückgekommen; sie hatten angenommen, daß sie in den Waschraum gegangen wäre; e) ihre Eltern waren von dem Verlust schmerzlich getroffen und weigerten sich, der Presse irgendwelche Auskünfte zu geben. Von einer etwaigen Verbindung zwischen dem Mord an Maria Perez und dem Mordfall Yeager war nicht die Rede. Falls die Polizei diese Möglichkeit in Erwägung zog, hatte sie sie für sich behalten.

Ich hatte Wolfe gleich nach dem Frühstück in seinem Schlafzimmer Bericht erstattet, allerdings nur in groben Zügen. Jetzt reichte ich ihm die *Gazette* und zeigte auf die Überschrift. Er betrachtete das Foto, las den Bericht, legte die Zeitung weg und lehnte sich zurück.

»Wörtlich«, sagte er.

Ich fing mit dem nächtlichen Anruf von Mrs. Perez an und hörte mit einer kurzen Beschreibung meiner Stippvisite bei Fred auf. Dann übergab ich ihm den Papierkram aus Marias Geheimfach und fügte hinzu: »Es sind vier Etiketten von Champagnerflaschen dabei. Ich kann und will nicht glauben, daß sie die Flaschen selbst ausgetrunken hat. Höchstwahrscheinlich hat sie die leeren Flaschen unten in der Küche gefunden oder sogar aus dem Mülleimer gefischt und die Etiketten abgelöst und als Andenken aufgehoben.«

»Wer sagt das?«

»Ich.«

Er grunzte und machte sich über die Kollektion her. Wie immer ging er sehr methodisch zu Werk und besah sich die Inserate, die Fünfdollarscheine, die herausgerissenen Börsenberichte aus der *Times* und die Fotos. Dann kamen Marias Zeichnungen an die Reihe. Er betrachtete sie, einige länger, andere kürzer, grunzte wieder, erhob sich und legte sie nacheinander auf der Schreibtischplatte aus. Dann begann er einzelne Blätter zu vertauschen, hin und her zu schieben und immer neue Gruppen zu bilden, bis die Skizzen, die zusammengehörten, nebeneinanderlagen. Zweimal war ich anderer Meinung, und wir hatten eine längere Debatte. Das Endergebnis sah folgendermaßen aus: drei Gruppen mit je vier Skizzen, fünf Gruppen mit je drei Skizzen, eine Gruppe mit zwei Skizzen und zwei mit je einer Skizze. Yeager war ein gastfreundlicher Mann gewesen. Er hatte innerhalb von zwei Jahren elf verschiedene Damen empfangen, wobei noch gar nicht heraus war, ob Maria nicht die eine oder andere Besucherin verpaßt hatte.

Ich deutete auf ein Modell, von dem vier Zeichnungen vorhanden waren. »Das Gesicht kenne ich. Mit der Dame hab' ich sogar schon getanzt. Ihr Mann ist ein schwerreicher Knopf und doppelt so alt wie sie.«

Wolfe warf mir einen strafenden Blick zu. »Sie sind frivol!«

»Nein, Sir. Sie heißt Delancey.«

»Pfui! Und diese?« Er zeigte auf die Gruppe mit den zwei Skizzen. »Die eine Zeichnung trägt das Datum vom 15. April und die andere das vom 8. Mai, also vom vergangenen Sonntag.«

»Stimmt. Ich könnte Ihnen sagen, wie sie heißt. Aber ich möchte ihren Namen lieber von Ihnen hören. Es wäre ja möglich, daß ich voreingenommen bin.«

»Wir hatten sie erst kürzlich hier im Büro.«

»Ja, Sir.«

»Julia McGee.«

Ich nickte. »Maria hat die Ähnlichkeit gut wiedergegeben. Jetzt fragt sich nur, welche Bedeutung das Datum hat. Ob es den Tag bezeichnet, an dem Maria die Besucherin beobachtete, oder den Tag, an dem sie die Skizze machte. Ist das erste der Fall, und ich möchte es eigentlich annehmen, dann war Julia McGee am Sonntagabend in der 82. Straße. Und sie muß auf Yeagers Leiche gestoßen sein, falls sie ihn nicht sogar selbst umgelegt hat. Wenn er noch am Leben gewesen wäre, hätte er sie vor dem Mitternachtssouper mit Kaviar und Fasan bestimmt nicht weggehen lassen. Ihre Behauptung, daß er sie nur zum Diktat hinbestellt hatte, glaubt ihr sowieso kein Mensch. Falls andererseits der Mörder sie und Yeager erwischt hätte, wäre sie jetzt vermutlich kaum noch in der Lage, uns zu belügen. Dann hätte Mr. Perez zwei Leichen vorgefunden und in den Kabelschacht befördert. Übrigens, bevor ich's vergesse, den Dollar von Mrs. Perez hab' ich im Kassenbuch als Vorschuß eingetragen. Und den Dollar hab' ich ihr abgeknöpft, damit die Sache geschäftsmäßiger aussieht und weil ich dachte, daß die zwei jetzt als potentielle Täter ohnehin nicht mehr in Frage kommen. Ihre Tochter haben sie bestimmt nicht auf dem Gewissen. Und glauben Sie ja nicht, daß mir jetzt nach einem Triumphgeschrei zumute ist. Es wäre mir bei Gott lieber, ich hätte mit meiner Prognose danebengetippt, und Maria wäre noch am Leben. Ihr Tod wurmt mich, obwohl sie ihn selbst herausgefordert haben dürfte.«

Er grunzte. »Einen Beweis dafür haben wir nicht.«

»Nein. Aber die Vermutung liegt verdammt nahe. Für meine Begriffe können wir ruhig davon ausgehen, daß Yeagers Mörder auch Maria um die Ecke gebracht hat. Und das Motiv dürfte auch ziemlich klar sein. Angenommen, Julia McGee war diejenige, welche. Daß sie beim Kommen von Maria beobachtet wurde, kann sie nicht bemerkt haben, sonst wäre sie erstens gar nicht erst mit dem Lift nach oben gefahren und hätte zweitens Yeager ganz bestimmt keine Kugel verpaßt. Das gleiche gilt für jede andere Person, die am Sonntagabend nach sieben Uhr im Haus 156 aufgekreuzt ist. Die Fühlungnahme muß von Maria ausgegangen sein. Und zwar hat sie's zweifellos nicht nur zum Vergnügen oder aus mädchenhafter

Wichtigtuerei getan, sondern um daran zu verdienen. Ich könnte mir vorstellen, daß sie die betreffende Person gestern im Laufe des Tages angerufen und sich mit ihr verabredet hat, und als dem Mörder klar wurde, wieviel sie tatsächlich wußte und wie gefährlich sie ihm werden konnte, hat er sie umgelegt. Sie haben natürlich recht, vorläufig handelt es sich dabei nur um Vermutungen; aber ich gebe es ja nicht deshalb zum besten, weil sie mir so gut gefallen, sondern weil sie so verdammt einleuchtend sind. Ich würde viel lieber glauben, daß Maria innerlich ebenso schön war wie äußerlich.«

Er machte: »Hum.«

Ich zeigte auf eine Skizze, von der drei verschiedene Fassungen vorhanden waren. »Das ist Dinah. Mrs. Austin Hough. Maria war ein Naturtalent. Mrs. Delancey hat sie auch erstaunlich gut getroffen.«

»Meg Duncan ist nicht dabei.«

»Nein. Von ihr hatte sie drei Fotos.«

Er setzte sich. »Ich brauche Fred. Wann kann er hier sein?«

»In zwanzig Minuten.«

»Gut. Rufen Sie ihn an.«

Ich begab mich zu meinen Schreibtisch und wählte Freds Nummer. Als er sich meldete, sagte ich ihm, wir erwarteten ihn in neunzehn Minuten im Büro, damit er 315 Dollar und Instruktionen von Wolfe in Empfang nehmen könne. Er antwortete, beides sei ihm willkommen, und er werde pünktlich sein. Ich legte auf, wandte mich um und sah Wolfe fragend an.

»Sonst noch was?«

»Ja. Verbinden Sie mich mit Miss McGee. Ich möchte selbst mit ihr sprechen.«

Das Fräulein in der Zentrale der ›Contiplastic‹ war höflich, aber ratlos. Offenbar wußte kein Mensch genau, wo die ehemalige Sekretärin von Thomas G. Yeager nach dem Tod ihres Chefs gelandet war. Nach endlosem Hin und Her hatte ich sie schließlich an der Strippe und gab Wolfe einen Wink. Er griff nach seinem Hörer und klemmte ihn sich ans Ohr.

»Miss McGee? Ich muß Sie so bald wie möglich sprechen. Hier in meinem Büro.«

»Also –« Ihre Stimme klang nicht gerade begeistert. »Ich mache hier um fünf Uhr Schluß. Paßt es Ihnen um sechs?«

»Nein. Es ist wichtig. Es wäre mir lieber, wenn Sie sofort kämen.«

»Könnten Sie mir nicht wenigstens andeutungsweise sagen – nein, vermutlich nicht. Also gut, ich komme.«

»Sofort?«

»Ja. Ich gehe in ein paar Minuten hier weg.«

Wir legten auf. Wolfe lehnte sich zurück und schloß die Augen. Ich klaubte die Zeichnungen zusammen, holte einen Schnellhefter aus dem Schrank, schrieb ›Yeager‹ darauf, verstaute die gesamte Kollektion aus Marias Geheimfach darin und deponierte ihn im Safe. Das Zeug war hochexplosiv. Wenn es in unrechte Hände geriet, würde es uns mit Donnergetöse in die Luft sprengen. Abgesehen davon, konnte es eines Tages bei einem Mordprozeß von ausschlaggebender Bedeutung sein. Als Wolfe die Augen öffnete, brachte ich ihm den Scheck für Fred Durkin über 315 Dollar zur Unterschrift. Wir hatten bisher fünfhundert Piepen in den Fall investiert, vier Klienten aufgegabelt, zwei Dollar als Vorschuß einkassiert und uns die verdammt gute Chance eingehandelt, wegen Irreführung der Justiz im Kittchen zu landen. Um das Maß vollzumachen, läutete auch noch das Telefon, und ich hatte Mrs. Yeager auf dem Hals oder vielmehr im Ohr. Sie wollte mich erstens fragen, wann ich ihr das Apartment in der 82. Straße zeigen würde, und mir zweitens mitteilen, daß die Tochter des dortigen Hausverwalters ermordet worden sei. Mr. Wolfe und ich sollten die Nachforschungen übernehmen, und wenn ich sie jetzt gleich in die 82. Straße brächte, könnte ich bei der Gelegenheit ein paar Ermittlungen anstellen und auf die Art zwei Fliegen mit einer Klappe schlagen. Ich versuchte ihren Redefluß zu bremsen, aber er plätscherte munter weiter. Auf den Gedanken, daß Telefonapparate Nebenanschlüsse haben oder Leitungen angezapft sein könnten, kam sie anscheinend gar nicht. Es war ein Kunststück, sie zum Schweigen zu bringen; aber es gelang mir schließlich, ohne daß ich grob werden mußte.

Dann trudelte Fred ein und vereinnahmte seinen Scheck. Wolfes Instruktionen schluckte er, ohne mit der Wimper zu zucken, während er meine Anordnungen immer mit einem gewissen Mißtrauen aufnimmt. Er bildet sich offenbar ein, daß es mir ein diebisches Vergnügen macht, ihn in die Patsche zu bringen – ein Verdacht, der jeder Grundlage entbehrt und natürlich idiotisch ist. Wolfe hingegen flößt ihm ein nahezu unbegrenztes Zutrauen ein. Wenn Wolfe ihm die Order erteilte, dem Mann im Mond auf den Zahn zu fühlen, würde Fred vermutlich, ohne einen Augenblick zu zögern, das nächste Raumschiff besteigen. Als die Türklingel läutete, begab er sich zu einem gelben Stuhl am Bücherregal, während ich in die Diele sauste und durch die Spionglasscheibe hinauslinste.

Auf der obersten Stufe stand Julia McGee, aber sie war nicht allein. Ich trabte ins Büro und teilte Wolfe mit, daß er sich auf zwei Gäste gefaßt machen müsse. Benedict Aiken habe sich Julia McGee unaufgefordert angeschlossen. Wolfe verzog grimmig das Gesicht, schob die Lippen vor, dachte eine Sekunde lang nach und nickte dann. Ich machte kehrt und öffnete die Tür. Für einen Generaldirektor einer Mammutfirma war Aiken erstaunlich höflich. Er ließ der Exsekretärin seines ehemaligen Direktors den Vortritt. Als die zwei das Büro betraten, stand Wolfe auf und wartete, bis sie Platz genommen hatten, Aiken im roten Ledersessel, Julia McGee auf einem gelben Stuhl dem Schreibtisch gegenüber.

Aiken ergriff sofort die Offensive. »Sie hätten mich benachrichtigen müssen und nicht Miss McGee. Ich kann wohl verlangen, daß Sie mir alle Neuigkeiten umgehend mitteilen, und falls Sie Miss McGee etwas Wichtiges zu sagen haben, möchte ich dabeisein.«

Wolfe betrachtete ihn ungerührt. »Ich habe nichts dagegen. Ihre Anwesenheit kommt mir sogar sehr gelegen. Vermutlich hätte ich Sie im Laufe des Tages ohnehin über die jüngsten Ereignisse informiert. Ihr Kommen enthebt mich dieser Mühe.« Er wandte den Kopf. »Fred?«

Fred stand auf und postierte sich neben Wolfes Schreibtisch. »Sehen Sie sich Miss McGee an.« Fred streifte sie mit einem Blick und nickte. »Sie erkennen sie wieder?«

»Klar. Es wär' ein Wunder, wenn ich sie vergessen hätte. Sie hat mir ja den Denkzettel verpaßt.« Er zeigte auf die Kratzer in seinem Gesicht.

»Das geschah am Dienstagabend. Haben Sie sie schon vorher einmal gesehen?«

»Ja, Sir. Am Sonntagabend, als ich das Haus in der 82. Straße West beobachtete. Ich sah sie ins Haus gehen, und zwar durch die Tür, die ins Souterrain führt.«

»Haben Sie sie auch beim Herauskommen beobachtet?«

»Nein, Sir. Sie hatten mir gesagt, ich sollte mich alle Stunden bei Ihnen melden. Vielleicht hab' ich sie verpaßt, als ich in der Telefonzelle an der Ecke war. Oder sie kann auch erst nach mir weggegangen sein.«

»Haben Sie Archie am Dienstagabend erzählt, daß Sie sie schon einmal gesehen haben?«

»Nein, Sir. Zuerst hatte ich alle Hände voll zu tun, um sie mir vom Leibe zu halten, und da hab' ich in der Aufregung nicht mehr dran gedacht. Und als Archie mit ihr abgezogen war, hab' ich mir die Sache überlegt. Ich war nicht gerade erpicht darauf, als Zeuge bei einem Mordprozeß aussagen zu müssen. Na, Sie wissen ja, wie das ist. Deshalb hab' ich's vorgezogen, meine Beobachtung für mich zu behalten. Aber ich war nicht ganz glücklich dabei. Schließlich hatten Sie mir den Auftrag gegeben und mich dafür bezahlt. Und deshalb kam ich heute früh her und erzählte Ihnen alles.«

»Sind Sie sicher, daß Miss McGee mit der Frau, die am Sonntagabend jenes Haus betrat, identisch ist?«

»Ja, Sir, hundertprozentig. Sonst hätte ich es Ihnen bestimmt nicht gesagt. Ich kann mir ungefähr vorstellen, was mir jetzt blüht.«

»Sie haben meinen Instruktionen zuwidergehandelt und mir eine wichtige Information sechsunddreißig Stunden lang vorenthalten. Das, was Sie getan haben, ist unverzeihlich. Ich werde mich später mit Ihnen befassen. Gehen Sie solange ins Vorderzimmer und warten Sie dort.«

Nachdem Fred das Feld geräumt hatte, sagte Wolfe: »Miss McGee, warum haben Sie Yeager getötet?«

»Antworten Sie ihm nicht.« Aiken beugte sich erregt vor. »Ich habe Sie engagiert, damit Sie sich bis zum äußersten für die Interessen meiner Firma einsetzen. Die Formulierung stammt im übrigen von Ihnen. Wie heißt der Mann?«

»Fred Durkin.«

»Warum ließen Sie ihn das Haus am Sonntagabend beobachten?«

»Im Auftrag eines Klienten.«

»Sie haben zu viele Klienten. Am Dienstagabend erklärten Sie ausdrücklich, Sie hätten keinen.«

»Gewiß. Meine Erklärung bezog sich jedoch nur auf den Mordfall Yeager. Über meine sonstigen Aufträge bin ich Ihnen keine Rechenschaft schuldig, solange ich mich gewissenhaft an unsere Abmachungen halte. Warum haben Sie ihn getötet, Miss McGee?«

Aber Aiken gab nicht nach, vermutlich, weil er nicht daran gewöhnt war, die zweite Geige zu spielen. Er befahl Julia McGee, den Mund zu halten, und überschüttete Wolfe mit weiteren Fragen und Einwänden. »Ich kann nicht zulassen, daß Miss McGee diese Frage beantwortet. Sie ist eine Finte. Selbst wenn Ihr Mitarbeiter sie das Haus am Sonntagabend betreten sah, so beweist das noch lange nicht, daß sie Yeager ermordet hat. Vielleicht war Yeager überhaupt nicht dort. Oder hat Durkin ihn auch ins Haus gehen sehen?«

»Nein, nicht Mr. Durkin, sondern Mr. und Mrs. Perez; der Hausverwalter und seine Frau. Sie haben Mr. Yeager nicht nur gesehen, sie haben mit ihm gesprochen, und ihre Aussage ist absolut glaubwürdig. Im übrigen kann ich Ihnen nur raten, die beiden nicht mit Fragen zu belästigen. Sie haben ihre Tochter verloren, und da Ihnen soviel dran liegt, Yeagers Beziehung zu jenem Haus geheimzuhalten, überlassen Sie die beiden Perez am besten Mr. Goodwin und mir.«

»Wann kam Yeager? Vor oder nach Miss McGee?«

»Er traf vor ihr ein. Gegen sieben Uhr. Ich habe viel Geduld, Mr. Aiken; aber ich muß Sie bitten, sie nicht über Gebühr zu strapazieren.«

»Die Schuld liegt bei Ihnen. Sie hätten mich auf dem laufenden halten müssen. Dieser Durkin hat Miss McGee angeblich beim Betreten des Hauses beobachtet; aber er hat sie nicht weggehen sehen. Wollen Sie ihr daraus etwa einen Strick drehen und sie auf Grund dieser höchst zweifelhaften Aussage des Mordes an Yeager bezichtigen?«

»Nein. Ich konfrontiere sie lediglich mit einer Tatsache, das ist alles.« Wolfe schüttelte mißbilligend den Kopf. »Sie mischen sich in Dinge, von denen Sie nichts verstehen, Mr. Aiken. Wir waren uns am Dienstagabend darüber klargeworden, daß es nur ein Mittel gibt, um Ihre Firma vor einem unvermeidlichen Skandal zu schützen. Es besteht darin, zu einer annehmbaren Lösung des Falles zu gelangen, ohne das Geheimnis jenes Apartments preiszugeben. Schön. Wie ich mich dieser Aufgabe entledige, hängt ganz allein von meinem Ermessen ab. Ich denke nicht daran, mich auf ein Abenteuer einzulassen. Die Voraussetzung für jede ernsthafte Arbeit ist eine genaue und lückenlose Kenntnis der Zusammenhänge. Yeager hat jenen Raum nachweislich gegen sieben Uhr betreten, und man kann mit einiger Berechtigung annehmen, daß er sich noch darin befand, als Miss McGee eintraf. Sie bezeichneten meine Frage soeben als Finte. Gewiß ist es eine, und zwar eine uralte. Schon die Griechen haben sich ihrer vor mehr als zweitausend Jahren bedient, und andere Völker vor ihnen kannten diese Methode ebenfalls. Da sie Ihnen nicht zusagt, werde ich die Frage zurückziehen und es mit einer anderen probieren.« Er wandte den Kopf. »Miss McGee, befand sich Mr. Yeager am Sonntagabend in jenem Raum?«

Sie hob ihre Augen vom Teppich und sah Aiken fragend an.

»Also gut, antworten Sie«, sagte er.

Sie konzentrierte sich auf Wolfe. »Ja, er war da. Das heißt, seine Leiche. Er war tot.«

»Wo lag er?«

»Auf dem Fußboden. Auf dem Teppich.«

»Haben Sie ihn angefaßt oder bewegt?«

»Ich hab' nur sein Haar berührt, an der Stelle, wo der Einschuß war. Er lag auf der Seite, mit angezogenen Beinen und offenem Mund.«

»Und was haben Sie sonst noch unternommen?«

»Nichts. Ich setzte mich für ein paar Minuten hin und ging dann wieder weg.«

»Um welche Zeit?«

»Genau weiß ich das nicht mehr. Es muß gegen halb zehn gewesen sein. Um Viertel nach neun kam ich dort an.«

»Waren Sie um Viertel nach neun mit Yeager verabredet?«

»Nein, um neun. Aber ich hatte mich um eine Viertelstunde verspätet.«

»Und er hatte Sie zum Diktat dort hinbestellt?«

»Ja.«

»Am Sonntagabend um neun Uhr?«

»Ja.«

Wolfe grunzte. »Ich habe nicht die Absicht, mich mit Ihnen herumzustreiten, Miss McGee. Solange Sie sich in allen wesentlichen Punkten an die Wahrheit halten, interessieren mich Ihre Notlügen nicht. Deutete irgend etwas in dem Raum auf einen Kampf hin?«

»Nein.«

»Sahen Sie eine Waffe?«

»Nein.«

»Haben Sie etwas an sich genommen, bevor Sie weggingen?«

»Nein.«

»Haben Sie jemals einen Revolver besessen?«

»Nein.«

»Oder sich geliehen?«

»Nein.«

»Haben Sie jemals eine Schußwaffe abgefeuert?«

»Nein.«

»Wohin gingen Sie von der 82. Straße aus?«

»In meine Wohnung in der Arbor Street.«

»Haben Sie mit jemandem über Ihre Entdeckung gesprochen?«

»Nein, natürlich nicht.«

»Auch nicht mit Mr. Aiken?«

»Nein.«

»Dann hatte er also keine Ahnung davon, daß Sie am Sonntagabend dort waren?«

»Nein. Kein Mensch wußte etwas davon.«

»Wissen Sie, was man unter einer hypothetischen Frage versteht?«

»Sicher.«

»Schön, dann will ich Ihnen jetzt eine vorlegen. Sie sagten am Dienstagabend, Sie hätten sich der Firma stärker verpflichtet gefühlt als Mr. Yeager. Offenbar leiteten Sie daraus für sich die Berechtigung ab, ihn zu verraten. Angenommen –«

»Ich habe ihn nicht verraten. Ich fand nur, daß Mr. Aiken gewisse Dinge erfahren mußte.«

»Yeager verließ sich ganz offensichtlich darauf, daß Sie sein Geheimnis für sich behalten würden, sonst hätte er Sie wohl kaum ins Vertrauen gezogen. Und jetzt zu meiner hypothetischen Frage. Angenommen, Ihr Besuch am Sonntagabend erfolgte nicht aus beruflichen, sondern aus rein privaten Gründen, die in engem Zusammenhang mit der Funktion jenes Etablissements standen; darf man daraus schließen, daß sich ein erneuter Gesinnungsumschwung in Ihnen vollzogen hatte? Hatten Sie eingesehen, daß Sie in erster Linie Mr. Yeager verpflichtet waren und nicht der Firma und Mr. Aiken?«

Sie betrachtete ihn mit steinerner Miene. »Ich weiß gar nicht, was Sie wollen. Mit meiner Gesinnung hatte das doch nichts zu tun. Yeager bestellte mich zum Diktat dorthin, und da ging ich eben.« Sie war so verdammt gut, daß sie mich vermutlich überzeugt hätte, wenn ich die Liebeslaube nicht mit eigenen Augen gesehen hätte. Sie fügte verächtlich hinzu: »Und was Ihre Frage von vorhin betrifft, ob ich ihn getötet habe, da kann ich nur sagen: Warum hätte ich das tun sollen? Glauben Sie etwa, ich nehme zu geschäftlichen Verabredungen einen Revolver mit, um meinen Chef damit zu erschießen?«

Wolfe hob die Schultern um den Bruchteil eines Zentimeters und senkte sie wieder. »Ich glaube gar nichts. Na schön, Miss McGee, dann wollen wir es dabei belassen. Ich hatte ohnehin nicht damit gerechnet, daß ich etwas Nennenswertes von Ihnen erfahren würde, bis auf die Dinge, die ich Ihnen nachweisen konnte. Sie fanden ihn also bei Ihrer Ankunft tot auf und gingen wieder.« Er lehnte sich zurück, schloß die Augen und schob die Lippen vor und zurück, vor und zurück – anscheinend war bei ihm der Groschen gefallen, oder er hatte wenigstens einen Anhaltspunkt entdeckt.

»Ich muß Miss McGee auch ein paar Fragen stellen, aber das hat Zeit bis später«, bemerkte Aiken. »Ihre Entdeckung, daß Yeager in jenem Raum getötet worden ist, hat die ganze Sache für meine Begriffe nur kompliziert. Ich glaube nicht, daß sie ihn ermordet hat oder daß Sie sie ernstlich verdächtigen. Was haben Sie nun vor?«

Keine Antwort. »Er hat Sie nicht gehört«, erklärte ich. »Wenn er seine Lippen auf diese Art bewegt, ist er taub. Für ihn sind wir im Moment nicht vorhanden.«

Aiken starrte ihn an und wandte sich dann Miss McGee zu.

Nach einer Minute öffnete Wolfe die Augen und richtete sich auf. »Miss McGee. Geben Sie mir Ihre Schlüssel. Ich meine die Schlüssel zur Haustür und zum Lift.«

»Haben Sie gehört, was ich eben sagte?« erkundigte sich Aiken.

»Nein. Die Schlüssel, Miss McGee. Sie haben ohnehin keine Verwendung mehr.«

»Ich sagte, Sie haben die Sache unnötig kompliziert!« Aiken schlug mit der Faust auf die Armlehne seines Sessels. »Schön, sie fand Yeagers Leiche in jenem Raum. Aber sie hat ihn nicht getötet! Sie hatte keinen Grund dazu. Was, zum Henker, nützt uns schon der Beweis, daß Yeager in jenem Haus ermordet worden ist! Ist das der Schutz, den Sie den Interessen meiner Firma angedeihen lassen?«

Wolfe beachtete ihn nicht. »Die Schlüssel, Miss McGee. Sie haben ohnehin keine Verwendung mehr für sie.«

Sie öffnete ihre Handtasche und kramte einen Schlüsselring hervor. Ich nahm ihn, sah mir die beiden Schlüssel an und reichte sie Wolfe. Er verstaute sie in einer Schublade und fuhr unvermittelt auf Aiken los. »Wie, zum Kuckuck, haben Sie es überhaupt jemals zum Leiter einer so großen und erfolgreichen Firma gebracht?« Aiken glotzte ihn sprachlos an. »Sie halten große Reden und ergehen sich in völlig sinnlosen, aus der Luft gegriffenen Vorwürfen und Einwänden. Wenn Sie das in Ihrem Betrieb genauso machen, kann ich Ihre Angestellten nur bedauern. Ich habe Ihnen mehr als einmal gesagt, daß jedes Detail in diesem Fall von Bedeutung ist und daß ich es mir nicht leisten kann, auch nur den kleinsten Fingerzeig außer acht zu lassen. Ich hatte Grund zu dem Verdacht, daß Miss McGee am Sonntagabend in der 82. Straße war. Um sie zum Reden zu bringen, habe ich ihr eine Falle gestellt, und der Erfolg hat mir recht gegeben. Ich hatte am Sonntagabend weder einen Klienten, noch war Mr. Durkin vor jenem Haus postiert. Niemand hat Miss McGee beim Betreten des Hauses beobachtet. Nun jedoch, wo ich –«

»Sie heimtückischer Schuft!« Aiken sprang wütend auf. »Wo ist der Vertrag, den ich unterschrieben habe? Ich will ihn zurück haben!«

»Unsinn.« Wolfe machte sich nicht einmal die Mühe, zu Aiken

aufzublicken. Warum sollte er unnötig seine Energie verschwenden? »Setzen Sie sich. Sie haben mich engagiert; aber Sie können mich nicht entlassen. Sie können auch die Untersuchung nicht einfach abblasen, weil Ihnen die eine oder andere Tatsache gegen den Strich geht. Ich habe die Absicht, mich an unsere Abmachungen zu halten, obwohl ich Kopf und Kragen dabei riskiere. Wenn ich auch nur im geringsten auf meine persönliche Sicherheit bedacht wäre, hätte ich jetzt bereits den Hörer am Ohr und spräche mit Mr. Cramer von der Mordkommission. Ich habe so ziemlich alle Sünden auf dem Gewissen, die ein Privatdetektiv bei Ausübung seines Berufes begehen kann. Und was riskieren Sie? Doch nur den Ruf Ihrer verdammten Firma. Pfui! Setzen Sie sich und sagen Sie mir, wo Sie sich gestern abend von neun Uhr bis Mitternacht aufgehalten haben.«

Aiken blieb stehen und starrte ihn finster an. Sein Unterkiefer mahlte, und ein Muskel an seinem Hals zuckte. »Das geht Sie einen Dreck an, verdammt noch mal! Ich warne Sie, Wolfe! Sie treiben ein gefährliches Spiel! Ihre Behauptung, daß Durkin am Sonntagabend jenes Haus nicht beobachtete, ist eine Lüge. Woher hätten Sie sonst gewußt, daß Miss McGee dort war? Sie wollten mir niemals sagen, wieso Sie über Yeager und jenen Raum im Bilde waren. Und Sie besaßen Schlüssel zu dem Raum. Auch das läßt tief blicken. Vielleicht war es sogar Ihr Mitarbeiter, dieser Durkin, der Yeagers Leiche fand und in den Kabelschacht beförderte. Ich könnte darauf schwören, daß es sich so verhielt. Und jetzt versuchen Sie mich und meine Firma zu erpressen! Denn darauf läuft das Ganze doch schließlich hinaus! Na schön, Wolfe, Sie haben immer noch das Heft in der Hand, aber ich warne Sie! Erpressung kann verdammt ins Auge gehen!«

»Danke«, erwiderte Wolfe höflich und wandte den Kopf. »Miss McGee. Wo befanden Sie sich gestern abend von neun Uhr bis Mitternacht?«

»Antworten Sie ihm nicht!« sagte Aiken diktatorisch. »Wir gehen. Los, kommen Sie!«

Sie sah zu ihm auf, dann zu Wolfe hinüber und wieder auf Aiken. »Aber Mr. Aiken, ich muß diese Frage beantworten! Ich sagte Ihnen schon bei der Herfahrt, daß es sich wahrscheinlich um dieses Mädchen – um diese Maria Perez handelt. Deshalb möchte er auch wissen, wo ich gestern abend war.« Sie blickte Wolfe offen an. »Ich habe das Mädchen nie gesehen und auch nie von ihr gehört bis heute früh, als ich die Nachricht von ihrem Tod in der Zeitung las. Ich habe weder sie noch Mr. Yeager ermordet. Gestern abend war ich bei Freunden zum Dinner eingeladen und blieb bis Mitternacht bei ihnen. Es waren noch andere Gäste da. Sie heißen Quinn und wohnen 11. Straße West, Nummer 98. – Ich mußte ihm das sagen, Mr. Aiken. Es ist für mich schon schlimm genug, auch ohne . . . Ich kannte das Mädchen überhaupt nicht.«

»Was hat das Mädchen mit alledem zu tun?« erkundigte sich Aiken schroff.

Wolfe schüttelte den Kopf. »Wozu belästigen Sie mich mit Fragen, wenn Sie mich für einen Lügner halten?«

In diesem Ton endete die Unterredung. Es war nicht das erstemal und dürfte auch kaum das letztemal gewesen sein, daß ein Klient grußlos und wutschnaubend in die Diele stürmte. Aber ich habe selten einen so verstimmten, eingeschnappten Menschen erlebt wie Aiken. Als ich ihm seinen Homburg reichte, riß er ihn mir förmlich aus der Hand, und als ich den beiden die Tür aufhielt, vergaß er seine gute Kinderstube so sehr, daß er sich an Julia McGee vorbeidrängte und ihr dabei auf die Füße trat. Die Sekretärin konnte sich auf eine böse halbe Stunde gefaßt machen. Ich kehrte ins Büro zurück und sagte: »Ein Segen, daß Generaldirektoren keine Firmenschecks unterschreiben. Falls der Bursche jemals einen Scheck für Sie unterzeichnen müßte, würde ihn vor Wut der Schlag treffen. Ich sagte ausdrücklich, falls.«

Er grunzte. »Ihre Anspielungen können Sie sich sparen. Ich weiß selbst, wie prekär unsere Lage ist. Wir waren einer Katastrophe noch niemals so nahe.«

»Ja, Sir.«

»Wir müssen den Mörder entlarven und festnageln, bevor Mr. Cramer das ominöse Apartment aufspürt.«

»Ja, Sir.«

»Werden Mr. und Mrs. Perez den Mund halten?«

»Ja, Sir.«

»Sagen Sie Fritz, er soll für Fred noch ein Gedeck auflegen. Und rufen Sie Saul und Orrie an. Ich erwarte die beiden um halb drei hier im Büro. Wenn sie anderweitig beschäftigt sind, möchte ich mit ihnen am Telefon sprechen. Ich muß die beiden heute nachmittag haben.«

»Ja, Sir.« Ich setzte mich in Bewegung.

»Warten Sie. Dieses Frauenzimmer – diese Meg Duncan war gestern abend vermutlich im Theater?«

»Vermutlich. Das kann ich herauskriegen.«

»Wie lange dauert die Vorstellung?«

»Sie ist ungefähr zehn Minuten vor elf zu Ende. Danach muß Sie sich abschminken und umziehen. Falls Meg Duncan um halb zwölf mit Maria Perez verabredet war, brauchte sie sich nicht abzuhetzen. Sie hätte es leicht schaffen können. Wieso? Habe ich etwas übersehen?«

»Nein. Wir müssen nur alle Möglichkeiten in Betracht ziehen. Instruktionen erfolgen, sobald Sie Paul und Orrie benachrichtigt haben.«

Ich verschwand in die Küche, um Fritz darauf vorzubereiten, daß wir zum Lunch zu dritt sein würden.

13

Mit seiner großen Nase, seinen tiefliegenden kleinen Augen, dem struppigen Haar und seinem ausdruckslosen Pokergesicht wirkt Saul Panzer auf den ersten Blick harmlos und unscheinbar. Aber der Schein trügt. Hunderte von Leuten sind auf die schlichte Fassade hereingefallen und haben ihren Leichtsinn später bitter bereut. Ein guter Spürhund muß sich auf eine Unzahl von Kniffen verstehen und jeder Lage gewachsen sein. Saul schießt in dieser Hinsicht den Vogel ab. Er ist in den meisten Dingen genauso gut wie ich und in manchen besser und unbedingt das As unseres Mitarbeitertrios. Orrie Cather ist genauso hübsch, wie er meint, doch lange nicht so schlau, wie er sich das einbildet. Dabei ist sein Köpfchen ganz in Ordnung. Aber er ist zu verliebt in seine schöne Außenseite und vernachlässigt darüber seinen Grips. Gelegentlich hat er seine lichten Momente, und dann ist er fast so gut wie Saul. Fred Durkin, den Sie schon kennen, saß neben Orrie.

Nach dem Lunch kehrten Wolfe, Fred und ich ins Büro zurück, wo der Rest unseres Hilfstrupps bereits auf Instruktionen wartete. Während der Mahlzeit hatte ich mir das Hirn zermartert, um herauszubekommen, wie Wolfe die drei einzusetzen gedachte. Ich war nämlich mittlerweile auf dem Punkt angelangt, wo mich die Honorarfrage nur noch am Rande interessierte. Hauptsache, wir konnten uns aus der Klemme ziehen, ohne allzu viele Haare zu lassen. Obwohl ich die Geschicklichkeit und Erfahrung unserer drei Mitstreiter durchaus zu schätzen wußte, war mir nicht recht klar, welche Kastanien sie für uns aus dem Feuer holen sollten. Soviel ich sehen konnte, hatten wir nicht einen einzigen brauchbaren Anhaltspunkt. Deshalb wollte ich bei der Beratung dabeisein. Aber als ich mich zu meinem Stuhl begab und ihn herumschwenkte, sagte Wolfe: »Wir brauchen Sie nicht, Archie. Sie haben Ihre Instruktionen bereits erhalten.«

Ich setzte mich trotzdem. »Vielleicht kann ich das eine oder andere Detail beisteuern.«

»Nein. Sie machen sich am besten sofort auf den Weg.«

Ich stand auf und verschwand wortlos, obwohl mir einige Bemerkungen auf der Zunge lagen. Schließlich hatte ich wohl ein Recht darauf, zu erfahren, ob ich heute nacht im eigenen Bett schlafen würde oder mit einer Unterkunft auf Staatskosten rechnen durfte. Aber Widerreden erlaube ich mir nur, wenn wir allein sind. Außerdem brauchten Saul, Fred und Orrie nicht zu wissen, wie brenzlig unsere Lage war.

Ich ging zu einem Stelldichein mit einer Schauspielerin. Wir hatten uns telefonisch verabredet, und sie erwartete mich zwischen drei und vier Uhr. Fünf Minuten nach drei betrat ich die Halle des Balfour-Gebäudes auf der Madison Avenue im sechziger Block, nannte dem Portier meinen Namen und sagte, Miss Duncan wüßte Bescheid. Er betrachtete mich zwinkernd und fragte: »Wie geht's Ihrem fetten Boss?« Ich antwortete: »Drehen Sie sich um. Ich hab' kein gutes Gedächtnis für Gesichter; aber die Rückenpartien merk' ich mir.« Er schüttelte den Kopf. »Das nützt Ihnen bei mir auch nichts. Ich hab' Sie ein paarmal im ›Churchill‹ gesehen. Ich ging dort immer zum Tanzen hin. Hat Miss Duncan was verloren?«

»Mr. Wolfe geht's gut, danke. Miss Duncan kann ihren vergoldeten Schlagring nicht finden und bildet sich ein, Sie hätten ihn geklaut.«

Er grinste. »Freut mich, daß ich Sie wieder mal getroffen habe nach so langer Zeit. Auf dem Rückweg können Sie sich das Ding bei mir abholen. Zwölfte Etage. Zwölf D.«

Ich steuerte auf den Lift zu und fuhr nach oben. Das Apartment mit der Nummer zwölf D befand sich am Ende des Korridors. Ich klingelte. Eine halbe Minute später ging die Tür einen Spalt breit auf, und eine Stimme erkundigte sich, wer da sei. Ich nannte meinen Namen, die Tür öffnete sich, und ein weiblicher Gardist mit einem bärbeißigen Gesicht und ausladenden Kinnbacken musterte mich unfreundlich. »Miss Duncan hat starke Kopfschmerzen«, erklärte sie mit einer Stimme, die zu dem Kinn und dem Blick paßte. »Können Sie mir nicht sagen, was ...«

»Mike!« rief eine Stimme. »Ist das Mr. Goodwin?«

»Ja! Er behauptet es wenigstens!«

»Dann schick ihn 'rein!«

Wenn man am hellichten Nachmittag aus rein geschäftlichen Gründen mit einer jungen Frau verabredet ist und in ein Zimmer geführt wird, dessen Jalousien heruntergelassen sind, wundert man sich natürlich. Die Verwunderung verwandelt sich in leichte Befangenheit, wenn man die fragliche junge Frau nur mit einem dünnen Nachthemd bekleidet im Bett entdeckt und sie mit einem verschmitzten Lächeln und einer einladenden Handbewegung erklärt: »Ich hab' gar keine Kopfschmerzen. Kommen Sie her und setzen Sie sich.«

Neben dem Bett stand ein Stuhl. Ich drehte ihn herum und setzte mich. Sie klopfte noch einmal auf die Bettkante; aber ich ignorierte ihre Aufforderung. Das Lächeln verschwand, und sie erkundigte sich in kurz angebundenem Ton, ob ich ihr das Zigarettenetui mitgebracht hätte.

»Nein. Aber es liegt immer noch in unserem Safe, und das ist doch die Hauptsache. Mr. Wolfe schickt mich, damit ich Ihnen eine Frage stelle. Wo waren Sie gestern abend zwischen neun Uhr und Mitternacht?«

Falls Anstand und gute Sitten Sie nicht daran gehindert hätten, wäre sie vermutlich wieder mit ihren Krallen über mich hergefallen. Ihre Augen funkelten bedrohlich, und ihre Gemütserregung war echt und rein persönlicher Natur. »Was, zum Kuckuck, sind Sie eigentlich? Ein Fisch? Ich wollte, ich hätte Ihnen neulich die Augen ausgekratzt!«

»Ich weiß. Das haben Sie mir schon mal gesagt. Vergessen Sie's. Sie haben mir meine Frage noch nicht beantwortet. Falls Sie heute vormittag einen Blick in die Zeitung geworfen haben, dürfte Ihnen nicht entgangen sein, daß ein Mädchen namens Maria Perez gestern abend ermordet worden ist.«

Sie nickte.

»Und daß es in der 82. Straße West, Nummer 156 wohnte.«

Sie nickte wieder.

»Okay. Wo waren Sie also in der fraglichen Zeit?«

»Das wissen Sie doch. Im Theater. Auf der Bühne.«

»Stimmt, bis zehn vor elf. Und danach?«

Sie lächelte. »Ich verstehe gar nicht, warum mir das von dem Augenauskratzen so herausgefahren ist. Das heißt – ein bißchen verstehe ich es doch. Zuerst drücken Sie mich so fest an sich, daß mir sämtliche Knochen im Leibe weh tun, und dann behandeln Sie mich so gefühllos, als wären Sie aus Stein.«

»Vorhin verglichen Sie mich mit einem Fisch und jetzt mit einem Stein. Tatsächlich bin ich keins von beiden. Ich bin nur ein Detektiv bei der Arbeit. Übrigens hab' ich Ihnen das auch schon mal gesagt. Wohin gingen Sie vom Theater aus?«

»Nach Hause und ins Bett.« Sie klopfte auf die Bettdecke. Brooks Atkinson, der Theaterkritiker, der *Times*, hatte Meg Duncans ausdrucksvolle Gesten sehr gelobt. »Für gewöhnlich gehe ich noch irgendwo was essen, aber gestern abend war ich zu müde.«

»Haben Sie Maria Perez jemals gesehen oder mit ihr gesprochen?«

»Nein.«

Ich nickte. »Die Antwort mußte ja kommen. Aber geben Sie sich keinen falschen Hoffnungen hin. Wenn Sie schwindeln, kann man Ihnen das nachweisen, und dann fliegen Sie 'rein. Ich will Ihnen sagen, wie die Dinge im Moment liegen. Bisher hat die Polizei den bewußten Raum nicht aufgespürt, und sie weiß auch nichts von Yeagers Beziehungen zu dem Haus. Mr. Wolfe hofft, daß sich daran nichts ändert. Warum er so erpicht darauf ist, kann Ihnen egal sein. Nicht egal dürfte Ihnen jedoch sein, daß ihm ebensowenig daran liegt wie Ihnen, die Sache an die große Glocke zu hängen. Weiter. Mr. Wolfe glaubt, daß Yeagers Mörder auch Maria Perez auf dem Gewissen hat, und der Meinung bin ich auch. Er möchte den Mörder natürlich erwischen und den Fall klären, aber er will das Ganze so deichseln, daß das Haus und das Apartment dabei gar nicht erwähnt werden. Wenn ihm das gelingt, brauchen Sie weder als Zeugin vor Gericht zu erscheinen noch irgendwelchen Stunk in den Zeitungen zu befürchten. Ihr Ruf und Ihre Karriere wären gerettet. Dafür erwarten wir aber ein paar nützliche Hinweise von Ihnen – und keine Lügen, sondern die Wahrheit.«

Ich stand auf, hockte mich auf die Bettkante und grinste sie an. »Meine Fragen nach Ihrem Alibi für gestern abend war nur Konversation. Wir haben weder die Zeit noch die Leute, um einen Haufen Alibis nachzuprüfen. Die meisten Alibis taugen sowieso nicht viel. Das trifft auch für das Ihre zu. Es würde auch dann nichts taugen, wenn Sie gesagt hätten, Sie wären mit Freunden bei ›Sardi‹ gewesen. Freunde können lügen und Kellner auch. Ihr Alibi für Sonntagnacht ist vermutlich nicht viel besser.«

»Sonntagnacht war ich in einer Benefizvorstellung im ›Majestic‹.«

»Ich bezweifle, daß Sie mir dafür einen lückenlosen Nachweis erbringen könnten, falls ich begründeten Anlaß zu dem Verdacht hätte, daß Sie Yeager umgebracht haben. Das soll jedoch nicht heißen, daß ich Sie für ein Unschuldslamm halte. Sie behaupten, Sie hätten Maria Perez niemals gesehen oder gesprochen. Heute nacht alarmierte mich Marias Mutter. Ich sauste in die 82. Straße, nahm Marias Zimmer unter die Lupe und entdeckte in einer Schublade eine recht aufschlußreiche Sammlung von Gegenständen, unter anderem drei Fotos von Ihnen und mehrere Fünfdollarnoten. Ich bin Ihnen gegenüber sehr offen gewesen, Miss Duncan. Ich habe Ihnen gesagt, daß Mr. Wolfe den Fall abschließen möchte, bevor die Polizei Lunte riecht. Von uns wird sie weder etwas über den Raum noch über Yeagers diverse Besucherinnen erfahren. Sollte sie jedoch von anderer Seite einen Wink bekommen, dann sehe ich schwarz für Sie. Von dem Zigarettenetui will ich gar nicht reden. Aber was passiert, wenn man Ihre Fingerabdrücke auf den Geldscheinen findet?«

Es war ein reiner Zufallstreffer. Ich könnte jetzt natürlich behaupten, ich hätte es von Anfang an gewußt und nur den richtigen Zeitpunkt für mein Überrumpelungsmanöver abgewartet. Das wäre jedoch, milde ausgedrückt, eine grobe Übertreibung. Tatsache ist, daß ich meine Zunge einfach laufen ließ und unwahrscheinliches Glück hatte.

Meg Duncan packte mich am Knie und rief: »Mein Gott, das Geld! Daran hab' ich nicht mehr gedacht! Sind Fingerabdrücke dran?«

»Sicher.«

»Wo ist es?«

»Im Safe in Mr. Wolfes Büro. Zusammen mit den Fotos.«

»Ich gab ihr nur eins. Wie viele haben Sie gefunden?«

»Drei. Die beiden anderen stammen aus Illustrierten. Wann haben Sie es ihr gegeben?«

»Ich – ich weiß nicht mehr.«

»Natürlich wissen Sie's«, sagte ich ungeduldig. »Ich hab' keine Lust, Ihnen jedes Wort einzeln aus der Nase zu ziehen. Also wann?« Ich hatte mich im Eifer des Gefechts vorgebeugt, und Meg Duncan machte sich diese günstige Chance prompt zunutze. Sie richtete sich blitzschnell auf, warf beide Arme um meinen Hals, ließ sich zurückfallen und zerrte mich mit. Ich landete halb erdrosselt und röchelnd mit der Nase auf dem Kopfkissen.

Ich bin kein Kostverächter; aber ich lasse mich nicht gern überrumpeln. Außerdem war das Ablenkungsmanöver ein bißchen gar zu plump. Der Dame ging es nur um ein Zigarettenetui, drei Fotos und ein paar Fünfdollarnoten. Wenn sie sich einbildete, sie könnte mir den Plunder auf diese Art abluchsen, befand sie sich auf dem

Holzwege. Ich schnappte mir zwei Zipfel des Kopfkissens, preßte sie ihr aufs Gesicht und schnitt ihr allmählich die Luftzufuhr ab. Ein paar Sekunden lang setzte sie sich heftig zur Wehr und schlug mit den Armen um sich, dann wurde sie plötzlich ganz zahm und rührte sich nicht mehr. Ich richtete mich vorsichtig auf, ließ das Kissen los und trat zurück.

»Wann haben Sie ihr das Foto gegeben?«

Sie holte keuchend Luft und starrte mich böse an. Sobald sie wieder einigermaßen bei Puste war, fauchte sie: »Verdammter Kerl! Sie haben mich überfallen!«

Ich grinste. »Sie machen mir allmählich Spaß. Wem wollen Sie eigentlich mit Ihrer Pose selbstgerechter Entrüstung imponieren? Wir zwei wissen doch, wie es sich in Wirklichkeit verhielt. Oder erwarten Sie etwa eine Entschuldigung von mir?« Ich setzte mich auf den Stuhl. »Hören Sie mit dem Theater auf. So was zieht bei mir nicht. Machen Sie sich lieber ein bißchen nützlich und rücken Sie mit dem heraus, was Sie wissen. Wir haben keine Zeit zu verlieren. Vielleicht können wir nicht mal mehr mit den nächsten vierundzwanzig Stunden rechnen. Also, wie war das mit dem Foto und den Fünfdollarnoten?«

Sie zog die Decke bis ans Kinn. »Sie hätten mich beinahe erdrosselt«, sagte sie vorwurfsvoll.

»Wann haben Sie ihr das Foto gegeben?«

»Vor sehr langer Zeit. Es muß fast ein Jahr her sein. Während einer Samstagsmatinee schickte sie mir ein Briefchen in die Garderobe, in dem stand, sie hätte mich bei sich zu Hause gesehen und würde gern drei Freikarten haben, für sich selbst und zwei Freundinnen. Sie hatte außer ihrem Namen die Adresse angegeben. Die Adresse machte mich natürlich neugierig. Ich ließ sie 'reinholen. Sie war einfach ein – ein Wunder. Ein so schönes Mädchen hatte ich noch nie gesehen. Ich fragte mich, ob sie jemals in – ob sie . . .«

Ich nickte. »Ob sie jemals zu Yeagers Gästen gehört hatte. Das glaube ich nicht.«

»Nachdem ich mit ihr gesprochen hatte, glaubte ich es auch nicht mehr. Sie erzählte mir, sie hätte mich zweimal im Flur gesehen und mich auf Zeitungsfotos wiedererkannt. Aber sie hätte zu keinem Menschen darüber gesprochen und würde es auch niemals tun. Ich gab ihr die drei Karten. Das war im Juni. Dann kamen die Theaterferien. Im August suchte sie mich wieder auf. Sie war inzwischen noch schöner geworden, einfach atemberaubend. Sie verlangte wieder drei Freikarten und sagte dann, sie hätte es sich überlegt, und sie müßte von nun an Schweigegeld von mir bekommen. Genauso drückte sie sich aus – Schweigegeld. Und zwar fünf Dollar monatlich. Ich sollte ihr das Geld an jedem Monatsersten schicken, und zwar postlagernd auf ein Postamt in der 82. Straße West. Haben Sie sie jemals gesehen?«

»Ja.«

»Überrascht Sie das dann nicht?«

»Ich wundere mich schon seit Jahren über gar nichts mehr. In meinem Beruf gewöhnt man sich das sehr schnell ab.«

»Na, ich war überrascht. Ein so schönes und stolzes Mädchen wie sie! Und ich nahm natürlich an, daß das nur der Anfang wäre. Die ganze Zeit über hab' ich erwartet, daß sie wiederkommen und mir sagen würde, fünf Dollar im Monat wären nicht genug. Aber ich hörte nichts mehr von ihr.«

»Haben Sie sie niemals wiedergesehen?«

»Nein. Aber sie hat mich gesehen. Sie hatte mir erzählt, was sie machte. Sobald sie jemanden an der Haustür hörte, knipste sie in ihrem Zimmer das Licht aus, öffnete die Tür einen Spalt breit und spähte hinaus. Von da an paßte ich immer genau auf, wenn ich durch den Flur ging, und die Tür stand immer ein bißchen offen. Es war irgendwie ein seltsames Gefühl, so im Halbdunkel von jemandem beobachtet zu werden, den man selbst nicht sah.« Sie klopfte aufs Bett. »Setzen Sie sich doch hierher.«

Ich stand auf. »Nein, meine Gnädigste. Man soll das Schicksal nicht herausfordern. Außerdem muß ich heute noch einiges erledigen. Wieviel Fünfdollarnoten haben Sie ihr geschickt?«

»Ich hab' sie nicht gezählt. Sie kam im August. Folglich schickte ich ihr die erste im September und von da an jeden Monat.«

»Einschließlich Mai?«

»Ja.«

»Also insgesamt neun. Stimmt genau. Sie liegen in Mr. Wolfes Safe. Ich hatte sie Mrs. Perez versprochen; aber Sie haben ein größeres Anrecht darauf. Schönen Dank für die Auskünfte. Ich mach' mich jetzt lieber auf die Socken. Ihr Negligé ist zu verführerisch.«

Als ich im Foyer anlangte, erschien Mike, der weibliche Gardist, auf der Bildfläche, ließ mich jedoch die Tür selber aufmachen. Unten im Vestibül legte ich einen kurzen Halt ein und sagte zum Portier: »Sie können sich beruhigen. Wir haben den Schlagring in ihrer Schmuckkassette gefunden. Das Mädchen hatte ihn für einen Ohrring gehalten.« Türhüter sind wichtige Leute. Es zahlt sich immer aus, wenn man mit ihnen auf gutem Fuß steht. Vor dem Haus sah ich auf meine Armbanduhr. Zehn Minuten vor vier. Wolfe befand sich noch im Büro. Einen Block weiter unten entdeckte ich eine Telefonzelle.

Wie immer meldete er sich mit einem lakonischen »Ja?«. Schon ein schlichtes ›Hallo‹ ist ihm offenbar zu mühsam.

»Archie. Ich spreche von einer Zelle auf der Madison Avenue. Die Moneten gehören Meg Duncan. Maria Perez erspähte sie vor einem Jahr im Flur des bewußten Hauses, suchte sie auf und verlangte Schweigegeld, und zwar die horrende Summe von fünf Dollar im Monat. Meg Duncan war gestern abend im Theater und ging nach der Vorstellung gleich nach Hause und ins Bett. Ihre Angaben stimmen vermutlich; sagen wir, zwanzig zu eins. Von hier aus sind es nur acht Minuten bis zum Wohnsitz der Familie Yeager. Soll ich dort zuerst hingehen?«

»Nein. Mrs. Yeager rief hier an, und ich sagte ihr, Sie würden zwischen fünf und sechs bei ihr sein. Sie möchte das Apartment besichtigen. Ihr Problem.«

»Ach, du liebe Güte. Das hat mir noch gefehlt! Saul, Fred und Orrie brauchen keine Hilfe?«

»Nein. Machen Sie weiter.« Er legte auf.

Während ich am Rinnstein stand und nach einem Taxi Ausschau hielt, dachte ich an Maria Perez.

14

Ich hatte mich bei Mr. und Mrs. Austin Hough nicht angemeldet – erstens, weil ich nicht wußte, wie lange meine Unterredung mit Meg Duncan dauern würde, und zweitens, weil ich nur mit einem der beiden Ehepartner sprechen wollte, egal, mit welchem; denn ich war nicht darauf erpicht, in eine eheliche Auseinandersetzung verwickelt zu werden. Ich ging zur Eden Street, klingelte im Vestibül der Nummer 64 und wartete. Nach einer halben Minute ertönte der Summer. Ich stieß die Tür auf und sauste die zwei Treppen hinauf. Hough stand auf dem Treppenabsatz und trat einen Schritt zurück, als er mich erblickte. »Sie! Schon wieder?« sagte er mißvergnügt.

»Jawohl, ich schon wieder«, antwortete ich höflich. »Haben Sie Ihre Frau inzwischen aufgestöbert?«

»Was wollen Sie?« erkundigte er sich.

»Nichts Besonderes. Ich hab' nur ein paar Fragen. Die jüngsten Ereignisse komplizieren die Sache ein bißchen. Von dem Mord an Maria Perez haben Sie vermutlich gehört?«

»Nein. Ich bin heute überhaupt nicht weg gewesen und habe auch keine Zeitung gelesen. Wer ist diese Maria Perez?«

»Sie wurde ermordet. Es wurde im Radio durchgegeben.«

»Ich hab's nicht eingeschaltet. Wer war Maria Perez?«

»Die Tochter des Mannes, mit dem Sie sprachen, als Sie das Haus in der 82. Straße aufsuchten. Ihre Leiche wurde in der vergangenen Nacht am North River Pier aufgefunden. Kopfschuß. Vermutliche Tatzeit zwischen neun Uhr abends und Mitternacht. Mr. Wolfe möchte wissen, wie Sie und Ihre Frau den gestrigen Abend verbracht haben.«

»Saumäßig.«

Ich zog erstaunt die Brauen hoch. Diese Vokabel stammte bestimmt nicht aus der Literatur. Der Hough von heute war nicht mehr der Hough von gestern. Nicht nur seine Ausdrucksweise, sondern auch seine Miene und seine ganze Haltung hatten eine grundlegende Wandlung durchgemacht. Gestern hätte ich ihm am liebsten einen Groschen in die Hand gedrückt und den Kopf getätschelt, heute brauchte er einem nicht mehr leid zu tun. Vermutlich hätte er sich das auch energisch verbeten.

»Sie möchten also wissen, wie meine Frau den gestrigen Abend verbracht hat? Fragen Sie sie doch selbst danach. Kommen Sie mit.« Er machte auf dem Absatz kehrt und fegte den Korridor entlang. Ich heftete mich an seine Fersen. Die Wohnungstür stand offen. Ein Vorplatz war nicht vorhanden. Man landete unvermittelt in einem ziemlich großen Raum, der wie ein Wohnzimmer aussah, bis auf die Bücherregale, von denen die Wände bedeckt waren. Hough steuerte auf eine Tür am anderen Ende des Raumes zu, öffnete sie und winkte mich heran. Auf der Schwelle blieb ich wie vom Donner gerührt stehen.

Das war an diesem Nachmittag schon die zweite junge Frau, die mich im Bett empfing, nur daß Mrs. Hough von Kopf bis Fuß mit einem weißen Laken verhüllt war und nicht das leiseste Lebenszeichen von sich gab. Man soll sich vor übereilten Schlüssen hüten; aber nach Meg Duncans Temperamentsausbrüchen kam mir Dinah Hough verdammt still vor, totenstill. Während ich sie stumm anglotzte, kurvte Hough um mich herum, trat ans Bett und sagte: »Es ist Archie Goodwin, Dinah. Gestern abend wurde ein Mädchen ermordet.« Er drehte sich zu mir um. »Wie war doch ihr Name?«

»Maria Perez.«

»Richtig, Maria Perez. Sie wohnt in dem Haus in der 82. Straße West. Goodwin möchte wissen, was du gestern zwischen neun Uhr und Mitternacht getan hast, und ich hielt es für besser, daß du es ihm selber sagst. Er hat dich gestern in jenem Apartment gesehen. Also kann er dich heute auch sehen.«

Ihre Stimme klang so verändert, daß ich sie nicht wiedererkannt hätte. »Nein, Austin, bitte nicht. Ich will das nicht.«

»Aber ich will es. Fang nicht schon wieder mit deinen Faxen an.« Er griff nach dem Laken und schlug es zurück.

Ich habe schon besser aussehende Leichen gesehen. Die rechte Seite ihres Gesichts war ziemlich angeschwollen. Ihre Stirn zierte eine Beule. Sie lag unbeweglich auf dem Rücken. Soweit ich das zu beurteilen vermochte, bestand ihre Bekleidung hauptsächlich aus Striemen.

Hough, der mit einer Hand das Laken hielt, wandte sich zu mir um. »Ich habe Ihnen gestern erklärt, warum ich mich zum Versteckspiel entschloß; aber Sie haben sich vermutlich trotzdem gefragt, weshalb ich meine Frau nicht schon längst zur Rede gestellt habe. Hier sehen Sie die Antwort. Ich hatte Angst, ich würde die Beherrschung verlieren, und genau das ist dann auch passiert.« Er drehte sich wieder zu ihr um. »Er will wissen, wo du gestern abend warst. Sag's ihm, und er geht.«

»Ich war hier«, murmelte sie. »Wo ich jetzt bin. Um neun Uhr sah ich schon genauso aus wie jetzt.«

»Und Ihr Mann ließ Sie in diesem Zustand allein?«

»Er ließ mich nicht allein. Er war die ganze Zeit über bei mir.«

»Hol' Sie der Teufel!« knurrte Hough. »Ich ging von Ihrem Büro aus direkt nach Hause. Meine Frau war schon hier. Und seitdem haben wir zwei uns nicht aus der Wohnung weggerührt. Also, wir haben Ihre Frage beantwortet. Jetzt können Sie gehen.«

»Mit Vergnügen. Sie ist *Ihre* Frau und nicht meine. Aber hat ein Arzt sie schon gesehen?«

»Nein. Ich machte gerade ein paar Eisbeutel zurecht, als Sie klingelten.«

Ich warf ihr einen Blick zu. »Soll ich einen Arzt herschicken, Mrs. Hough?«

»Nein«, flüsterte sie.

Als ich vor der Yeagerschen Residenz in der 68. Straße aus dem Taxi stieg, spähte ich erst nach rechts und links, bevor ich auf die

Haustür zuging. Hier hatte der ganze verdammte Schlamassel vor drei Tagen begonnen. Hier hatte ich den Polizeiwagen gesehen mit Purley Stebbins' Fahrer hinter dem Lenkrad. Ein paar Meter weiter, um die Ecke, befand sich die Imbißstube, von der aus ich Lon Cohen in der Redaktion angerufen hatte. Als ich das Vestibül betrat, fragte ich mich, ob ich Mike Collins auch dann den Mund mit den vierzig Dollar extra gestopft hätte, wenn ich hätte ahnen können, was für einen lausigen Auftrag wir uns ans Bein binden würden. Aber ich verschob die Antwort auf später, weil ich nicht wußte, was uns noch alles blühte.

Ich hatte keinen Schimmer, wie Wolfe darüber dachte. Aber mich interessierte Mrs. Yeagers Alibi für den gestrigen Abend mehr als das der anderen Beteiligten. Wenn ein reicher Mann plötzlich ins Gras beißt, richtet sich der erste Verdacht sowieso ganz automatisch auf die Witwe, vor allem, wenn sie jung und schön ist und einen Liebhaber hat. Hier war es umgekehrt. Von jung und schön konnte zwar bei beiden nicht die Rede sein, dafür hatte er aber auch nicht nur eine Freundin gehabt, sondern gleich ein Dutzend oder mehr. Und seine Frau war darüber im Bilde gewesen. Ihr Gleichmut war heroisch, wenn er echt war, und eine geschickte Masche, wenn er gespielt war. Das gleiche galt für ihren Wunsch, das Liebesnest in Augenschein zu nehmen, falls sie es nämlich schon kannte, weil sie am Sonntagabend dort aufgekreuzt war, um ihrem Mann eine Kugel zu verpassen. Vielleicht hatte die Polizei ihr Alibi für jene Nacht schon leicht angebohrt. Ich vermutete es wenigstens, da Leutnant Cramer sie eine Zeitlang hatte beschatten lassen.

Ein Punkt sprach zu ihren Gunsten. Sie lag nicht im Bett. Ein Mädchen führte mich in das Wohnzimmer, in dem man die ganze Houghsche Wohnung hätte unterbringen können, und ein paar Minuten später erschien unsere Klientin Nummer vier auf der Bildfläche. Sie segelte auf mich zu, blieb einen Moment lang stehen und sagte: »Es freut mich, daß Sie pünktlich sind; kommen Sie«, und segelte weiter. Sie hatte einen Hut auf und eine Pelzstola um die Schultern geschlungen und war offenbar fest entschlossen, mich in die 82. Straße zu verschleppen.

Ich stellte mich dumm. »Wieso? Gehen wir weg?«

»Natürlich. Sie wollten mir doch das Apartment zeigen. Der Wagen wartet schon.«

»Ich fürchte, der Zeitpunkt für eine Besichtigung ist noch nicht gekommen. Setzen Sie sich, und ich erzähle Ihnen, warum.«

»Das können Sie mir auch im Wagen mitteilen. Sie haben mir

versprochen, Sie würden mich bei der ersten günstigen Gelegenheit hinbringen.«

»Sicher. Ich hab' Sie gestern abend angerufen, konnte Sie aber nicht erreichen. Waren Sie nicht zu Hause?«

»Natürlich war ich zu Hause. Mein Sohn und meine Tochter waren zu Besuch da und noch ein paar Freunde. Los, kommen Sie schon!« Sie setzte sich wieder in Bewegung.

»Immer mit dem Kopf durch die Wand!« bemerkte ich mit erhobener Stimme.

Sie wirbelte herum. Für eine Frau ihres Alters und mit ihrer Figur war sie verdammt auf Draht. »Was haben Sie eben gesagt?«

»Ich sagte: ›Immer mit dem Kopf durch die Wand‹, und meinte damit Sie. Sie können sich eine solche Haltung vielleicht leisten, aber Mr. Wolfe und ich können's nicht. Wir müssen unseren Besuch verschieben. Die Tochter des Hausverwalters wurde letzte Nacht ...«

»Das weiß ich alles schon. Ich hab's Ihnen ja sogar am Telefon gesagt. Sie wurde ermordet.«

»Richtig. Und wir nehmen an, daß es sich bei Marias Mörder und bei dem Mörder Ihres Gatten um ein und dieselbe Person handelt. Übrigens, Sie erinnern sich vielleicht noch daran, daß Mr. Wolfe auf die Möglichkeit hinwies, Sie selbst könnten Ihren Gatten ins Jenseits befördert haben. Welche Konsequenzen sich daraus ergeben, brauche ich Ihnen wohl nicht erst zu sagen. Deshalb hab' ich Sie auch nach Ihrem Alibi für gestern abend gefragt. Waren Sie bis Mitternacht mit Ihren Kindern zusammen?«

»Ja. Aber ich habe Ihnen doch gesagt, daß mich die Eskapaden meines Mannes schon seit einer Ewigkeit nicht mehr interessieren. Warum hätte ich ihn umbringen sollen? Vor zwanzig Jahren, als ich jung verheiratet war, da hätte ich ihm manchmal ganz gern einen Denkzettel verpaßt – aber jetzt ...« Sie zuckte mit den Schultern. »Wenn Sie das annehmen, müssen Sie komplett verrückt sein.«

»Okay, okay. Sie haben ihn oder Maria Perez also nicht auf dem Gewissen. Aber die Bude in der 82. Straße kann ich Ihnen trotzdem nicht zeigen. Ich hab' nicht das Verlangen, einem Beamten vom Morddezernat oder von der Staatsanwaltschaft in die Arme zu laufen. Wenn man uns beide dort erwischt, dann gute Nacht. Außerdem werden Sie vermutlich noch beschattet.«

»Das würde man nicht wagen!«

»Ach, wirklich nicht? Aber sie haben's doch schon riskiert, ohne Sie lange um Erlaubnis zu fragen, oder etwa nicht? Wir müssen die Besichtigung verschieben. Die Bude läuft Ihnen ja nicht weg.«

»Bringen Sie mich nun hin oder nicht?«

»Heute nicht. Ein andermal.«

»Das dachte ich mir! Es gibt gar kein solches Apartment!«

»Sicher gibt es das. Ich war ja selbst ein paarmal oben.«

»Das glaube ich Ihnen nicht!« Sie starrte mich mit grimmiger Miene an. »Das ist nur eine Erfindung – von Benedict Aiken oder Nero Wolfe oder von Ihnen. Sie halten mich nur zum besten. Warum, weiß ich nicht, aber mir kam gestern schon so eine Ahnung. Verlassen Sie sofort mein Haus. Ich rufe den Staatsanwalt an.«

Ich machte eine interessante Entdeckung, nämlich die, daß ein Doppelkinn genauso energisch aussehen kann wie ein einfaches. Es war hoffnungslos. Ich hatte getan, was ich konnte; aber bei ihr war Hopfen und Malz verloren.

»Na schön. Sie haben gewonnen. Gehen wir also. Sie sagten vorhin, der Wagen wartet schon. Mit Chauffeur?«

»Natürlich.«

»Kommt nicht in Frage. Bequemer könnte es die Polente gar nicht haben. Ich werde Ihnen beweisen, daß es diesen Raum gibt. Aber das Kommando habe von jetzt an ich, und Sie werden tun, was ich Ihnen sage. Wir gehen nicht zusammen weg, und Sie laufen bis zur Second Avenue. An der Ecke warten Sie auf mich, und wenn ich im Taxi vorbeikomme, steigen Sie zu. Verstanden?«

Sie betrachtete mich argwöhnisch. »Was haben Sie vor? Ist das etwa wieder ein Trick?«

»Was soll die Frage? Sie glauben mir ja doch nicht. Klar, ich will Sie entführen. Ich bin eigentlich ein Kidnapper und hab' mich nur als Detektiv getarnt.«

Nach vier Sekunden hatte sie ihren Entschluß gefaßt. »Einverstanden. Gehen wir.«

Vor dem Haus blieb sie stehen und wechselte ein paar Worte mit dem Chauffeur, der neben einer schwarzen Limousine wartete. Ich stiefelte zwei Häuserblocks stadteinwärts, schnappte mir ein Taxi und nahm Mrs. Yeager an der Ecke auf. Dann ließ ich den Taxifahrer so lange in der Gegend umherkurven, bis ich sicher war, daß wir nicht verfolgt wurden. In der Madison Avenue stiegen wir aus, nahmen ein anderes Taxi und gondelten bis zur Ecke 82. Straße und Amsterdam Avenue. Von da aus krochen wir im Schneckentempo bis zur Columbus Avenue und dann die 81. Straße zurück bis zur nächsten Kreuzung. Dort entließ ich das Taxi, klemmte mir Mrs. Yeager unter den Arm und entführte sie in einen Drugstore. Da sie noch immer irgendwelche Tricks von mir befürchtete, nahm ich sie mit in die Telefonzelle, wählte, und sie konnte sich folgendes Gespräch mit anhören:

»Mrs. Perez? Hier ist Archie Goodwin. Ich bin in einem Drugstore um die Ecke. Wir sind hoffentlich immer noch Freunde? ... Gut. War die Polizei bei Ihnen? ... Sie haben den Mund gehalten? Gut ... Nein, das ist okay. Daß man Sie mitgenommen hat und eine Aussage unterschreiben ließ, ist ganz normal. Sind Sie allein? ... Okay. Ich komme mit einer Frau vorbei. In zwei Minuten sind wir bei Ihnen. Ich nehme sie mit nach oben. Wir werden nicht lange bleiben. Ich melde mich später vielleicht noch mal ... Nein. Aber hoffentlich bald ... Na klar bin ich immer noch ihr Detektiv.«

Als ich einhängte, fragte Mrs. Yeager: »Wer war das?«

»Die Mutter von Maria Perez, dem Mädchen, das ermordet worden ist. Kommen Sie. Je schneller wir die Besichtigung hinter uns bringen, desto besser.«

Wir legten das letzte Stück zu Fuß zurück und betraten das Haus durch den Nebeneingang. Der Flur war leer. Ich schloß die Tür zum Lift auf und ließ Mrs. Yeager den Vortritt.

Die Situation war mir neu, Mrs. Yeager vermutlich auch. Aber sie hielt sich besser als ich, obwohl sie schließlich die Witwe des Mannes war, dem das Liebesnest gehört hatte. Als wir oben anlangten, knipste ich das Licht an und machte mich auf einen spontanen Gefühlsausbruch gefaßt. Ich hätte mir meine Besorgnis sparen können. Mrs. Yeager sah sich neugierig um, nickte und sagte: »Ich muß mich bei Ihnen entschuldigen. Sie haben nicht gelogen.«

Ich starrte sie verblüfft an. »Wenn's weiter nichts ist. Schwamm darüber.«

Sie ging bis in die Mitte des Raumes, warf einen zweiten Blick in die Runde und drehte sich zu mir um. »Kein Bad?«

Ich traute meinen Ohren nicht. Nachdem ich mich von meinem Staunen erholt hatte, sagte ich: »Doch, da drüben. Die Küche ist gegenüber.« Ich zeigte auf die Vertiefung in der Wand. »Sie müssen an dem vergoldeten Knopf drehen.« Dann schwenkte ich meinen Arm herum. »Das Stück gefältelte Seide neben dem Bett ist ein Vorhang. Dahinter sind Schubladen.«

Damit war unser Gespräch beendet, obwohl die Besichtigung noch eine gute halbe Stunde dauerte. Ich ließ mich erschöpft in einen Sessel sinken. Der Nachmittag hatte es in sich gehabt; aber die letzte halbe Stunde mit Mrs. Yeager hatte mir den Rest gegeben. Meine Nerven waren einem solchen Ansturm geballter Energie nicht gewachsen. Indessen nahm Mrs. Yeager mit kritischer Miene die

Bildergalerie unter die Lupe. Dann wandte sie sich den Schubfächern zu, begutachtete den Teppich, die Polsterung der Sessel und der Couch, unterzog die seidene Wandbespannung sowie die Bettwäsche einer eingehenden Prüfung und stöberte in der Küche herum. Zum Schluß inspizierte sie das Bad, und als sie auch das hinter sich hatte, schnappte sie sich ihre Pelzstola, legte sie um und sagte: »Glauben Sie, daß Julia McGee zum Diktat herkam?«

»Nein.« Ich erhob mich. »Sie?«

»Natürlich nicht. Wieso vermuten Sie, daß der Mörder meines Mannes und der Mörder des Mädchens ein und dieselbe Person sind?«

»Das kann ich Ihnen nicht so auf Anhieb beantworten. Aber es ist nicht nur eine Vermutung.«

»Wo ist die Mutter? Ich möchte mit ihr sprechen.«

»Heute lieber nicht.« Ich steuerte auf den Lift zu, und sie stelzte hinter mir her. »Der Verlust ihrer Tochter hat sie schwer getroffen. Eine Unterredung wäre zu schmerzlich für sie.«

Ich habe mir später oft den Kopf darüber zerbrochen, wo wir uns befanden, als unten die Türklingel läutete. Wahrscheinlich auf halbem Weg, in Höhe der zweiten Etage. Egal – da ich die Klingel nicht gehört hatte, legten wir den Rest der Fahrt in ungestörter Seelenruhe zurück, stiegen aus und sahen Mrs. Perez auf die Haustür losmarschieren. Ich nahm an, daß sie irgendwelche Besorgungen machen wollte, und da ich auf eine Begegnung der beiden Frauen nicht erpicht war, beeilte ich mich nicht sonderlich. Wir standen arglos mitten auf dem Flur, als Mrs. Perez die Haustür öffnete und Sergeant Purley Stebbins sagte: »Tut mir leid, daß ich Sie noch mal bestätigen muß, Mrs. Perez, aber ...« Dann hatte er uns erspäht, und der Anblick verschlug ihm die Sprache.

Der menschliche Verstand macht die seltsamsten Kapriolen. Unsere Lage war äußerst kritisch. Anstatt jedoch schleunigst zu retten, was noch zu retten war, vergeudete ich eine kostbare Zehntelsekunde mit dem Gedanken, daß wir bei allem Pech noch unerhörtes Glück gehabt hatten. Falls Stebbins uns dabei erwischt hätte, wie wir aus dem Lift stiegen, wäre die Katze endgültig aus dem Sack gewesen. Wir waren gerade noch mit einem blauen Auge davongekommen, und diese Überzeugung feuerte mich an.

»Was, Sie!« rief Stebbins und trat einen Schritt auf mich zu. »Und Sie auch, Mrs. Yeager?«

»Wir wollen gerade gehen«, entgegnete ich, »nachdem wir mit Mrs. Perez gesprochen haben.«

»Worüber?«

»Über ihre Tochter. Wie Sie wahrscheinlich wissen, hat Mrs. Yeager Mr. Wolfe damit beauftragt, den Mord an ihrem Gatten zu untersuchen. Und als sie heute früh in der Zeitung las, daß ein Mädchen namens Maria Perez, wohnhaft 82. Straße West, erschossen aufgefunden worden ist, regte sich ihr Spürsinn. Angesichts der Tatsache, daß Mr. Yeagers Leiche in derselben Straße unweit der Wohnung des Mädchens entdeckt wurde, kam ihr der Gedanke, daß zwischen den zwei Mordtaten vielleicht irgendeine Verbindung bestehen könnte. Mr. Wolfe hielt das auch für möglich und ich desgleichen. Mrs. Yeager war der Meinung, das Mädchen könnte den Mörder dabei beobachtet haben, als er die Leiche ihres Gatten im Kabelschacht ablud – vielleicht vom Bürgersteig aus, als sie sich auf dem Nachhauseweg befand, oder von einem Fenster der Wohnung aus. Natürlich hat diese Theorie ihre schwachen Stellen, aber Mr. Wolfe fand, es könnte nichts schaden, wenn wir der Sache auf den Grund gingen. Mrs. Yeager wollte bei dem Gespräch mit Marias Eltern dabeisein. Deshalb sind wir hier. Übrigens würde es mich nicht wundern, wenn Sie die gleiche Überlegung hergeführt hätte. Zwei Seelen, ein Gedanke. Zufall, wie?«

Während ich meine Erklärung von Stapel ließ, war mir natürlich klar, wie wenig glaubwürdig sie klang. Erstens steckte sie voller Löcher und Widersprüche, und zweitens sah sie mir nicht ähnlich. Für gewöhnlich konterte ich Stebbins' impertinente Frage mit irgendeiner schnoddrigen Bemerkung. Daß ich mich freiwillig zu einer detaillierten Antwort bequemte, war noch nie dagewesen und mußte Stebbins' natürliches Mißtrauen noch erhöhen. Meine Tirade war auch nicht an ihn gerichtet, sondern einzig und allein an die Adressen von Mrs. Yeager und Mrs. Perez. Ich konnte nur hoffen, daß sie das Stichwort richtig mitbekamen und durch ihren Auftritt nichts verpatzten.

Tatsächlich war meine Geschichte gar nicht so schlecht, wie ich glaubte. Ich wußte so viel über Yeager, daß ich dabei nicht in Betracht zog, wie wenig Stebbins über ihn wußte. Ich machte mir nicht hinreichend klar, daß die Polizei dem Fundort der Leiche keine besondere Bedeutung beimaß und daher auch keinen Grund hatte, Yeager mit dem Haus in Verbindung zu bringen. Außerdem benahm sich Mrs. Yeager goldrichtig. Sie reichte Mrs. Perez die Hand und sagte in angemessenem Ton und mit dazu passender Miene: »Vielen Dank, Mrs. Perez. Wir sind beide von einem schmerzlichen Verlust betroffen worden. Ich muß jetzt gehen. Ich habe mich schon verspätet. Es war sehr freundlich von Ihnen, daß Sie uns so geduldig angehört haben. Leben Sie wohl. Auf Wiedersehen, Mr. Goodwin. Ich rufe Sie später noch mal an.« Die Tür stand offen. Mrs. Yeager kurvte um Stebbins herum, eilte hinaus und war verschwunden. Ich hätte sie küssen mögen.

Stebbins betrachtete mich mit einem so grimmigen Gesicht, als hätte er die größte Lust, mir einen Kinnhaken zu verabreichen. Da das seine normale Reaktion auf meine mehr oder minder geistreichen Äußerungen ist, nahm ich sie mit Erleichterung zur Kenntnis. »Was haben Sie Mrs. Perez gefragt, und was hat sie Ihnen geantwortet?« erkundigte er sich.

Eine gute Frage. Meiner langatmigen Erklärung hatte er entnommen, daß ich bei Mrs. Perez Auskünfte über den Sonntagabend eingezogen hatte, und jetzt wollte er Näheres darüber erfahren. Der Haken dabei war nur, daß ich ihm beim besten Willen nicht mit Einzelheiten dienen konnte. Ich hatte keine Ahnung, was Maria am Sonntagabend gemacht hatte. »Was soll ich sie schon gefragt haben? Ich wollte wissen, ob ihre Tochter möglicherweise den Täter dabei beobachtet haben könnte, wie er Yeagers Leiche in den Kabelschacht bugsierte. Und was ihre Antwort anbelangt, da wenden Sie sich am besten an Mrs. Perez. Hier steht sie. Sie kann Ihnen sagen, was sie mir geantwortet hat.«

»Sicher. Aber ich frage *Sie!*« Stebbins ist kein Narr.

Ich zuckte mit den Schultern. »Und ich behalte mir die Antwort vor. Mrs. Yeager und ich waren nur privat hier. Mrs. Perez muß selbst entscheiden, was sie zu Protokoll geben will und was nicht. Schließlich sind Sie von Amts wegen hier.«

Mrs. Perez ließ mich nicht im Stich. Ihr fehlte die Sicherheit von Mrs. Yeager, aber so aus dem Stegreif war es eine sehr beachtliche Leistung. »Ich habe ihm nur die Wahrheit gesagt«, erklärte sie Stebbins. »Wenn meine Tochter am Sonntagabend etwas gesehen hätte, dann hätte sie es mir erzählt. Sie hat mir aber nichts erzählt. Folglich hat sie auch nichts gesehen.«

»War sie den ganzen Abend über zu Haus?«

»Ja. Sie hat mit zwei Freundinnen vor dem Fernsehapparat gesessen.«

»Um welche Zeit kamen die zwei Freundinnen?«

»Kurz vor acht.«

»Und wann gingen sie?«

»Gegen elf. Nachdem das Programm aus war, das sie sich jeden Sonntagabend ansehen.«

»Hat Ihre Tochter die Mädchen vielleicht ein Stück begleitet?«

»Nein.«

»Hat sie das Haus an dem Abend überhaupt nicht verlassen?«

»Nein.«

»Sind Sie sicher?«

Sie nickte. »Wir wußten immer, wo sie war.«

»Gestern abend wußten Sie's nicht. Könnte sie in der Nacht – der Sonntagnacht, meine ich – von einem der vorderen Fenster aus die Straße beobachtet haben?«

»Warum hätte sie das tun sollen?«

»Was weiß ich? Aber möglich wäre es doch. Na schön, Mrs. Perez, das ist für heute alles.« Stebbins wandte sich um. »Okay, Goodwin. Sie begleiten mich aufs Polizeipräsidium. Der Leutnant wird Ihnen ein paar Fragen stellen wollen.«

»Worüber? Was gibt's da viel zu fragen?«

Er schob das Kinn vor. »Mich können Sie nicht hinters Licht führen. Dazu kenne ich Sie zu gut. Montag nachmittag ziehen Sie Erkundigungen über Yeager ein. Und zwei Stunden später finden ein paar Lausejungen seine Leiche. Der Leutnant geht zu Wolfe, und wer ist dort? Die Witwe des Ermordeten. Sie haben nicht viel Zeit verloren, was? Wolfe gibt natürlich die üblichen Sprüche von sich, die einem schon zum Hals heraushängen. Mrs. Yeager hätte ihn beauftragt, den Tod ihres Mannes zu untersuchen. Das verstößt zwar nicht gegen die Gesetze; aber wir von der Polizei können's nicht leiden, wenn man uns am laufenden Band ins Handwerk pfuscht. Und um das Maß vollzumachen, stecken Sie Ihre verdammte Nase auch noch in den Mordfall von diesem Mädchen. Deshalb kommen Sie jetzt mit, oder ich kassiere Sie als wichtigen Zeugen.«

15

Sechs Stunden später, um halb zwei Uhr morgens, hockte ich in der Küche, stärkte mich mit selbstgebackenem Roggenbrot, geräuchertem Stör, Brie und Milch und studierte die Frühausgabe der *Times*, die ich mir auf dem Nachhauseweg gekauft hatte.

Mir war so flau zumute, als hätte man mich ein paarmal durch den Fleischwolf gedreht. Kein Wunder, denn ich hatte eine einstündige Sitzung mit Leutnant Cramer und ein vierstündiges Kreuzverhör mit zwei stellvertretenden Staatsanwälten hinter mir. In den ganzen sechs Stunden waren mir nur zwei kurze Verschnaufpausen vergönnt gewesen. Gegen halb neun durfte ich mir ein ungenießbares Schinkensandwich und einen Becher Magermilch einverleiben, und um zehn erklärte ich meinen Peinigern, daß sie mich entweder sofort telefonieren lassen müßten oder mich für die Nacht einbuchten könnten.

Wer da glaubt, daß die Telefonzellen im Polizeipräsidium nicht angezapft sind, hat ein argloses Gemüt und kennt die Kehrseite der Welt noch nicht. Da wir beide dem Frieden nicht trauten, beschränkten Wolfe und ich uns auf ein paar kurze Bemerkungen. Ich berichtete ihm von meiner Begegnung mit Stebbins und daß Leutnant Cramer und der Staatsanwalt offenbar vermuteten, ich hielte mit wichtigen Informationen hinter dem Berge, ein Verdacht, der natürlich absurd sei. Er erwiderte, über die Begegnung mit Stebbins sei er bereits im Bilde, da Mrs. Yeager ihn aufgesucht und ihm davon erzählt habe. Dann fragte er mich, ob Fritz die gedämpften Nieren für mich warm halten solle, und ich entgegnete, nein, ich sei im Moment auf Diät gesetzt.

Um Viertel vor eins durfte ich endlich nach Hause gehen, und als ich daheim anlangte, lag das ganze Haus in tiefem Schlummer. Bevor ich mich in die Küche begab, warf ich einen Blick auf meinen Schreibtisch; aber Wolfe hatte keine Anweisungen für mich hinterlassen.

Nachdem ich eine hinreichende Menge Brot, Fisch und Käse verdrückt und dem Bericht in der *Times* entnommen hatte, daß der Staatsanwalt den Fall in Kürze zu klären hoffte, schleppte ich mich zwei Treppen höher in mein Schlafzimmer. Ich habe meinem Zahnarzt vor Jahren versprochen, ich würde mir jeden Abend die Zähne putzen. Aber in dieser Nacht pfiff ich darauf. Er wird dafür Verständnis haben.

Da ich auf meinem Schreibtisch kein Briefchen von Wolfe gefunden hatte und mehrere Stunden Schlaf nachholen mußte, stellte ich den Wecker nicht. Und als ich am nächsten Morgen meine Augen aufschlug und nach dem Zifferblatt spähte, standen die Zeiger auf 9.38 Uhr. Wolfe hatte schon längst gefrühstückt und weilte seit einer halben Stunde im Dachgeschoß bei seinen Orchideen. Obwohl ich mir ein letztes kurzes Schläfchen von zehn Minuten durchaus hätte leisten können, raffte ich meine ganze Willenskraft zusammen und rollte seufzend aus dem Bett. Ich hasse es, wenn ich mich morgens abhetzen muß. Um 10.17 Uhr kreuzte ich unten in derKüche auf, sagte Fritz guten Morgen und schnappte mir meinen Orangensaft. Um 10.56 Uhr hatte ich meine zweite Tasse Kaffee ausgetrunken, bedankte mich bei Fritz für das Omelett mit Aprikosenmarmelade und für den gebratenen Speck, schlenderte ins Büro hinüber und machte mich über die Post her. Vier Minuten später landete der Lift mit einem leichten Ruck im Erdgeschoß, und Wolfe erschien auf der Bildfläche. Er kurvte um seinen Schreibtisch herum und setzte sich.

»Wie lange hat man Sie dabehalten?«

»Nach dem Telefongespräch mit Ihnen noch drei Stunden. Ich war kurz nach eins zu Haus.«

»Muß ziemlich schwierig gewesen sein?«

»Stellenweise schon. Ich hab' meine Aussage nicht unterschrieben.«

»Das war sehr klug. Mrs. Yeager erzählte mir von Ihrer Begegnung mit Stebbins. Sie war von Ihrer Stegreiferklärung tief beeindruckt. Zufriedenstellend.«

»Oh, Mrs. Yeager war auch verdammt auf Draht. Mrs. Perez übrigens auch. Wenn die beiden nicht so schnell geschaltet hätten, wäre jetzt für uns der Bart ab.« Ich brachte ihm die Post. »Irgendwas auf dem Programm?«

»Nein. Wir müssen abwarten.« Er klingelte nach Bier und vertiefte sich in die Briefe. Gleich darauf tauchte Fritz mit einer Flasche und einem Glas auf. Ich lehnte mich in meinem Stuhl zurück, gähnte und legte mein Notizbuch zurecht. Vermutlich gab es ein paar Briefe zu diktieren. Das Telefon läutete. Es war Lon Cohen. Er erkundigte sich, ob ich ein paar angenehme Stunden beim Staatsanwalt verbracht und wo ich mitten in der Nacht die Kaution hergenommen hätte. Ich antwortete ihm, bei einer Anklage wegen Mord ersten Grades werde man auch gegen Kaution nicht entlassen; ich sei aus dem Fenster gesprungen und momentan ein Flüchtling. Als ich aufgelegt hatte, sagte Wolfe, er wolle mir nun einige Briefe diktieren. Aber als ich nach Notizbuch und Füllhalter griff, läutete das Telefon wieder. Diesmal war es Saul Panzer, der Wolfe sprechen wollte. Da Wolfe offenbar nichts dagegen hatte, hörte ich mit.

»Guten Morgen, Saul.«

»Guten Morgen, Sir. Ich hab' ihn aufgetrieben. Die Sache klappt hundertprozentig.«

»In der Tat?«

»Ja, Sir. Ein kleiner Laden in der 77. Straße unweit der First Avenue. Der Inhaber heißt Arthur Wenger.« Saul buchstabierte den Namen. »Er identifizierte das Foto auf Anhieb. An den Tag kann er sich nicht mehr genau erinnern. Aber es war letzte Woche entweder am Dienstag- oder Mittwochmorgen. Ich bin in einer Telefonzelle um die Ecke.«

»Zufriedenstellend. Bringen Sie ihn so schnell wie möglich her.«

»Er wird nicht kommen wollen. Er ist allein im Laden und müßte so lange zumachen. Für zehn Dollar würde er sich vermutlich breitschlagen lassen; aber Sie wissen ja, wie das ist. Man wird ihn später fragen, ob er bezahlt wurde.«

»Er wird nicht gefragt werden – und falls ja, ist es ohnehin egal. Dann bin ich sowieso geliefert. Zehn Dollar oder zwanzig oder fünfzig. Wann können Sie mit ihm hier sein?«

»In einer halben Stunde.«

»Schön. Ich erwarte Sie.«

Wir legten auf. Wolfe warf einen Blick auf die Uhr und sagte: »Verbinden Sie mich mit Mr. Aiken.«

Ich wählte die Nummer der ›Contiplastic‹. Mr. Aiken befand sich in einer Konferenz und durfte nicht gestört werden. Man erklärte sich widerstrebend bereit, eine Botschaft an Mr. Aiken weiterzuleiten. Neun Minuten später läutete das Telefon, und ein weibliches Wesen bat mich, sie mit Mr. Wolfe zu verbinden. Ich kann so etwas nicht leiden, nicht einmal bei einem Generaldirektor. Deshalb sagte ich ihr, sie solle mich mit Mr. Aiken verbinden. Nach einer Minute hatte ich ihn an der Strippe und gab Wolfe einen Wink.

»Mr. Aiken? Hier Nero Wolfe. Ich habe Ihnen etwas sehr Wichtiges mitzuteilen. Können Sie um Viertel nach zwölf mit Miss McGee in meinem Büro sein?«

»Um diese Zeit paßt es mir eigentlich nicht recht. Ginge es nicht nach dem Lunch?«

»Nein. Die Sache verträgt keinen Aufschub.«

»Verdammt noch mal, ich ...« Pause. »Mit Miss McGee?«

»Ja. Sie muß auf jeden Fall dabeisein.«

»Ich weiß nicht recht ...« Erneute Pause. »Na schön, wir kommen.«

Wolfe legte auf und räusperte sich. »Ihr Notizbuch, Archie. Es handelt sich nicht um einen Brief, sondern lediglich um den Entwurf für ein Dokument. Schreiben Sie.«

16

An der einen Wand im Büro, schräg hinter Wolfes Schreibtisch, hängt ein Bild, auf dem ein Wasserfall sehr naturgetreu dargestellt ist. Das Bild ist nicht groß, etwa 28 mal 35 Zentimeter, und wurde nach Wolfes Angaben angefertigt. Der Wasserfall ist eine Attrappe und verdeckt ein Loch, durch das man von einer Nische in der Diele aus alle Vorgänge im Büro beobachten kann, ohne selbst gesehen zu werden. Um 12.20 Uhr starrten zwei Augen angestrengt durch den Wasserfall auf die beiden Gäste im Büro. Das Augenpaar gehörte Mr. Arthur Wenger, einem hageren Kerlchen mit großen Ohren und einer Glatze, das Saul Panzer verabredungsgemäß bei uns abgeliefert hatte. Die beiden Gäste im Büro waren Benedict Aiken im roten Ledersessel und Julia McGee auf einem gelben Stuhl.

Saul leistete Mr. Wenger am Guckloch Gesellschaft, und ich hockte wie immer hinter meinem Schreibtisch. Wolfe war im Begriff, eine längere Erklärung vom Stapel zu lassen. »Bevor ich Ihnen nun das Resultat meiner Nachforschung vorlege, möchte ich Ihnen in großen Zügen den Gang der Ermittlungen schildern. Als Sie mich am Dienstagabend fragten, wer darüber entscheiden werde, ob ich unsere Abmachungen gewissenhaft erfüllt hätte, antwortete ich: ›Die Redlichkeit und der gesunde Menschenverstand beider Vertragspartner.‹ Sie können meine Bemühungen nur dann richtig beurteilen, wenn Sie über die einzelnen Schritte, die mich schließlich zur Lösung führten, im Bilde sind. Allerdings bin ich mir über einen sehr wichtigen Punkt noch im Zweifel; aber die Antwort dürfte nicht lange auf sich warten – Ja, Saul?«

Saul war in der Tür aufgetaucht. »Paßt wie angegossen, Mr. Wolfe.«

»Danke, Saul. Ausgezeichnet. Ich sehe es mir später an.« Wolfe konzentrierte sich wieder auf Aiken. »Wie Sie wissen, blieb mir unter den gegebenen Umständen nur ein Ausweg. Ich mußte der Polizei zuvorkommen und eine Lösung finden, die hieb- und stichfest wirkt, auch wenn weder jener Raum noch Yeagers Beziehung dazu erwähnt wird. Eine höchst komplizierte Aufgabe, die in Anbetracht der Tatsache, daß Yeager in jenem Raum ermordet worden ist, nahezu aussichtslos erschien.«

»Diese Tatsache erfuhren Sie aber erst gestern, nachdem Sie Miss McGee eine Falle gestellt hatten«, warf Aiken mürrisch ein.

»Sie irren sich. Sie war mir bereits am Dienstagmittag bekannt, nachdem mir Mr. Goodwin von seinem Gespräch mit dem Hausverwalter und dessen Frau, Mr. und Mrs. Perez, berichtet hatte. Als Mr. Perez in der Sonntagnacht gegen zwölf Uhr den Raum betrat, entdeckte er Yeagers Leiche. Das Ehepaar schaffte sie hinunter und legte sie in den Kabelschacht.«

»Die beiden haben das zugegeben?«

»Sie waren dazu gezwungen. Sie zogen es vor, Mr. Goodwin ins Vertrauen zu ziehen, anstatt sich vor der Polizei verantworten zu müssen.«

»Dann haben sie ihn auch umgebracht. Das liegt doch auf der Hand. Sie haben ihn erschossen, seine Leiche in den Schacht geworfen und sich eingebildet, man würde sie nicht verdächtigen.«

Wolfe schüttelte den Kopf. »Bis gestern früh erschien mir diese Hypothese auch recht einleuchtend. Aber sobald ich von dem Tod der Tochter erfuhr, stand diese Annahme nicht mehr zur Debatte. Und an diesem Punkt beginnt mein eigentlicher Bericht. Ich verwarf meine erste Theorie zugunsten einer zweiten, die von Mr. Goodwin geteilt wurde, während er im Gegensatz zu mir das Ehepaar Perez niemals verdächtigt hatte. Wir gingen davon aus, daß Yeagers Mörder auch das Mädchen getötet hat, und als Mr. Goodwin das Zimmer des Mädchens durchsuchte, entdeckte er einige sehr interessante Hinweise dafür, daß wir uns mit unseren Mutmaßungen auf dem richtigen Wege befanden. Archie?«

Ich holte Marias Kollektion aus dem Safe und legte sie vor ihn hin.

Er tippte mit der Fingerspitze darauf. »Dies ist eine Sammlung von Gegenständen, die das Mädchen im Laufe von zwei Jahren angelegt und in einem improvisierten Geheimfach verborgen hatte. Es handelte sich um ein riskantes Abenteuer, das sie schließlich mit dem Tod bezahlen mußte. Alle Stücke der Sammlung beziehen sich auf Thomas G. Yeager oder auf Personen, die mit ihm in Verbindung standen. Zweifellos hatte das Mädchen anfangs nichts anderes im Sinn, als die eigene Neugier zu befriedigen. Die Existenz jenes Raumes konnte dem Mädchen auf die Dauer nicht verborgen bleiben, und das geheimnisvolle Kommen und Gehen mußte sein Interesse erwecken, zumal ihm das Betreten des Raumes streng verboten war. Das Mädchen verfiel nun darauf, daß es die Besucher beobachten konnte, wenn es in seinem Zimmer das Licht ausknipste und die Tür einen Spalt breit öffnete. Ich habe keine Ahnung, wann es damit begann; aber ich weiß, daß es das in den letzten zwei Jahren sehr häufig getan hat.«

Wolfe griff nach den Börsenberichten aus der *Times.* »Diese Seiten stammen aus dem Börsenteil der *Times,* und die Notierungen der ›Contiplastic‹-Aktien sind mit Bleistift markiert.« Er legte sie beiseite. »Das hier sind Inserate der ›Contiplastic‹ aus Illustrierten.« Er legte sie beiseite. »Weiter. Etiketten von Champagnerflaschen. Mr. Goodwin ist der Meinung, daß Maria Perez den Champagner nicht selbst trank, und ich pflichte ihm bei. Alle diese Dinge sind nicht wesentlich. Sie beweisen lediglich das starke Interesse des Mädchens an allem, was sich auf Thomas G. Yeager bezog. Auch die folgenden Fotos sind ein Beweis dafür. Zwei Fotos von Mr. Yeager, eines von seinem Sohn und eines von Mrs. Yeager. Man erkennt daran, wie gründlich und bedacht das Mädchen zu Werke ging.«

Nun griff Wolfe nach den Fotos von Meg Duncan und den Fünfdollarnoten. »Diese beiden Dinge sind schon aufschlußreicher. Es handelt sich um neun Fünfdollarscheine und drei Fotos einer Schauspielerin – zwei stammen aus Illustrierten, eins aus einer Tageszeitung. Mr. Goodwin hatte gestern eine längere Unterredung mit der betreffenden Person. Dabei stellte sich heraus, daß Maria Perez sie in dem Haus in der 82. Straße gesehen, sie aufgesucht und Schweigegeld von ihr verlangt hatte. Die Schauspielerin schickte ihr neun Monate lang jeweils fünf Dollar, und zwar postlagernd. Die Eltern des Mädchens hatten keine Ahnung davon.«

Er zog eine Schublade auf, legte die Fotos und das Geld hinein und schob sie zu. »Der Name der fraglichen Person tut nichts zur Sache. Wir wollen sie Miss X nennen. Mr. Yeager traf am Sonntagabend nachweislich gegen sieben Uhr in dem Haus ein. Miss McGee kam um Viertel nach neun und fand ihn tot auf. Daraus kann man schließen, daß Maria Perez zwischen sieben und neun Uhr jemandem im Hausflur beobachtete, ihn oder sie erkannte, spätestens am nächsten Morgen begriff, daß es sich bei diesem Besucher um Yeagers Mörder handelte, eine weitere Erpressungsaktion startete und dabei selbst getötet wurde. Da sie Miss X auf jeden Fall wiedererkannt hätte, könnte man annehmen, daß Miss X die Mörderin ist. Indessen steht unzweifelhaft fest, daß Miss X am Mittwochabend bis elf Uhr an einer öffentlichen Veranstaltung teilgenommen hat, während Maria Perez das Kino bereits um neun Uhr verließ, um sich zu ihrer Verabredung mit dem Mörder zu begeben.«

Aiken hob ungeduldig die Hand. »Ist es für uns denn nun wirklich so wichtig, zu erfahren, daß eine Miss X als Täterin nicht in Frage kommt?«

»Es ist wichtig, verlassen Sie sich darauf. Sonst hätte ich Sie damit verschont. Es gibt nämlich noch einen anderen, sehr einleuchtenden Grund, warum sowohl Miss X als auch eine ganze Reihe weiterer Personen als Täter nicht in Frage kommen: Wer immer sich am Sonntagabend zwischen sieben und neun Uhr in die 82. Straße begab in der festen Absicht, Mr. Yeager zu töten, der muß gewußt haben, daß er sein Opfer allein antreffen würde. Was ich in diesem Zusammenhang von Miss X sage, gilt für alle Frauen, die einen Schlüssel zu jenem Etablissement besaßen. Erstens, sie kann nicht eingeladen gewesen sein, da der fragliche Abend Miss McGee zugedacht war und Yeager jeweils nur einen Gast empfing. Zweitens, sie konnte nicht damit rechnen, daß sie Yeager zwischen sieben und neun Uhr allein antreffen würde – oder vielmehr, sie konnte nur dann damit rechnen, falls sie über Miss McGees Verabredung um neun Uhr im Bilde war.« Wolfe wandte den Kopf. »Miss McGee, haben Sie irgend jemandem von Ihrer Verabredung an jenem Abend erzählt?«

»Nein.« Ihre Stimme kippte um. Sie räusperte sich und probierte es noch mal. »Nein, niemandem.«

»Schön. Damit haben Sie meine Schlußfolgerungen bestätigt. Und nun zu Ihnen, meine Gnädigste. Wir wollen uns wieder Maria Perez' Sammlung zuwenden. Unter anderem enthält sie einunddreißig Bleistiftskizzen von Frauen, die das Mädchen im Flur des Hauses beobachtet hat.« Er griff nach den Blättern und hob sie hoch. »Die Zeichnungen verraten Talent, und sie sind datiert. Mr. Goodwin und ich haben sie sehr sorgfältig geprüft und gelangten zu folgender Einteilung: Von drei Frauen existieren jeweils vier Skizzen, von fünf jeweils drei, von einer zwei und von zwei Frauen jeweils eine. Von Ihnen hat Maria Perez zwei Zeichnungen angefertigt, und die letzte trägt das Datum vom 8. Mai. Dieser bedeutungsvolle Fingerzeig veranlaßte mich zu jenem Trick, mit dem ich Ihnen das Eingeständnis entlockte, daß Sie am Sonntagabend tatsächlich in der 82. Straße waren. Möchten Sie die Zeichnungen sehen?«

»Nein.« Diesmal fiel die Antwort zu laut aus.

Wolfe deponierte das Bündel von Zeichnungen in der Schublade und blickte Julia McGee nachdenklich an. »Die Tatsache, daß sich zwei Skizzen von Ihnen in der Sammlung befanden, sprach sehr stark zu Ihren Gunsten. Der Verdacht, Sie könnten sich des Mädchens entledigt haben, weil es Ihnen mit Bloßstellung drohte, wurde damit nahezu völlig entkräftet. Denn von allen Personen, die es namentlich kannte, sind keine Zeichnungen vorhanden. Das trifft beispielsweise auf Mr. Yeager und Miss X zu. Offenbar waren die Skizzen lediglich als Gedächtnisstützen gedacht. Sie wurden überflüssig, sobald das Mädchen Fotos der fraglichen Personen in Illustrierten oder Zeitungen entdeckte. Man kann daraus schließen, daß Maria Perez Ihren Namen nicht kannte. Sonst hätte sie nicht die Zeichnung, sondern nur die Unterlagen für Ihre Identifizierung aufbewahrt und ganz gewiß nicht die zweite Skizze von Ihnen mit dem Datum vom Sonntag angefertigt.«

Aiken schnaubte. »Daß Miss McGee weder Yeager noch das Mädchen auf dem Gewissen hat, brauchen Sie uns wahrhaftig nicht erst zu demonstrieren. Das wissen wir sowieso.«

»Mag sein.« Wolfe wandte sich ihm zu. »Das ist auch nicht der springende Punkt. Ich schildere Ihnen lediglich die einzelnen Stationen, die mich der Lösung immer näher brachten. Wir haben gesehen, daß Maria Perez über die Vorgänge im Haus im Bilde war und ein geheimes Archiv anlegte, das ein sehr mannigfaltiges Informationsmaterial über Mr. Yeager und die Besucher des Raumes enthielt. Es ist sicher, daß ihr der Name der Person, die sie zwischen sieben und neun Uhr im Hausflur beobachtete, bekannt war, da die Fühlungnahme nur von ihr ausgehen konnte. Sie war also in der Lage, sich mit dem Mörder in Verbindung zu setzen und ihn zu erpressen. Folglich mußte die Sammlung einen oder mehrere Gegenstände enthalten, auf Grund deren sie den Täter zu identifizieren vermochte.«

Er deutete auf das Häufchen Papiere auf seinem Schreibtisch. »In der Tat sind zwei derartige Gegenstände vorhanden: Je ein Foto von Yeagers Frau und Sohn mit genauer Namensangabe. Ich schied sie jedoch aus, da weder Frau noch Sohn den Bedingungen entsprechen. Yeagers Mörder muß Schlüssel zur Haustür und zum Lift gehabt haben und über die örtlichen Gegebenheiten einigermaßen orientiert gewesen sein. Er muß außerdem von Miss McGees Verabredung um neun Uhr gewußt haben, weil er sonst nicht hätte sicher sein können, sein Opfer allein anzutreffen. Es ist für meine Begriffe höchst unwahrscheinlich, daß Mrs. Yeager oder Thomas G. Yeager junior so präzise, minuziöse Kenntnisse hatten. Mr. Yeagers Maßnahmen gegen Verrat von außen funktionierten nämlich tadellos. Er fiel praktisch durch Verrat in den eigenen Reihen, und dagegen ist der beste Stratege nicht gefeit.«

Er legte die beiden Fotos beiseite und griff nach einem Foto, das als letztes übriggeblieben war. »Auf Grund all dieser Überlegungen, die freilich zunächst immer noch hypothetisch waren, schieden sämtliche Anhaltspunkte aus bis auf einen einzigen. Und zwar handelt es sich um ein Foto von einem Bankett der amerikanischen Plastikfabrikanten im Ballsaal des Hotels ›Churchill‹. Es stammt aus einer Illustrierten. Mr. Yeager ist der Festredner und steht am Mikrofon. Ferner erkennt man sehr deutlich mehrere andere leitende Persönlichkeiten, die in der Bildunterschrift namentlich angeführt sind. Darunter auch Sie, Mr. Aiken. Zweifellos ist Ihnen das Foto bekannt?«

»Natürlich. Es hängt gerahmt in meinem Büro.«

»Schön.« Wolfe ließ das Foto auf den Schreibtisch fallen. »Ich legte mir nun die Frage vor, ob nicht Sie die Person gewesen sein könnten, die Maria Perez am Sonntagabend zwischen sieben und neun Uhr im Flur des Hauses beobachtete? Ob das Mädchen Sie mit Hilfe des Fotos identifizierte? Ob sie später, als sie ihre Eltern beim Transport der Leiche ertappte, nicht zu dem Schluß kam, Sie hätten Yeager ermordet? Ob sie sich mit Ihnen in Verbindung setzte, ihre Forderungen stellte und eine Verabredung mit Ihnen traf? Sie können nicht leugnen, daß diese Fragen berechtigt waren.«

»Berechtigt?« wiederholte Aiken verächtlich. »Niemand kann Sie daran hindern, puren Unsinn zu verzapfen.«

Wolfe nickte. »Da liegt der Hund begraben. Handelte es sich tatsächlich um puren Unsinn? Um dieses Problem zu klären, mußte ich mir drei weitere Fragen vorlegen und beantworten. Erstens, konnten Sie im Besitz der Schlüssel gewesen sein? Zweitens, konnten Sie gewußt haben, daß Yeager allein war? Drittens, hatten Sie ein Motiv?«

Wolfe hob den Finger. »Nummer eins. Sie konnten sich Miss McGees Schlüssel geborgt haben. In dem Fall wären Sie allerdings gezwungen gewesen, sie ihr vor neun Uhr zurückzugeben, und das erschien mir doch recht widersinnig. Miss McGee hätte wenig später den Toten aufgefunden und aus der Tatsache der entliehenen Schlüssel notwendigerweise die Folgerung ziehen müssen, daß Sie Yeager ermordet haben. Das wäre nahezu einem Geständnis gleichgekommen, und deshalb überzeugte es mich nicht.«

»Erwarten Sie von mir, daß ich hier sitzen bleibe und mir Ihre unverschämten Behauptungen ruhig anhöre?«

»Allerdings. Wir sind nun beim Kern des Problems angelangt, und Sie wissen das genau.« Er hob den zweiten Finger. »Nummer zwei. Ja. Sie können durchaus darüber im Bilde gewesen sein, daß Yeager allein war. Miss McGee hat zwar vorhin behauptet, sie habe keiner Menschenseele von ihrer Verabredung um neun Uhr erzählt, aber damit mußte man rechnen, vor allem wenn Sie derjenige waren, dem sie sich anvertraut hatte.« Noch ein Finger. »Nummer drei. Ihr Motiv. Darüber war mir zunächst so gut wie gar nichts bekannt. Aber ich habe inzwischen Erkundigungen eingezogen – beunruhigen Sie sich nicht, ich war sehr diskret –, und gestern nachmittag saß Mrs. Yeager eine Stunde lang in dem Sessel, in dem Sie jetzt sitzen, und lieferte mir noch eine Reihe weiterer Einzelheiten. Seit fünf Jahren, von dem Zeitpunkt an, wo Yeager den Posten des stellvertretenden Generaldirektors übernahm, befinden Sie sich auf dem absteigenden Ast. Yeager war ein sehr fähiger und tatkräftiger Mann, der Ihre Position innerhalb der Firma langsam, aber sicher unterminierte. Sie wußten, daß er Sie in absehbarer Zeit von Ihrem Posten als Generaldirektor verdrängen würde und daß Sie allenfalls mit der Ernennung zum Aufsichtsratsvorsitzenden rechnen konnten und somit von jeder aktiven Kontrolle ausgeschlossen sein würden. Da Sie seit über zehn Jahren an der Spitze waren, mußte Ihnen die Aussicht, so plötzlich kaltgestellt zu werden, unerträglich erscheinen. Sie können diese Angaben nicht gut bestreiten, da sie ein offenes Geheimnis sind.«

Wolfe ließ seine Hand schwer auf die Schreibtischplatte plumpsen. »Aber Ihr Motiv war meine geringste Sorge, als Sie und Miss McGee vor vierundzwanzig Stunden diesen Raum verließen. Mit Geduld und Spürsinn kann man es stets zutage fördern, mag es auch noch so geschickt verborgen sein. Das Schlüsselproblem reizte mich viel mehr. Es gab eine sehr einleuchtende Erklärung dafür, zu der mir jedoch zunächst noch die Beweise fehlten. Sie konnten Miss McGees Schlüssel entliehen haben, aber nicht erst am vergangenen Sonntag, sondern bereits einige Tage davor, und sich Duplikate verschafft haben. Meine Aufgabe wäre hoffnungslos gewesen, wenn es sich um einen landläufigen Typ von Schlüsseln gehandelt hätte. Rabson-Schlösser sind jedoch ungewöhnlich und verhältnismäßig selten. Ich beschloß, wenigstens einen Versuch zu machen. Ich ließ Duplikate der Schlüssel und Abzüge Ihres Fotos anfertigen, verteilte sie an drei meiner Mitarbeiter und schickte sie aus. Sie sollten mit ihren Nachforschungen in der Umgebung Ihrer Privatwohnung und Ihres Büros beginnen. Erst vor einer knappen Stunde hatte einer von ihnen Erfolg, und zwar Mr. Saul Panzer. Deshalb habe ich Sie auch hergebeten.« Er drückte auf den Klingelknopf unter der Schreibtischplatte. »Und Sie werden mir nun wohl zugeben, daß es sich um einen Punkt von entscheidender Bedeutung handelt.«

Er wandte sich der Tür zu, wo Saul Panzer mit Arthur Wenger aufgetaucht war. Die zwei bauten sich neben Wolfes Schreibtisch auf und sahen Aiken an. Wolfe wies auf das kleine Männlein mit den großen Ohren. »Das ist Mr. Arthur Wenger. Erkennen Sie ihn wieder?«

Aiken starrte Wenger an und danach Wolfe. »Nein. Ich habe ihn noch nie gesehen.«

»Mr. Wenger, das ist Mr. Benedict Aiken. Erkennen Sie ihn?«

Der Mann nickte. »Ja, das ist der Mann auf dem Foto.«

»Aber Sie haben ihn schon vorher einmal gesehen. Wo und wann geschah das?«

»Er kam letzte Woche mit zwei Rabson-Schlüsseln in meinen Laden und bestellte je ein Duplikat. Er wartete, während ich sie anfertigte. Ich glaube, es war am Mittwoch; aber es kann auch am Donnerstag gewesen sein. Er lügt, wenn er behauptet, daß er mich noch nie gesehen hat.«

»Sind Sie von seiner Identität fest überzeugt?«

»Ja, ich könnte gar nicht sicherer sein. Leute sind wie Schlüssel. Im großen und ganzen sind sie sich ziemlich ähnlich; aber in Einzelheiten unterscheiden sie sich merklich voneinander, und so was sieht ein Fachmann. Ich schau' mir die Schlüssel an, und ich schau' mir die Gesichter an, und ich merke mir beide. Eine Verwechslung ist da unmöglich.«

»Eine löbliche und nachahmenswerte Angewohnheit. Das ist für den Moment alles; aber ich wäre Ihnen dankbar, wenn Sie noch ein wenig länger bleiben würden.«

Saul berühte Wenger am Arm und steuerte auf die Tür zu. In der Halle kurvten sie nach links und begaben sich in die Küche, wo ihr Lunch bereits auf sie wartete. Gleich nach Sauls Anruf hatte Fritz mit der Zubereitung einer getrüffelten Hühnerpastete begonnen, und die mußte inzwischen ihrer Vollendung nahe sein.

Wolfe lehnte sich zurück und faltete die Hände auf dem Bauch. »Miss McGee. Mr. Aiken ist ganz offensichtlich rettungslos verloren. Sie haben Ihre Loyalität bereits einmal von Mr. Yeager auf Mr. Aiken verlagert. Nun möchte ich Ihnen zu einem abermaligen Kurswechsel raten. Jeder ist sich selbst der Nächste. Mr. Aiken befindet sich jenseits jeder Hilfe. Ihre eigene Lage ist zwar auch nicht gerade beneidenswert, aber doch nicht ganz hoffnungslos. Sollte es zu einem Prozeß kommen, dann wird man Sie als Zeugin vorladen. Sollten Sie auch unter Eid bei Ihrer Behauptung bleiben, daß Sie Mr. Aiken weder Ihre Schlüssel geliehen noch über Ihre Verabredung mit Mr. Yeager informiert haben, dann leisten Sie einen Meineid, der Ihnen nachgewiesen werden kann. Aber das ist noch nicht alles. Man wird Sie möglicherweise der Beihilfe zum Mord beschuldigen. Sie liehen ihm Ihre Schlüssel. Er ließ sich Nachschlüssel anfertigen und benutzte diese dazu, um in ein fremdes Haus einzudringen und einen Menschen zu töten. Außerdem servierten Sie ihm sein Opfer auf dem Präsentierteller, indem Sie mit Yeager eine Verabredung trafen und Mr. Aiken davon in Kenntnis ...«

»Das ist nicht wahr! Die Verabredung ging von Mr. Yeager aus! Und ich erzählte Mr. Aiken nur deshalb davon, weil ...«

»Halten Sie den Mund!« Aiken sprang auf und packte sie am Arm. »Sie sind schon einmal auf seine Mätzchen hereingefallen, und jetzt probiert er's wieder! Wir gehen! Ich gehe, und Sie kommen mit!«

Ich hatte mich vorsichtshalber erhoben. Wenn sie aufgestanden wäre, hätte ich den beiden den Weg zur Tür versperrt. Aber sie rührte sich nicht. Sie warf ihm nur einen eisigen Blick zu und sagte: »Sie sind ein Narr!« Ich habe noch niemals eine härtere Stimme gehört. »Ein ungeschickter, alter Narr. Ich dachte mir, daß Sie ihn getötet haben könnten; aber ich wollte es nicht glauben.« Da er ihr die Aussicht verbaute, rückte sie mit ihrem Stuhl nach rechts und sah zu Wolfe hinüber. »Es stimmt. Er hat sich meine Schlüssel ausgeliehen. Angeblich, weil er sich den Raum ansehen wollte. Nach zwei Tagen gab er sie mir wieder. Und ich erzählte ihm von meiner Verabredung mit Mr. Yeager, weil ich ihm versprochen hatte, ihn auf dem laufenden zu halten. Mein Gott, war ich dumm!« Ihre Stimme wurde bitter.

Wolfe wandte sich Aiken zu. »Sie wollen vermutlich hören, was ich zu tun gedenke.«

Aiken war zum roten Ledersessel zurückgekehrt. Er saß vorgebeugt da, mit geballten Händen und finsterer Miene, und versuchte sich den Anschein zu geben, als lasse ihn die ganze Sache kalt. Aber er begriff nur zu gut, daß er erledigt war.

»Ich bin in einer verzwickten Lage«, sagte Wolfe. »An sich müßte ich Mr. Cramer vom Morddezernat anrufen und ihn bitten, Sie abzuholen. Das wäre der einfachste und sicherste Ausweg. Dagegen spricht jedoch meine Verpflichtung, die Interessen Ihrer Firma bis zum äußersten zu vertreten und sie vor einem Skandal zu schützen. Sie selbst haben den Vertrag unterschrieben, und ich habe die Absicht, die Bedingungen gewissenhaft zu erfüllen. Nun läßt sich natürlich die Tatsache, daß der Generaldirektor der Firma seinen

Stellvertreter ermordete, nicht vertuschen. Darüber brauchen wir kein Wort zu verlieren. Sie sind auf jeden Fall geliefert, ob ich Sie nun der Polizei übergebe oder nicht. Ihre Schuld ist eindeutig erwiesen. Die Polizei könnte das ohnehin schon erdrückende Beweismaterial höchstens noch vervollständigen.«

Er öffnete eine Schublade und holte den Entwurf heraus, den er mir diktiert hatte. »Da ich das Geheimnis jenes Raumes in der 82. Straße und Yeagers Verbindung zu ihm nicht preisgeben darf, wenn ich nicht vertragsbrüchig werden will, habe ich eine Lösung ausgeknobelt, die allen Teilen gerecht werden dürfte. Zu diesem Zweck habe ich folgendes Schriftstück entworfen, damit Sie es unterzeichnen.« Er hob das Blatt hoch und senkte es wieder: »Ich möchte es Ihnen jetzt vorlesen: Ich, Benedict Aiken, schreibe dieses Geständnis nieder und bestätige es mit meiner Unterschrift, weil Nero Wolfe mir überzeugend nachgewiesen hat, daß meine Missetaten nicht unentdeckt bleiben können. Die Macht der Umstände und nicht Nero Wolfe zwingt mich zu einem offenen Einbekenntnis meiner Schuld. Am 8. Mai dieses Jahres tötete ich Thomas G. Yeager durch einen Kopfschuß, transportierte seine Leiche in die 82. Straße, warf sie in einen Kabelschacht und deckte sie mit einer Zeltplane zu. Ich tötete Thomas G. Yeager, weil er mich von meinem Posten als Generaldirektor der ›Contiplastic‹ verdrängen wollte und mich damit jeden Einflusses beraubt hätte. Da ich die Firma seit über zehn Jahren verantwortlich leite, vermochte ich mich mit dem Verlust meiner Stellung und meines Prestiges nicht abzufinden. Ich bin der Meinung, daß Yeager sein Schicksal verdient hat, und empfinde beim Gedanken an meine Tat keine Reue.«

Wolfe lehnte sich zurück. »Den Mord an Maria Perez habe ich aus naheliegenden Gründen nicht erwähnt. Er würde eine längere Erklärung notwendig machen und ist überdies bei der Beurteilung des Falles Yeager durchaus entbehrlich. Außerdem besteht hier nicht die Gefahr, daß die Mordtat einem Unschuldigen zur Last gelegt werden könnte. Die Polizei wird die Mordsache Maria Perez wie so viele andere unaufgeklärte Fälle schließlich ad acta legen. Wenn Sie die eine oder andere Änderung im Wortlaut vorschlagen möchten, habe ich nichts dagegen. Falls Sie beispielsweise Ihre Tat bereuen und Ihrem Bedauern Ausdruck verleihen wollen, so steht Ihnen das natürlich frei.«

Er hielt das Blatt hoch. »Wie Sie sehen, handelt es sich um einen mit der Maschine geschriebenen Text. Das geht natürlich nicht. Ein solches Dokument hat nur dann authentischen Wert, wenn es handschriftlich niedergelegt worden ist. Deshalb schlage ich vor, daß Sie es abschreiben und unterzeichnen, und zwar auf der Stelle. Adressieren Sie auch gleich einen Briefumschlag an mich und kleben Sie eine Marke drauf. Mr. Panzer wird sich zu einem Briefkasten in der Nähe Ihrer Wohnung begeben und ihn dort einwerfen. Sobald das geschehen ist, können Sie gehen.« Er wandte den Kopf. »Besteht die Chance, daß der Brief noch heute, im Laufe des Nachmittags, ausgetragen wird, Archie?«

»Nein, Sir. Erst morgen früh.«

Er nickte. »Gut. Ich werde mich dann natürlich unverzüglich mit der Polizei in Verbindung setzen – sagen wir gegen zehn Uhr.« Wolfe legte den Kopf schief. »Welche Vorteile diese Prozedur für mich hat, liegt klar auf der Hand. Ich habe meinen Auftrag gewissenhaft erfüllt und kann von Ihrer Firma ein Honorar kassieren. Aber ich darf wohl sagen, daß sie auch Ihnen einen annehmbaren Ausweg bietet. Die Alternative wäre sofortige Verhaftung und formelle Anklage wegen Mordes oder vielmehr wegen zweier Morde, die Qual eines Sensationsprozesses und die Verurteilung.«

»Schweigen Sie endlich!« bellte Aiken.

Wolfe verstummte. Ich betrachtete Aiken. Bildete er sich etwa ein, er könnte sich trotz alledem aus seiner hoffnungslosen Lage herausschlängeln? Nein. Sein Gesicht sprach Bände. Er hatte nicht aufgemuckt. Er hatte nur die Nerven verloren. Immerhin fing er sich gleich wieder, und seine Haltung nötigte mir Achtung ab. Er versuchte erst gar nicht, sich herauszureden, seine Taten zu leugnen oder einen Aufschub von einem Tag oder wenigstens einer Stunde herauszuschinden. Er sagte keinen Ton, sondern streckte lediglich die rechte Hand aus. Ich holte das Geständnis und gab es ihm und brachte ihm außerdem einen Bogen Papier und einen einfachen weißen Briefumschlag. Er fischte seinen Füllhalter aus der Brusttasche und legte das Blatt auf das Tischchen neben seinem Ellenbogen. Als er zu schreiben begann, zitterte seine Hand ein wenig. Er hielt inne, blieb zehn Sekunden lang reglos sitzen und probierte es dann von neuem.

Wolfe warf Julia McGee einen frostigen Blick zu und sagte: »Sie werden nicht mehr gebraucht! Sie können gehen!«

17

Am Samstagmorgen um neun Uhr vier rief ich über den Hausanschluß in den Plantagenräumen an, und als Wolfe sich meldete, sagte ich: »Der Brief ist da. Ich hab' ihn geöffnet. Soll ich Cramer benachrichtigen?«

»Nein. Ist das alles?«

»Ja, Sir.«

Er grunzte, und wir legten auf.

Kurz vor zehn störte ich Wolfe zum zweitenmal bei seinem vormittäglichen Stelldichein mit den Orchideen. »Lon Cohen hat eben angerufen«, verkündete ich. »Vor etwa einer Stunde fand das Dienstmädchen Benedict Aiken tot auf dem Fußboden seines Schlafzimmers. Er hat sich erschossen. Weitere Einzelheiten sind noch nicht bekannt. Soll ich Leutnant Cramer anrufen?«

»Ja. Um elf Uhr.«

»Haben Sie was dagegen, wenn ich Lon einen Wink gebe? Sie wissen ja, eine Hand wäscht die andere.«

»Nein. Aber teilen Sie ihm nur das Wesentliche mit.«

»In Ordnung.«

Zehn Minuten nach elf hockte Leutnant Cramer im roten Ledersessel und studierte Aikens Geständnis. Nachdem er es zweimal hintereinander gelesen hatte, blickte er auf und knurrte Wolfe an: »Das stammt von Ihnen.«

Wolfe schüttelte den Kopf und erwiderte: »Das ist nicht meine Handschrift.«

»Unsinn! Sie wissen verdammt genau, was ich meine. Das Wort ›Missetaten‹ zum Beispiel – das ist typisch für Sie. Und Sie haben das absichtlich gemacht. Sie wollten mir unter die Nase reiben, daß Sie dahinterstecken. Oh, ich zweifle nicht daran, daß es seine Handschrift ist. Im Gegenteil, es würde mich gar nicht wundern, wenn er es hier geschrieben hätte, in diesem Sessel.«

»Mr. Cramer, Gedanken sind zollfrei. Ich möchte nur gegen Ihren schnöden Verdacht protestieren, daß ich die Absicht oder den Wunsch haben könnte, Ihnen irgend etwas unter die Nase zu reiben. Eine solche Taktlosigkeit würde ich mir nie erlauben. Dafür habe ich einen viel zu großen Respekt vor Ihrem Scharfsinn.« Wolfe sprach betont freundlich.

»Ich lasse mich nicht für dumm verkaufen.« Cramer betrachtete das Blatt. »Hier steht: ›Weil Nero Wolfe mir überzeugend nachgewiesen hat, daß meine Missetaten nicht unentdeckt bleiben können.‹ Das bedeutet, daß Sie Beweise hatten, und es müssen verdammt gute Beweise sein. Was für welche?«

Wolfe nickte. »Diese Frage habe ich erwartet. Wenn Mr. Aiken noch am Leben wäre, müßte ich sie Ihnen selbstredend beantworten. Er ist jedoch tot. Ich bin kein Anwalt, aber ich habe einen zu Rate gezogen. Daher weiß ich, daß ich nicht verpflichtet bin, Beweismaterial auszuliefern, das nicht mehr benötigt wird.«

»Aber es liegt im Interesse der Öffentlichkeit zu erfahren, wo und wann ein Mord verübt wurde.«

»Nein, Sir. Nicht im Interesse der Öffentlichkeit, wohl aber im Interesse der Polizei. Ich glaube jedoch nicht, daß Sie mit einer Anklage gegen mich Erfolg hätten, da der Schuldige Selbstmord begangen und sich damit der irdischen Gerechtigkeit entzogen hat.«

Cramer faltete den Bogen zusammen, steckte ihn in den Umschlag und verstaute diesen in seiner Rocktasche. »Sie und Ihre gottverdammte Unverschämtheit!« Er stand auf, machte kehrt und marschierte hinaus.

Um Viertel vor vier hatten wir drei männliche Gäste und einen weiblichen Gast im Büro. Die drei Männer, Mitglieder des Aufsichtsrates der ›Contiplastic‹, saßen auf gelben Stühlen. Die Dame im roten Ledersessel war Mrs. Yeager. In ihren Händen befanden sich Kopien des Geständnisses, das wir mit der Morgenpost bekommen hatten und das ich abgetippt hatte. Wie gewöhnlich führte Wolfe das große Wort.

»Nein. Ich will nicht. Laut Vertrag bin ich nicht dazu verpflichtet, Sie über die einzelnen Phasen meiner Ermittlungsarbeit zu informieren. Im übrigen wäre es reine Zeitverschwendung, wenn ich näher auf mein Belastungsmaterial gegen Mr. Aiken einginge oder Ihnen mitteilte, wie ich es mir verschafft habe. Was die Lösung anbelangt, so habe ich sie nicht erzwungen. Sie ergab sich praktisch aus den Umständen. Hätte ich der Polizei freie Hand gelassen, dann hätte sie früher oder später jenen Raum aufgespürt. Die Folgen liegen auf der Hand. Es wäre zu einem Sensationsprozeß gekommen, und ein Skandal wäre unvermeidlich gewesen. So wird der Selbstmord Ihres Generaldirektors und sein Schuldbekenntnis die Öffentlichkeit vielleicht zwei oder drei Tage lang in Wallung bringen, und damit ist die Sache ausgestanden. Und nun zu meinem Honorar. Finden Sie, daß ich meine Dienste mit fünfzigtausend Dollar zu hoch bewerte?«

»Nein«, erwiderte einer der Direktoren. Ein anderer bemerkte: »Über diesen Punkt waren wir uns von vornherein einig.« Der dritte grunzte nur.

»Ich schulde Ihnen auch ein Honorar«, meinte Mrs. Yeager.

Wolfe schüttelte den Kopf. »Von Ihnen habe ich einen Dollar bekommen, und den behalte ich. Im übrigen sagte ich Ihnen bereits, daß ich für ein und dieselbe Arbeit nicht von zwei Klienten ein Honorar verlange.« Er warf einen Blick auf die Uhr, schob seinen Sessel zurück und erhob sich. Um vier Uhr war er wie jeden Nachmittag mit seinen Orchideen verabredet.

ENDE

Bitte beachten Sie die folgenden Seiten. Der dort angegebene Preis entspricht dem Stand vom Herbst 1971 und kann sich nach wirtschaftlichen Notwendigkeiten ändern.

Margery Allingham
Die Patientin in der Pfauenvilla
160 Seiten. Band 3251. DM 3.–

Als Ann Fowler zu der kranken Filmschauspielerin Francia Forde in die Pfauenvilla gerufen wird, weiß die junge Ärztin, daß es zu einem Kampf auf Leben und Tod kommen wird. Aber nicht nur das Leben ihrer Patientin steht auf dem Spiel . . .

Frances Keinzley
Der Mörder läßt bitten
176 Seiten. Band 3252. DM 3.–

Neuseeland. Sieben angesehene Bürger treffen sich in einem einsamen Berghaus. Keiner will es zugeben, aber sie wurden von einem Erpresser dorthin befohlen. Welches Geheimnis verbindet die sieben? Es dauert nicht lange, dann fragen sich sechs: Wer war der Mörder?

Helen Nielsen
Mord ist ansteckend
192 Seiten. Band 3253. DM 3.–

Der dritte Mord in drei Tagen. Für eine Stadt wie San Diego keine Sensation, aber Rechtsanwalt Simon Drake ahnt gewisse Zusammenhänge. Drake muß sehr behutsam vorgehen, denn seine Freundin scheint in den Fall verwickelt. Und dann geschieht ein vierter Mord.

WILHELM GOLDMANN VERLAG MÜNCHEN

Goldmann Taschen KRIMI

Paul Kruger
Ein Sarg nach Maß
192 Seiten. Band 3254. DM 3.–

Sie lag am Boden. Tot. Neben dem Holzscheit, mit dem man sie erschlagen hatte. Der Fall wird immer verwirrender für Rechtsanwalt Phil Kramer. Denn es bleibt nicht bei dem einen Mord.
›Ein erstklassiger Autor – ein neues Talent auf dem Gebiet des Kriminalromans‹, urteilt die Presse.

Jack Higgins
Nacht ohne Erbarmen
192 Seiten. Band 3255. DM 3.–

Sizilien. Für die Touristen ist das Taormina, Catania, Syrakus. Goldener Strand, fröhliche Menschen. Aber hinter der Küste beginnt ein zweites Sizilien. Es handelt sich mehr um Überleben als Leben. Und das oberste Gesetz ist Vendetta. Die Fäden zieht Mafia-Führer Vito Barbaccia.

Ben Healey
Gefährlicher Schnee
192 Seiten. Band 3256. DM 3.–

Auf die Villa Cevedala sind die Einwohner von Sulden besonders stolz: Kinder können dort dank des menschenfreundlichen Dr. Kleber kostenlos Skiferien machen. Das Haus in Südtirol interessiert aber nicht nur Amateurdetektiv Paul Hedley, sondern auch den britischen Geheimdienst.

WILHELM GOLDMANN VERLAG MÜNCHEN

Goldmann Taschen KRIMI

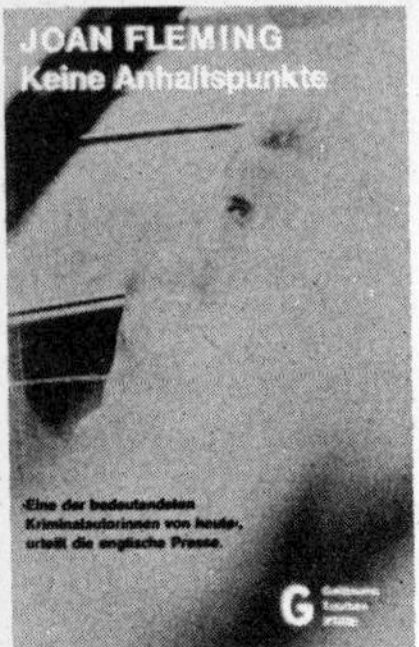

Joan Fleming
Keine Anhaltspunkte
Kriminalroman
192 Seiten. Band 3257. DM 3.–

Seit Jahren hat die schwere Eisentür zu dem Tresorraum der alten Villa in Bedfordshire offengestanden. Plötzlich ist die Tür zu, der Schlüssel unauffindbar. Warum verschweigt die Haushälterin, daß sie einen Revolver gefunden hat? Der einzige, der Bescheid weiß, sagt kein Wort . . .

Douglas Rutherford
Das Rennen ist gelaufen
Kriminalroman
192 Seiten. Band 3258. DM 3.–

Von seinem Sieg auf dem Nürburgring hängt das Schicksal der ›Crawford Motors‹ ab. Es ist seine letzte Chance, das weiß der Rennfahrer Patrick Crawford ganz genau. Was er nicht weiß: Er hat einen Gegner, der schon einmal gemordet hat . . .

Ben Benson
Der Speck in der Falle
Kriminalroman
160 Seiten. Band 3259. DM 3.–

Die Polizei von Massachusetts beschäftigt sich näher mit dem Fall Charles Montgomery. Der Geschäftsmann ist tot. Er hinterläßt einen Abschiedsbrief. Also Selbstmord? Die ersten Zweifel tauchen auf.
Hart und realistisch – nach US-Polizeiakten

WILHELM GOLDMANN VERLAG MÜNCHEN

Goldmann Taschen KRIMI

Kevin O'Hara
Die Waffe einer Frau
160 Seiten. Band 3264. DM 3.–

»Es geht um Alec Flood«, erklärte Börsenmakler Crawford dem Privatdetektiv Chico Brett. »Ich hatte nämlich gestern mittag das Vergnügen, ihm eine ›'runterzuhauen‹.«
Brett wußte: Das war erst die Einleitung. Denn man hatte Flood in der Nacht niedergeschossen.

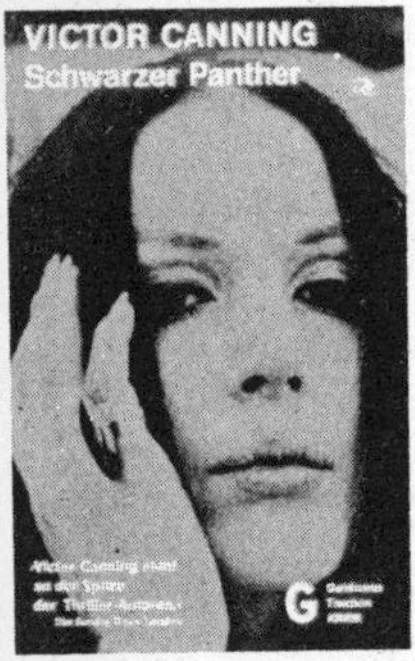

Victor Canning
Schwarzer Panther
192 Seiten. Band 3265. DM 3.–

Roger Quain beobachtete, wie das Panthermännchen die präparierten Fleischstücke fraß. Dann, als das Tier schlief, schlich Quain in den Käfig und nahm das Halsband ab. Als Quain wenig später es dem Panther wieder umlegt, ist sein Plan schon durchschaut . . .

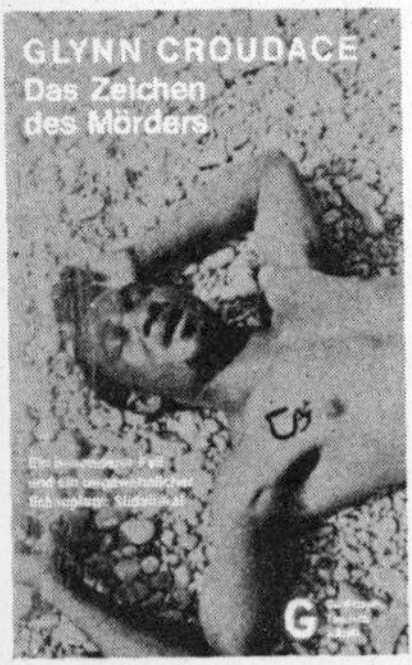

Glynn Croudace
Das Zeichen des Mörders
160 Seiten. Band 3266. DM 3.–

Ein besonderer Fall und ungewöhnlicher Schauplatz. Das Flugzeug tauchte über der Wüste auf. Plötzlich – ein greller Blitz.
Der Beobachter nickte zufrieden. Er fuhr zu der Absturzstelle. Der Pilot war tot. In seiner Tasche steckte ein Vermögen: Diamanten.

WILHELM GOLDMANN VERLAG MÜNCHEN